Oliver

Kazuo

Carol

William

Edward

Isabel

Chinua

Reynolds

Jeanette

Alice

Amitav

E.L. Doc

Louisa

David

Jane

Harold

Jayne Anne

Carlos

Nicole

Martin

Jamaica

John

작가라는 사람 1

엘리너 와크텔 지음 / 허진 옮김

xbooks

현재 세계에서 가장 뛰어난 작가 22인의
목소리 그리고 이야기

일러두기

1 이 책은 Eleanor Wachtel, *More Writers & Company*, Vintage Canada, 1996를 2권으로 분권해 완역한 것입니다.
2 외래어 표기는 원칙적으로 국립국어원의 〈외래어 표기법〉을 따랐습니다.
3 본문의 모든 주는 옮긴이의 것입니다.
4 본문에서 언급된 책들의 서지정보는 〈참고문헌〉에 있습니다. 찾아보기 쉽도록 본문에 언급된 순으로 정리했습니다.

들어가며

나는 책이 없는 집에서 자랐다. 하지만 내가 독서의 힘을 깨닫기까지는 오래 걸리지 않았다. 나는 긴 복도 끝 방을 언니와 함께 썼고 오빠는 중간 방을 썼다. 토요일 아침이면 복도 반대편 끝 부엌에서 엄마가 그만 일어나서 밖으로 나와 뭐든 하라고 소리를 질렀다. "잠깐만요." 우리는 이렇게 대답하고 책장을 넘겼다.

책은 도서관에서 빌리기도 하고 어느 해에는 초등학교 교실 뒤의 작은 책장에서 가져왔다. 우리 반에서는 독서 카드에 책 제목을 적고 한 번에 한 권씩 책을 빌릴 수 있었다. 나는 카드 앞, 뒷면을 전부 채우겠다고 결심했다. 1950년대에 몬트리올에서 자란 탓에 나의 독서는 마구잡이였고, 『이상한 나라의 앨리스』나 『곰돌이 푸는 아무도 못 말려』 같은 어린이 고전은 아예 건너뛰었다. 1920년대에 영국 맨 섬Isle of Man에서 자란 비평가 프랭크 커모드 경은 최근 나에게 디킨스의 작품을 비롯한 "좋은" 책들을 만난 것은 순전히 우연이었다고, 곰돌이 푸의 친구이요 이야기가 나오면 무슨 말인지 전혀 몰랐다고 말했다. 내가 바로 그랬다.

내가 알았던 것은, 영국 책과 미국 책의 냄새가 다르다는 사실이었다. 접착제나 제본 방식 때문이었을 것이다. 영국 책에 나오는 아이들이 더 독립적이고 모험을 좋아하는 것 같았기 때문에 나는 영국 책 냄새를 좋아하게 되었다. 기억에 따르면 처음으로 혼자 읽었던 책은 순전히 묘사——단단하게 언 눈 위를 자박자박 걸어가는 곰이 우는 소리(얼마나 캐나다적인가)——밖에 없었지만, 사실 나는 이야기가 좋아서 책을 읽었다. 몇 년 후 제임스 서버와 에드거 앨런 포를, 그러니까 「침대가 떨어진 밤」과 「말스트룀에 휘말리다」를 만난 후에야 나는 알아볼 수 있는 작가와 목소리라는 것을 인식하게 되었다. 웃음과 공포. 각각의 이야기 양식은 무척 흥미롭고 무척 독특했다. 나는 생각했다. 누가 이 이야기를 썼지? 이런 이야기가 또 있을까? 그러다 보니 작가의 이름을 알아보기 시작했고 작가들이 어떤 삶을 살았는지, 어떤 생각을 했는지 궁금해지기 시작했다.

어린 시절의 호기심과 어른이 되어서 하는 일에 단순한 상관관계가 있다고 생각하는 것은 아니다. 하지만 나에게 작가들과 대화를 나누면서 무엇을 찾으려고 하는지 묻는다면, 삶과 작품의 교차점으로 되돌아갈 수밖에 없다. 그렇다고 해서 작가의 삶에서 소설의 근원을 찾는다는 뜻은 아니다. 소설과 비슷한 경험을, 심지어는 단서를 찾는 것도 아니다. 오히려 작가의 열정을 엿보는 것에 더 가깝다. 무엇이 작품을 만들어 냈을까? 무엇이 삶에 영향을 주었을까?

이 책은 그러한 매혹의 결과이다. 우리의 삶과 마찬가지로 작가의 삶 역시 부모님과 형제자매, 연인, 자녀와의 관계에 의해 형성된다는 사실을 나는 오래 전에 깨달았다. 그러나 내가 발견한 또 한 가지는 작가들의 가장 흔한 공통점, 가장 자주 나타나는 특징이 바로 주변성, 즉 이방인의 지위라는 사실이다. 그러한 위치에서 과거의 고통이나 외로움이 비롯되었거나 지금도 비롯되고 있을지 모르지만 작가들은 대부분 이방인이라는 지위를 소중하게 여긴다. 작가가 세상을 고찰하는 관점과 자격은 비로 그러한 위치에서 나오기 때문이다. 역설적이지만 우리는 바로 작가의 주변성 때문에 작가가 보여 주는 세상을 이해할 수 있다. 나는 캐나다에 기반을 둔 프로그램에서 아일랜드나 오스트레일리아, 아프리카, 서유럽 작가들을 인터뷰하면서 바로 그 작가들을 통해 그들이 사는 사회를 이해하게 되었다. 이러한 역설 ── 작가는 주변인이라고 주장하지만 글을 통해 자기 문화의 정수를 우리에게 보여 줄 수 있다 ── 은 많은 작가들의 삶에서 매우 중요하다.

이방인이라는 지위는 클리셰이기도 하다. 혼자 있기 좋아하는 사람, 나무에 올라가 책을 읽는 책벌레 꼬마. 하지만 작가는 곧 추방자라고 조심스럽게 일반화하자마자 예외가 수없이 떠오른다. 주변성의 본질은 작가에 따라서 다르지만 각각의 상황이 무척 다르고 무척 독창적이기 때문에 늘 흥미롭다. 겉으로 보기에 올리버 색스가 선택한 진로는 따뜻한 욕조에 들어가는 것처럼 편한 선택으로 보일 것이다. 색스는 의사 집안에서 태어나 옥스퍼드에서 공부했고 임상 신경학과 교수가 되었다. 그의 작품은 심원한 인간애와 환자에 대한 공감 능력이 특징이다. 그러나 색스 자신은 영원한 관찰자 같은 느낌이라고, "인간의 상황을 부러워하면서, 그러나 공감하면서 들여다보는 외부인" 같다고, "외국인 거주자" 같은 느낌이 든다고 말한다.

아일랜드인들은 망명에 능숙하다. 제임스 조이스와 새뮤얼 베케트, 에드나 오브라이언은 고국이 억압적이거나 갑갑했기 때문에 글을 쓰기 위해 떠나야 했다. 윌리엄 트레버는 스키버린이나 에니스코시로 돌아가면 너무 편안해서 글을 쓰지 못할 것이라고 말한다. 트레버는 불편하게 살아야 한다. 그는 작가란 날이 서 있어야 한다고, 바깥에서 안을 들여다보아야 한다고 말한다. "말하자면 그것이 규칙의 시작인 셈입니다." 트레버는 잉글랜드에서 30년을 살았지만 여전히 방문자일 뿐이라고 역설한다.

가즈오 이시구로는 다섯 살 때 일본에서 영국으로 건너왔다. 실제로 이방인인 이시구로는 자기가 자란 1960년대의 길드포드와 그의 선조들이 살았던 나가사키가 무척 비슷하다고 말한다. 예의와 예법을 강조하고, 감정을 잘 드러내지 않고, 둘 다 섬 문화이기 때문이다. 하지만 이시구로는 "어떤 거리감이 있었다"고 말한다. 그는 영국의 일본인 가정에서 자랐기 때문에 가치관이 보편적인 절대성이 아니라 장소와 민족, 관습에 따라 결정되는 사회적 구성물임을 알아볼 수 있었다. 이러한 거리감은 이시구로 소설의 특징이다.

에드워드 사이드, 아미타브 고시, 이사벨 아옌데, 루이스 어드리크, 자메이카 킨케이드처럼 지리적 경계와 변경에 대해서든, 제인 앤 필립스, 다비드 그로스만, 존 버거, 해럴드 블룸처럼 자기 내면의 경계에 대해서든, 사실상 이 책에 등장하는 모든 작가는 무언가의 바깥에서 살아가고 있다는 느낌이 든다고 말했다. 나는 이제 그런 이야기가 전혀 놀랍지 않다.

내가 예상하지 못했던 것은 작가들의 울림, 그들이 자연스럽게 이끌어나가는 진정한 "대화"였다. 니콜 브로사르와 E.L. 닥터로는 작가로서 전혀 다르지만 글쓰기는 관습에 대한 도전이라는 같은 생각을 가지고 있었다. 루이스 어드리크, 앨리스 워커, 윌리엄 트레버는 육체적 고통을, 그리고 그것의 가치 혹은 무용함을 살펴본다. 카를로스 푸엔테스, 지넷 윈터슨, 다비드 그로스만과 아미타브 고시는 다른 사람의 시각과 의견에 얽매이지 않으려면 자신만의 현실과 역사 인식, 그리고 언어를 만들어 내는 것이 중요하다고 말한다. 루이스 어드리크와 제인 앤 필립스는 어머니가 되면 이전으로 돌아갈 수 없을 만큼 바뀐다고 설명한다. 제인 스마일리와 마틴 에이미스는 현대 소설에서 비극이 가능한지, 또 그렇다면 그 속성은 어떠한지 논한다. 해럴드 블룸과 에드워드 사이드는 고전 문학을 열정적으로 옹호하지만, 또한 사이드 자신과 자메이카 킨케이드, 치누아 아체베, 아미타브 고시, 카를로스 푸엔테스는 식민지 정복의 영향을 분석하고, 사이드의 표현에 따르면, 고전에 대한 "대위법적 목소리"를 제공한다. 작가들 사이의 대조는 무척 흥미롭다. 아체베와 사이드는 조지프 콘래드를 다르게 평가하고, 블룸과 닥터로 모두 자신에게 어울리지 않는 고등학교에서 자칭 부적응자였지만 의외로 신비평을 두고 맞선다.

작가들은 또한 변경에서 사람들에게 영감을 주고 삶을 긍정하는 수많은 이야기를 제공한다. 캐럴 실즈는 잊히거나 사라진 여자들의 삶을 되살리며 구원으로서의 글쓰기에 몰두한다. 치누아 아체베는 이제 투쟁과 이야기는 충분하다며 인내가 중요하다고 말한다. 레이놀즈 프라이스는 척추암으로 투병했지만 그 고통과 고뇌, 쇠약해지는 경험을 놓치고 싶지 않다고 말한다. 가즈오 이시구로는 삶이란 기본적인 욕구를 충족시키는 것 이상이 되어야 한다고, 차이를 만들어 내고 싶다고 말한다. 이러한 작가들의 이야기에서 우리는 작가들이 힘들게 깨달은 지혜를 엿볼 수 있다.

내가 어렸을 때는 아무도 책을 읽어주지 않았다. 하지만 삼촌이 가끔 언니와 나에게 이야기를 들려주곤 했다. 삼촌은 늘 커다란 회중시계를 꺼내 놓고 이야기를 시작했다. 삼촌의 이야기를 듣고 있으면 그의 목소리와 손짓과 삼촌 무릎에 놓인 시계 소리가 하나가 되었다. 목소리와 이야기. 나는 작가들과의 대화에서 바로 그것을 포착해서 이 책에 담으려고 노력했다. 보르헤스와 네루다의 작품을 번역한 앨러스테어 리드는 "목소리는 모든 존재의 가장 본질적이고 가장 오래 지속되는 화신일 것이다"라고 썼다. 여기 현재 세계에서 가장 뛰어난 작가 스물두 명의 목소리가, 그리고 이야기가 있다.

1권 contents

2권 contents

"저는 모든 유기체가—특히 인간이—모험과 여행,
새로움, 도전을 위해서 만들어졌다고 생각합니다.
삶의 경이로움은 바로 그런 것에서 오죠."

올
리
버
색
스

올리버 색스
Oliver Sacks

올리버 색스는 두 작품이 가장 유명하다. 하나는 임상 경험담을 모아 『아내를 모자로 착각한 남자』라는 멋진 제목을 단 책이다. 제목이 된 환자의 사연은 잉글랜드 작곡가 마이클 니만에 의해 실내 오페라로 만들어졌고, 책은 1985년에 출간되어 뜻밖의 베스트셀러가 되었다. 또 하나는 『깨어남』으로, 제1차 세계대전 당시 크게 유행한 수면병으로 줄곧 시체와 같은 상태로 얼어붙어 있다가 60년대 후반에 잠깐 깨어났던 환자들을 치료했던 경험담이다.

『깨어남』은 1973년에 잉글랜드에서 처음 출판되었다. 해럴드 핀터는 그 중 한 환자의 이야기에서 영감을 얻어 희곡을 썼다. 다큐멘터리 영화로도 제작되었고, 1990년에는 할리우드에서 로버트 드 니로가 레너드 L. 역할을, 로빈 윌리엄스가 수줍은 신경과 의사를 맡아 대작 영화로 만들어졌다. 색스는 영화에 만족했다.

올리버 색스는 특이하고 19세기 휴머니즘의 전통을 따르는, 어떤 면에서는 구식이라고 할 수 있는 남자로, 그의 글은 생물학과 전기傳記가 만나는 지점이다. 색스는 1933년에 잉글랜드 런던에서 태어나 책으로 가득한 집에서 자랐다. 부모님 모두 의사로, 아버지는 90대가 넘어서까지 환자들을 진료했고 어머니는 여왕의 어머니인 황태후의 주치의였다. 올리버 색스의 세 형도 모두 의학을 공부했다. 색스는 옥스퍼드에서 공부했고, 음악을 사랑하며, 음악의 치유력을 굳게 믿는다. 색스가 어떤 사람인지 조금 더 설명하자면, 그는 약 20년 전에 노르웨이에서 등산을 하다가 다리를 크게 다쳤다. 색스는 이 때의 경험을 『나는 침대에서 내 다리를 주웠다』에 기록했다. 그는 엄청난 고통 속에서 산을 기어 내려올 때 ─ 생사가 달린 문제였다 ─를 설명하면서 니체, 라이프니츠, 괴테와 모차르트를 떠올리고 존슨 박사와 비트겐슈타인의 대화를 상상하는데, 추상적이고 지적인 방식으로 이야기하는 것이 아니라 같이 대화를 나눌 수 있는 사람들로 그린다.

내가 색스의 글에 매료된 것은 그가 생생하게 묘사하는 특이한 신경학적 증상보다 그가 그런 증상을 가진 환자들에게 느끼는 연민 때문이었다. 올리버 색스는 환자를 생리학적으로 불완전한 사람이 아니라 나름대로 완전하고 심지어는 유리한 입장을 가진 사람으로 본다.

토론토에서 만난 올리버 색스는 따뜻하고 힘이 넘치는 사람이었다. 그는 끊임없이 미소를 짓거나 손짓을 했으며 탁자에 놓인 회중시계 사슬을 만지작거렸다. 또 『화성의 인류학자』 표제작의 주인공인 놀라운 자폐증 환자 템플 그랜딘과 포옹했던 이야기를 할 때는 두 팔로 자신을 끌어안으며 강조했다.

* * *

와크텔 최근 토마스 윌리스라는 17세기 작가를 인용해서 "자연은 익숙한 길에서 벗어나서 흔적을 보여 줄 때 비밀스러운 수수께끼를 가장 솔직하게 드러낸다"고 썼습니다. 당신이 작품에서 익숙한 길에서 벗어나도록 이끈 자연의 "비밀스러운 수수께끼"는 무엇인가요?

색스 저는 다르게 표현하고 싶습니다, 어떤 식으로든 낯선 것에 매료된다고 말이죠. 평범한 삶의 항로는 별똥별이나 초신성만큼 관심을 끌지는 않을지도 모르지만 저는 거기에 특별한 것이 있다고 생각합니다. 마찬가지로, 우리의 몸도 건강할 때는 평범하고 아무런 문제도 없어 보이기 때문에 말하자면 고장이 나야, 특이한 일이 벌어지고 나서야 그 뒤에 숨은 어마어마한 복잡함에 대해 생각하게 되는 것인지도 모릅니다.

예를 들어 지난주에 저는 태어날 때부터 색을 전혀 알지 못하는, 그러니까 완전 색맹을 가진 유쾌한 여성과 이야기를 나누었습니다. 그 사람의 눈에는 원추체가 없습니다. 그래서 색을 본 적도 없고, 색이 뭔지도 모르죠. 우리는 이 여성처럼 익숙한 길과는 거리가 먼 사람을 우연히 만나고 나서야 색에 대해서, 우리 삶에서 색이 갖는 의미에 대해서, 또 신경체계가 색을 처리하는 방식에 대해서 생각할 수 있습니다. 말하자면 그녀가 색의 비밀을 하나 보여 주는 거죠.

와크텔 그러니까 어떤 것의 부재를 보고 나서야 그 존재에 대해서 생각하기 시작한다는 거군요.

색스 맞아요. 부재 혹은 과잉, 특이 형태를 보면 말입니다.

와크텔 본인을 인간 경험의 머나먼 변경에서 소식을 전하는 특파원이라고 설명한 적이 있습니다. 그리고 어떤 면에서는 추방자에 가까운 사람들—귀머거리, 장님, 자폐증 환자—에 대해서 글을 쓰죠. 추방자라는 개념이 유용한가요?

색스 저는 추방과 감금이라는 개념이 둘 다 아주 유용하다고 생각합니다. 『깨어남』의 레너드 L.은 실제로 두 용어를 모두 썼지요. 그는 자기 몸이 감옥이라고, 창문만 있고 출입문은 없는 감옥 같다고 가끔 말했습니다. 또 자신이 바람직한 삶으로부터, 다른 사람들로부터 추방당했다고도 생각했습니다. 몸 안에서도 그런 일이 일어날 수 있습니다. 예를 들어 저는 다리를 다쳤을 때, 『나는 침대에서 다리를 주웠다』에서 설명한 근육과 신경

손상 말인데요, 다리의 모든 감각을 잃었습니다. 다리가 마비되어서 제 일부 같지가 않고 내 몸에 붙어 있는 무의미한 물건 같았죠. 다리가 추방당했던 겁니다.

와크텔 다리 자체가요? 저는 다리가 이물질처럼 느껴진다고 이해했는데요.

색스 다리가 이물질이었다는 말도 맞지만 추방당했다고, 또는 있어야 할 곳에 있지 않았다고 말할 수도 있죠. 평소에 우리는 자기 몸을 너무나 편안하게 느끼고 몸을 완전히 소유하고 있다고 생각하기 때문에 그런 일들을 상상도 할 수 없습니다. 하지만 꽤 흔한 일이에요. 치과에서 국소마취 주사를 맞으면 턱과 혀가 더 이상 내 것이 아니라는 느낌이 들지요. 강력한 척추 마취를 하면 허리 아래의 감각만 사라지는 게 아니라 내가 사라져요, 나라는 사람은 허리에서 끝나는 거죠. 그 아래에 누워 있는 것은 내가 아니에요. 내 육체도 아니고 실제도 아니고 아무것도 아닙니다. 현실에서 추방당한 것처럼요. 유령 같고, 비현실적이고, 낯설죠.

이런 일을 상상하기란 참 어렵습니다. 그래서 저는 항상―반은 농담이지만―이렇게 말해요. 『나는 침대에서 다리를 주웠다』는 가능하면 척추 마취를 받은 상태에서 읽어야 한다고 말입니다. 작가들이 보통 독자에게 요구할 만한 조건은 아니죠.

와크텔 전 그 책을 읽으면서 카프카의 『변신』을 처음 읽었던 때가 생각났습니다. 몇 장 읽다가 내 몸은 멀쩡한지 확인하는 거죠, 그 정도로 강렬합니다. 그 경험으로 인해 당신은 크나큰 두려움──당신이 다리에게서 추방당했거나 다리가 당신에게서 추방당했다는 느낌──을 느꼈지요. 그 외에 또 무엇을 배웠습니까?

색스 그 경험은 무척 매혹적이기도 했습니다. 저는 매혹이 두려움과 싸워서 이겼다고, 적어도 두려움에 맞섰다고 생각합니다. 우리는 상상력과 의지만으로는 충분하지 않다는 사실을, 육체의 감각이 있어야 내게 육체가 있다고 확인할 수 있음을 깨닫게 되었죠. 비트겐슈타인은 확실성에 대한 글을 이런 식으로 시작합니다. "여기 손이 하나 있다. 이것을 의심하는 것이 말이 될까?" 보통의 경우 신체의 일부를 의심한다는 것은 말이 안 되지만 여기서는 신체가 의심의 대상이 됩니다.

저의 절친한 친구 조녀선 밀러는 『몸을 의심하다』라는 멋진 책을 썼습니다. (그러고 보니 『나는 침대에서 다리를 주웠다』라는 제목을 제안한 것도 밀러였는데, 자기 책 제목도 잘 지었을 겁니다. 제목을 참 잘 지어요.) 우리는 몸이, 보통 너무나 당연하게 여겨지는 것이 아주 의심스러워질 수 있다는 사실을, 몸이라는 이미지를 가지려면 지속적인 감각의 전달과 그것을 처리하는 신경 체계가 필요하다는 사실을 깨달았습니다. 몸이라는 이미지만이 아니라 몸을 담고 있는 시간과 공간에 대한 감각인 거죠.

정말 이상한 사실은 척추 마취 중이긴 했지만 허리 아래의 몸이 사라진 것 같을 뿐 아니라 그렇지 않았던 때가 기억나지도 않았다는 겁니다. 기억상실증에 걸린 것처럼 내가 원래 어떤 상태였는지에 떠오르지 않았고 앞으로 어떻게 될지 상상할 수도 없지요. 저는 이러한 경험을 할 때 의식의 본질이 처음으로 드러난다고 생각합니다. 대단치 않은 부상이라고, 신경과 근육이 약간 손상된 것뿐이라고 할 수도 있지만, 사실 이런 경험은 인식과 신체의 이미지, 신체의 소유권, 개인의 공간, 개인적인 시간 감각과 의식에 대해서 가르쳐 줍니다. 정말 심오하지요. 저는 우리가 이러한 사실을 계속해서 발견한다고 생각합니다. 얼핏 보면 좀 이상한 샛길 같지만 사실 그런 사건은 그 일이 아니었다면 생각하지 못했을 인간 조건의 심오한 본질을 보여주는 창이죠.

와크텔 사실 당신이 정말 하고 싶었던 것은 영혼의 신경학이라고 쓴 적이 있습니다. 당신은 의사이자 과학자이지만 영혼이라는 단어를 자주 쓰지요. 무슨 뜻으로 쓰시나요?

색스 의식과 자아상이라는 점에서 제가 방금 한 이야기와 비슷한 의미일 겁니다. 자아와 자기 인식, 자아 개념이라는 뜻으로 영혼이라는 단어를 제 마음대로 쓰고 있는 것이겠지요. 저는 영혼이라는 단어를 좋아합니다. 이 단어에는 우리의 감성, 다른 사람들과의 관계라는 의미가 함축되어 있어요. 저는 영혼만큼 일반적인 단어는 없다고 생각합니다.

와크텔 하지만 처음 의사가 되고 신경학으로 진로를 결정했을 때 인간의 현실과 단절된 추상성에, 마음은 없고 머리만 쓴다는 측면에 끌리기도 했다고요.

색스 네, 긴 여행이었죠. 처음에는 물리학이나 화학 쪽에 열정을 느꼈습니다. 최근에 험프리 데이비 경에 대해, 그리고 화학의 기원에 대한 글을 썼는데, 어린 시절에 관심 있던 분야로 돌아가서 정말 즐거웠습니다. 물리와 화학 다음에는 생물학에 관심을 가졌지요. 의학은 느지막이, 마지못해 시작했고 처음에는 생리학 정도까지만 하고 싶었어요. 일부 의사들, 특히 신경과 의사들 사이에서는 드문 일이 아닐 겁니다. 개개인과 고통이라는 문제는 비교적 늦게 생각하게 됐지요.

와크텔 마지못해서 의학의 길에 들어섰다고 했는데, 그 계기는 무엇이었습니까? 확실히 모범이 되는 사람은 많았겠지요. 부모님이 모두 의사이고 형들도 의학을 공부했으니까요. 어떻게 해서 의학에 관심을 갖게 되었습니까?

색스 확실히 집안 배경이 중요한 역할을 했지요. 하지만 저의 진로에 가장 큰 역할을 한 것은 호기심이었을 겁니다. 처음에는 물리적 세계에 대한 호기심, 사물의 "활력"에 대한 호기심이었는데 인간에 대한 호기심으로 점차 확대되었죠. 가끔 언어학자나 인류학자 같은 사람들이 부럽지만——인류학은 아마 제가 가장 친밀감을 느끼는 분야일 겁니다——제 일은 인간에게 일어난 사고를 통해서 인간 본성을 보는 것입니다.

또 두뇌야말로 온 우주를 통틀어서 가장 흥미롭고 복잡하고 놀라운 것이라고 말하고 싶습니다. 두뇌를 가까이 하며 연구하는 것은 정말 신나는 일이죠. 신장과 심장, 폐가 싫은 건 아니지만——물론 그런 것들이 없으면 살 수 없죠!——두뇌의 복잡성은 절대 따라가지 못해요. 제일 중요한 것은, 신장이나 간은 이식할 수 있다는 점이겠지요. 하지만 뇌는 이식할 수 없습니다. 뇌가 바로 그 사람이죠, 생물학이나 유전학적인 의미에서만이 아니라, 뇌가 바로 그 사람의 경험을 모두 가지고 있는 그 사람 자체입니다. 나 자신이면서 동시에 물리적 대상이라는 개념이 무엇보다도 매혹적입니다.

와크텔 의학 공부를 시작한 뒤 뇌 분야에 집중해야겠다고 생각한 것은 언제부터입니까?

색스 항상 그렇게 느꼈던 것 같습니다. 어렸을 때 소위 말하는 고전적 편두통이 있었기 때문일지도 모르지요. 고전적 편두통의 경우 한쪽 시력을 상실하거나 이상한 환영을 볼 수도 있고 감각 이상이나 언어 이상이 생길 수도 있습니다. 저는 우리가 보는 세상을 뇌가 구성한다는 사실을 어떤 의미에서는 이른 나이에 깨달을 수밖에 없었던 것 같습니다. 또 부모님 모두 신경학을 공부했어요, 두 분 다 계속하지는 않았지만요. 하지만 저녁 식탁에서 신경학에 대한 이야기가 자주 오갔습니다. 말하자면 신경학과 함께 자란 셈이죠.

와크텔 성장 과정에서 과학뿐 아니라 예술에도 큰 흥미를 느끼게 되었다고요. 음악과 문학에 대한 지속적인 흥미가 의료 행위에까지 영향을 미치는 것 같습니다.

색스 그런 것 같습니다, 예술과 과학을 완전히 나눌 수 없다고 생각하기 때문에 선뜻 동의하기가 조금 힘들지만요. 얼마 전에 음악과 신경기관에 대한 에세이를 썼습니다. 음악의 신경학, 신경음악학, 뭐라 부르든 간에요. 부모님은 두 분 다 전기문을 좋아했습니다. 저도 이제는 전기를 무척 좋아하는데요, 환자의 병력과 비슷하다고 생각합니다. 아니, 오히려 저에게는 환자의 병력이 일종의 전기인 셈입니다. C.P.스노의 두 문화 이론을 썩 좋아하지는 않습니다. 저는 운이 좋아서 여러 가지가 공존하는 집안과 시대와 장소에서 자랐지요. 하지만 예술과 과학이 하나로 어우러진다는 것이 좀 의심스럽게 느껴질지도 모릅니다.

러시아의 뛰어난 심리학자 알렉산드르 로마노비치 루리야의 『지워진 기억을 쫓는 남자』를 처음 읽었을 때가 기억납니다. 처음에는 소설인 줄 알았죠. 30쪽을 읽고 나서야 환자의 병력, 그러니까 사례 연구라는 사실을 깨달았는데, 제가 읽어 본 것

중에서 가장 상세했습니다. 하지만 어딘가 소설 같은 느낌이 있었어요, 러시아 소설 말입니다. 루리야도 그런 전통 속에서 자란 것이 틀림없다는 느낌이 들죠.

와크텔 예술과 과학이 어우러지는 것이 의심스럽게 느껴진다고 한 이유는 무엇인가요?

색스 말씀드리죠. 저는 첫 번째 책을 의학 전문 출판사에 가지고 갔어요, 어머니가 책을 낸 곳이었는데, 폐경에 대한 어머니의 책은 엄청난 성공을 거뒀죠. 그런데 제가 편두통에 대한 책을 가지고 갔더니 출판사에서 아주 특이한 말을 했어요. "이 책은 너무 읽기 쉬워요. 의심을 살지도 모릅니다. 더 전문적으로 써 보세요." 알 수 없는 용어도 좀 쓰고 감정은 빼라는 거죠, 의학 분야의 바람직한 학술 서적은 그런 거라고 말입니다.

이러한 의심은 아주 옛날로, 왕립학회가 설립된 1660년대로 거슬러 올라갑니다. 초대 회장이었던 토머스 스프래트는 학회에 기고하는 글은 장식이나 수사 없이 객관적이고 뚜렷하고 보편적이며 편견에 물들지 않아야 한다고 규정했습니다. 아주 복잡한 문제예요. 아무튼 이것이 바로 객관성이라는 환영, 가끔 "입장 없는 관점"이라 불리는 것이라고 생각할 수 있지요.

하지만 우리는 인간이기 때문에 나름의 관점을, 나름의 가설을 세웁니다. 뉴턴은 두 가지 양식으로 글을 썼습니다. 엄격한 기하학적 구조, 고전적인 아르키메데스식 구조로 쓴 『프린

키피아』는 접근하기가 쉽지 않습니다, 말하는 사람의 목소리가 잘 들리지 않죠. 게다가 라틴어 책이었습니다. 뉴턴이 영어로 쓴 『광학』은 훨씬 접근하기 쉽습니다. 뉴턴의 목소리가 계속 들리지요. 그렇다고 과학적으로 미흡하다는 뜻은 아닙니다. 아름다운 산문이에요. 저는 뉴턴이 아름다운 글을 쓰는 작가였다고 생각하지만 전혀 문학적이지는 않습니다. 사고와 깊이, 호기심, 열정이 주는 아름다움이죠.

저는 문학적이라는 말을 썩 좋아하지는 않지만, 심오하면서도 접근하기 쉬운 글, 과학적이면서도 문학적인 글이 가능하다고 생각합니다. 저는 그런 조합이 ─ 뭐라고 말해야 할지 모르겠군요 ─ 냉정과 열정, 객관성과 열정의 조합이 존재해야 한다고 생각합니다. 저는 좋은 글, 열정으로 가득하면서도 절대 균형을 잃지 않고 절대 감상에도 빠지지도 않는 과학적인 글이 있어야 한다고 생각합니다. 이것은 학술적이냐 대중적이냐라는 문제와 아무 상관없는, 과학적 사고와 글쓰기에 대한 훨씬 더 심오한 정의입니다.

와크텔 소설과 비소설을 통틀어서 저는 작년에 당신의 책에서 읽은 이야기들에서 가장 큰 감동을 받았습니다. 어떤 이야기는 희망적이고 어떤 이야기는 아주 슬펐지요. 희망적인 사례로는 자칭 "화성의 인류학자"라고 하는 자폐증 여성 템플 그랜딘의 이야기를 들 수 있겠군요. 그 분의 이야기를 간단하게 들을 수 있을까요?

색스 템플은 세 살 때 몸을 흔들면서 소리 없이 비명을 지르는 심각한 자폐 증세를 보였고, 기관에 들어가서 절망적인 미래를 맞이할 가능성이 높았습니다. 하지만 일이 잘 풀렸어요. 주변에서 훌륭한 교육과 지원, 응원을 제공하며 조심스럽게 돌보았지요. 현재 템플은 생물학자이자 엔지니어이고, 콜로라도 주립대학 교수이며, 소의 심리와 가축 설비 건설 분야에서 세계적인 전문가입니다. 템플은 소를 누구보다도 잘 이해합니다. 하지만 본인도 알고 있듯이 인간에 대한 이해는 무척 제한적이지요. 템플 자신은 인류라는 종을 아주 세밀하게 관찰하고 있다고 말하긴 했지만요. 화성의 인류학자가 된 느낌이라는 템플의 말은 인류라는 종을 세세하게 관찰하고 있다는 맥락에서 한 말이었습니다.

아주 똑똑한 여성이에요. 하지만 자폐증을 가진 사람들이 대부분 그렇듯이, 타인이라는 개념이나 타인의 마음이라는 개념이, 마음이라는 면에서는 자신의 마음도 마찬가지이지만, 아무튼 그런 개념이 잘 발달하지 못했습니다. 그래서 사회적 관계를 맺는 것이 무척 어렵죠. 템플은 의도를, 동기와 전략과 의도의 복잡한 작용을 읽지 못합니다. 아닌 것을 그런 척할 수가 없어요. 템플에게는 정말 독창적인 면이 있습니다. 자폐증 특유의 장점과 단점을 생각했을 때 —아, 저는 고도의 집중력, 정신적인 집착, 뛰어난 기억력 같은 면에서 장점도 물론 있다고 생각합니다—템플이 머릿속으로 아주 복잡한 설계를 해내는 것을 보면 정말 인상 깊고 감동적입니다. 템플은 머릿속에 작업장이 있다고 말하죠. 복잡한 시뮬레이션을 한 다음에 청사진을 만듭니다. 템플은 자폐증의 장점과 단점을 아주 강력하게, 감동적으로 끌어냈습니다. 저는 사실 다른 이야기의 배경 삼아서 템플의 사례를 살펴볼 예정이었지만 너무나 큰 감동을 받았습니다. 애초에 템플은 제가 그녀를 관찰하러 온 일종의 인류학자라고 생각했던 것 같아요. 템플에게는 친밀한 관계와 호의라는 개념을 이해하는 것이 쉽지 않습니다.

와크텔 당신은 그런 부분에 아주 민감하고 또 감정이입을 잘 하는 것 같습니다. 누군가의 감정적인 면을 파악할 때 독특한 부분이 있는데요, 당신은 템플이 다른 사람의 감정을 이해하지 못하는 한계를 어느 정도까지 극복했는지 자세히 기록하지만 동시에 그녀의 감정적인 부분에 공감하는 것에도 관심이 아주 많은 것 같습니다. 템플 그랜딘이 만든 포옹 기계가 떠오르는군요.

색스 템플은 어렸을 때 애정을, 누가 안아 주기를 원했다고 설명했습니다. 아마 자폐증을 가진 사람들이 대부분 그럴 겁니다. 하지만 타인의 포옹은 당황스러운 일인 데다 스스로 통제할 수 있는 것이 아니었죠. 자폐증이 있다고 해서 감각이나 감정이 없는 것은 아닙니다. 감각이나 감정은 가끔——특히 어린 시절에는——통제가 잘 안 되기 때문에 템플은 자신이 포옹을 통제할 수 있으면 좋겠다고, 포옹하는 기계가 있으면 좋겠다고 생각한 거죠. 실천적이었던 템플은 좀 커서 송아지에게 주사를 놓을 때 이용하는 압박식 보정틀을 보고 본인이 쓰기 위해서 인간용 압박식 보정틀을 설계했습니다. 그걸 포옹 기계라고 불렀죠. 템플은 대학에 다닐 때 포옹 기계를 자기 방에 가지고 있었어요. 기계 안으로 들어가서 엎드리면 제곱 인치당 약 22킬로그램의 압력으로 꽉 죄는 거죠. 템플은 포옹 기계가 위안과 안정을 준다고도 생각했지만 또 왠지 모르지만 감정이입을 가능하게 해준다고, 타인을 생각하게 해준다고 느꼈습니다. 아마도 성적 접촉을 한 번도 겪어 본 적 없을 독신 처녀가 이렇게 괴상한 기계를 가지고 있는 겁니다. 템플은 "아마 사람들은 타인과의 관계에서 이런 것을 얻겠죠"라고 말했습니다. 템플이 말하는 "사람들"은 화성인 같은 느낌이죠.

와크텔 당신도 기계 안에 들어가 보았다고요.

색스 네, 저도 들어가 봤는데 좋았습니다, 차분해지고요. 헤어질 때쯤 저는 템플의 말에 큰 감동을 받았습니다. 갑자기 어떤 경계 같은 것이 무너지더니 템플은 자신이 뭔가 중요한 일을 한 거라면 좋겠다고 말했습니다. 뭔가를 전하고 싶다더군요. 유전자를 남길 수는 없지만 생각과 말을 통해서 남기고 싶다고, 이 세상에 어떤 인상을 남기고 싶다고 말입니다. 이 여성이, 어떤 면에서는 너무나 먼 사람, 인간의 모든 근심을 버리고 망명한 사람이 갑자기 그토록 깊은 근심을, 아마도 우리 모두가 가지고 있는 근심을 느낀 겁니다. 템플은 이 말을 하면서 울었습니다. 자폐인이 그런 식으로 우는 건 아주 드문 일입니다. 저는 작별 인사를 할 때 "당신이 허락해 줄지 모르겠지만 포옹하고 싶군요"라고 말했습니다. 그리고 포옹했죠. 확신할 수는 없었지만 템플도 마주 안아 주는 것 같았어요. 말하자면 템플은 제가 자기 삶에 들어가도록 허락해 주었던 것 같습니다. 조금, 아주 조금이지만요.

와크텔 당신 작품의 공통점은 의학적인 결함, 혹은 결함이라고 설명되는 것에도 장점이 있다는 생각인 듯합니다. 예를 들어서 투렛 증후군의 경우 기이한 행동이 나타날 수 있지만 그래도 생기와 강렬함이 있지요. 사람들은 뭐라고 하죠? 올리버 색스의 세계관은 암울한 상황에서도 밝은 희망을 발견하는 것이라고 하나요?

색스 네, 그리고 더 나쁜 말도 하죠. 질병이나 질환을 낭만화한다는 말도 가끔 듣습니다. 하지만 템플 본인의 말을 인용해 보죠. "손가락을 딱 퉁기면 자폐증에서 벗어날 수 있다 해도 저는 그러지 않을 거예요, 자폐증은 나라는 사람의 일부니까요."

아까 말했지만, 몇 주 전에 저는 미국 서부 해안 지역에서 완전 색맹인 여성을, 태어날 때부터 색을 전혀 볼 수 없는 여성을 만났습니다. 간상체만 있고 원추체가 없기 때문이죠. 색을 본 적도, 인식한 적도 없고, 어떤 의미에서는 색을 생각할 수도 없는 여성입니다. 다른 단점도 있습니다. 시력이 별로 좋지 않기 때문에 밝은 햇볕을 많이 쬐기만 해도 눈이 멀 수 있으니까요, 그래도 그녀는 괜찮다고 합니다. 완전 색맹이 어떤 장애나 쇠약함이라고 생각하지 않는다는 거예요. 그녀는 이렇게 말했습니다. "이렇게 생각할 수도 있어요. 저에게는 제가 보는 세상이 풍성하고 아름다워요. 저는 수많은 명암과 농담을 파악할 수 있죠. 당신은 그냥 회색이라고 할지도 몰라요. 하지만 회색이 저에게는 하나의 개념일 뿐이에요. 장님에게는 어둠이 하나의 개념이고 귀머거리에게는 침묵이 하나의 개념에 불과한 것처럼요." 그녀는 자신이 사랑하는 풍경에 대해서 이야기했습니다. 또 아름다운 그림도 그리죠, 바깥의 풍경과 내면의 풍경 모두를요. 그녀는 색이 그렇게 절실히 보고 싶지는 않다고 말했습니다. 제가 말했죠. "당신에게 색을 보여 주겠다고 제안하면요? 고칠 수 있다고 한다면요?" 그녀가 이렇게 말하더군요. "음, 우선 저는 그 제안이 무슨 뜻인지 모를 거예요, 색이라는 개념이 없으니까요. 다른 사람들이 색에 대해서 이야기하는 걸 들으면 좀 웃겨요, 그 사람들이 무슨 말을 하는지 모르니까요. 그 사람들에게는 아주 현실적인 이야기겠지만요." 그녀는 어떤 식으로든 색이 주어진다면 아주 귀찮을 것 같다고 하더군요. 이미 그 자체로 일관성 있고 완전한 세상에 아무런 연관성도 의미도 없는 감각이 갑자기 더해지는 셈이고, 그러면 극도로 혼란스러울 테니까요.

청각장애인들은 가끔 청각장애deaf라는 말을 두 가지 다른 뜻으로 씁니다. 첫 글자를 소문자로 쓰면 의학적인 귀머거리, 즉 청각장애를 뜻하죠. 하지만 대문자로 쓰면 수화자, 수화를 하는 사람이라는 뜻입니다. 그 사람이 언어적 소수자, 수화를 하는 공동체에 속한다는 뜻, 나름의 언어와 나름의 유머, 나름의 시각, 나름의 완전성을 가진 청각장애 전통과 문화의 일부라는 뜻이죠. 그러한 전통과 문화가 존재하는 한 청각장애인들은 보청기나 인공와우 이식에 관심이 없을 수도 있어요. 알 수 없는 것을, 자신들에게 아무런 가치도 없고 오히려 혼란을 일으킬지도 모르는 것을 주겠다는 약속 또는 위협이니까요. 색이 세상에 혼란을 일으키는 것처럼 말입니다. 이 여인은 또 자신이 대문자로 시작하는 완전 색맹이라고 말하고 있었던 셈이지요.

와크텔 그래서 육체적 문제를 낭만화한다는 비난을 받는군요. 청각장애 자녀를 둔 비장애인 부모들은 자녀와의 거리감에 큰 상처를 받고 있기 때문에 그런 상황에서 희망을 보라는 것이 지나친 요구로 느껴진다는 예가 있었지요.

색스 비장애인 부모가 청각장애 자녀를 키우는 것은 아주 복잡합니다. 복잡해지기 쉽지요. 청각장애 부모가 청각장애 자녀를 키우는 것이 더 쉬워요. 청각장애인과 청각장애 아동은 두 가지 신원을, 즉 두 종류의 가족을 가질 수 있습니다. 생물학적 가족도 있지만 청각장애 가족, 즉 수화 공동체 가족도 있지요. 예를 들어서 원래 소리를 들을 수 있었는데 스무 살에 청력을 잃었고, 인공와우 이식으로 청각을 되찾을 수 있다면 당연히 되찾기를 원하겠지요. 그런 경우에는 심리적인 난관도, 윤리적 난관이나 사회적 난관도 없습니다. 원래 상태로 되돌아가는 것이니까요. 하지만 완전히 새로운 것을 제안하는 것은 복잡한 문제입니다.

와크텔 당신 환자 중에 다소 비극적인 사례가 있었습니다. 아주 어렸을 때 시력을 잃었다가 마흔 살인지 마흔다섯 살에 시력을 회복한 버질이었죠.

색스 그렇습니다. 게다가 태어나 처음 5년 동안은 앞을 볼 수 있었지만 그때도 사실 시력이 굉장히 나빴고 온전치 않았으니 시력이 완전했던 적이 없는 셈이지요. 당시 저는 버질이 2주 전에 수술을 받았다는 연락을 받았습니다. 이제 앞이 보인다고 했죠, 정말 멋진 일이었습니다. 하지만 버질은 눈에 보이는 것이 뭔지 몰랐습니다, 그게 뭔지 이해하지 못했지요.

수술이 성공할 수도 있고 실패할 수도 있다, 성공하면 바로 앞을 볼 수 있고 시력이 온전한 사람으로 살아갈 수 있다, 라는 것은 너무 단순한 생각이었습니다. 현실은 둘 다 아니었습니다.

버질은 시력이 생겼지만 그것을 이해하지 못했습니다. 수술을 하고 24시간 후 붕대를 풀었을 때 버질은 흐릿한 색깔과 움직임이 보였고, 거기에서 목소리가, 담당 의사의 목소리가 나왔다고 생생하게 묘사합니다. 목소리가 얼굴에서 나온다는 사실을 알고 있었으니까 그 이상한 것, 움직이는 흐릿한 색깔이 얼굴일 거라고 짐작했죠. 버질은 얼굴에 대한 시각적 개념이 없는 사람입니다. 촉각적 개념은 있지만, 그것은 바로 전환되지 않죠. 아주 단순한 것들, 예를 들면 사각형이나 삼각형 같은 기하학적 도형의 경우에도 촉각으로 만져 본 삼각형은 눈으로 보는 삼각형과 다릅니다. 7세기에는 이것이 철학적 질문이었습니다. 촉각의 세계에서 편안하고 안정적인 삶을 살던 버질은 시력을 되찾고 완전히 당황했지요. 그에게는 시각의 세계가 아예 없었습니다. 버질의 뇌는 거리와 원근감처럼 기초적인 것들을 어떻게 인식하고 어떻게 분류해야 할지 몰랐습니다. 버질은 물체가 움직이면 생김새가 달라진다는 사실에 당황했습니다. 그림자를 보고도 당황했지요. 버질은 이런 문제를 해결하는 데 아주 큰 어려움을 겪었어요. 준비가 되어 있지 않았기 때문에 더 어려웠을 겁니다. 미리 이야기를 나누었어야 하는 건데 말입니다.

와크텔 옛날 영화들을 보면 그렇잖아요, 붕대를 풀자마자 바로 보여요!

색스 그건 우리 모두가 가지고 있는 생각인 것 같습니다, 성경에도 나오죠. 성경에는 사람들이 시력을 되찾는 기적이 아주 많이 등장합니다. 그 중에 흥미롭고 복합적인 이야기가 하나 있어요. 예수님이 기적을 일으켜 어떤 남자의 눈을 뜨게 하는데, 그는 사람들을 보고 나무가 걸어 다닌다고 생각합니다. 이 매혹적이고 수수께끼 같은 이야기는 그 사람이 자신이 뭘 보고 있는지 몰랐다는 사실을 암시하는 것 같습니다. 성경에서 임상적으로 정확한 이야기를 기대하는 사람은 없겠지만요.

와크텔 시력을 회복한 뒤 버질의 삶이 무척 피폐해졌지요?

색스 그런 것 같습니다. 다른 문제들도 있었어요. 버질과 똑같은 입장이었지만 시력을 되찾은 다음 적어도 어떤 면에서는 꽤 성공적으로 적응한 사례들도 있습니다. 하지만 적응하지 못한 사람들도 있습니다. 30년 전에 발표된 유명한 사례가 있는데, 그 사람은 수술하고 1년이 지난 후에도 양쪽 시력이 모두 2.0이었고, 지능도 높고, 적응에 필요한 모든 조건을 갖추고 있었지만 결국 실패했습니다. 그는 사람들 얼굴을 여전히 알아보지 못했고, 정비공 일을 더 이상 할 수 없었습니다. 기술이 뛰어난 시각장애 정비공에서 어설픈 정비공이 되어 버린 거죠. 눈이 보이지 않을 때는 다른 사람의 어깨에 손을 얹고 자전거를 타러 가기도 하고 길도 잘 건넜습니다. 하지만 수술을 받고 나자 정상 시력을 가졌지만 길 건너는 것을 무서워하는 소심하고 혼란에 빠진 사람이 되었고, "선물이 저주가 되었다"고 말했습니다. 그는 심한 우울증에 빠졌고 결국 자살했습니다. 하지만 저는 시각 장애를 낭만화하고 싶지 않습니다. 모든 것이 너무나 복잡하다고만 말하고 싶어요. 환자의 삶에 대대적으로 개입하려면, 즉 의학적으로 고치려면, 먼저 삶의 전체적인 양상을, 삶의 질서를 봐야 합니다.

와크텔 당신의 글에서는 늘 경이로움이 느껴집니다. 당신이 느끼는 그런 경이로움이 어떤 식으로든 줄어들었나요?

색스 아닙니다. 다들 그렇겠지만 가끔 할 일은 너무 많고 시간은 충분하지 않을 때, 또는 어떤 특정한 방식으로 뭔가를 해야 할 때는 압박감을 느끼지요. 하지만 대체적으로 저는 다시 놀랄 수 있습니다, 아이처럼 말이죠. 얼마 전 완전 색맹인 분과 대화를 나누었을 때도 다시 깜짝 놀랐습니다. 그녀가 말했죠. "제 세계도 괜찮아요." 또 남태평양의 완전 색맹 섬 이야기도 해 주었습니다. 그 섬에서는 고립 상태와 근친혼 때문에 아주 드문이 유전 질환——보통 십만 명 중 한 명입니다——이 정말 흔해져서, 현재 섬 전체 인구의 절반이 완전 색맹이라고 합니다. 저는 완전 색맹이 어떤 것인지 생각해 보았습니다. H. G. 웰스의 멋진 소설 『눈먼 자들의 나라』를 떠올렸지요. 그 사람들은 어떤 옷을 입을까? 건물은 어떨까? 음식은? 예술은, 언어는 어떨까? 제가 아직도 놀랄 수 있고 경이로움을 느낄 수 있다는 사실에 정말 감사합니다!

와크텔 가끔 외로움이나 회한을 느끼는 순간에 대해서도 이야기하지요. 그런 글을 읽은 적이 있는데요, 정신과 뇌를 주제로 강의를 하기로 했는데, 그 즈음 죽을 듯이 힘들어서 강의를 통해 힘을 내려고 제목을 〈살아 있다는 것^{Being Alive}〉으로 정했다고요.

색스 1985년, 86년의 일입니다. 저 역시 비참한 순간도 있고 언짢을 때도 있지요. 저는 자폐증은 아니지만, 템플과 비슷하게 생각합니다. 일을 위해서 사는 편이거든요. 아니, 일이 곧 삶이라고 할 수 있겠죠. 저는 주말을 싫어합니다. 주말의 공허함, 심연, 무질서가 겁나요. 월요일이 오면 병원에 가서 환자를 만나거나 타자기 앞에서 글을 쓸 수 있어서 기뻐하는 편이지요.

와크텔 한 친구──잡지 『뉴요커』의 작가 로렌스 웨슐러──는 당신의 놀라운 감정이입 능력이 "거리감"에서 나온다고 말했습니다. 맞다고 생각하세요?

색스 웨슐러가 정확히 무슨 뜻으로 그렇게 말했는지 잘 모르겠습니다. 이 역시 추방자 혹은 이방인이라는 반복되는 개념으로 돌아간다고 할 수 있겠군요. 저는 어제 캐나다에 도착했을 때 거주 외국인으로서 신분증을 보여 줘야 했습니다. 전 미국 시민권도 취득하지 않았습니다. 저는 거주 외국인이라는 용어에 끌립니다. 전 늘 약간 이방인 같은 느낌이 있었던 것 같아요, 부러움과 연민을 느끼며 인간을 엿보는 거죠.

템플은 "전 데이터를 진심으로 이해할 수 있어요"라고 말합니다. 데이터는 「스타트렉」에 나오는 안드로이드인데, 양전자 두뇌를 가지고 있지만 공감 회로와 감정 회로가 없죠. 하지만 데이터는 유기체와 인간을 부러워합니다. 지난주에 미국 서부 해안 지역에 갔을 때 저는 「스타트렉」 세트에 가서 데이터를 만났습니다. 어린 아이처럼 신이 났죠! 저는 데이터가 전 세계 자폐인들의 영웅이라고 말해 주었습니다. 데이터는 그걸 어떻게 받아들여야 할지 몰랐던 것 같지만요.

거리감은 저를 끝없이 괴롭히는 동시에 끝없이 자극합니다. 가끔은 제가 삶에 온전히 참여하지 않는 설명자일 뿐이라는 느낌이 들어요. 저의 일부는 항상 어느 정도 거리를 두고 설명한다고도 할 수 있겠군요. 언젠가 친구와 함께 일본에 갔을 때 친구가 저에게 말했습니다. "생각 좀 그만해! 그냥 받아들여. 긴장을 풀고 모든 것을 느끼라고. 자넨 미국 중서부의 거대한 트랙터 같아. 머릿속으로 온갖 생각을 계속하면서 다 뒤집어 보고 있으니 말이야." 이상한 말이지만 저에게는 거리감과 공감이 모두 있는 것 같습니다.

와크텔 생각을 멈출 수 있었나요?

색스 아니오.

와크텔 놀라운 일은 아니군요. 생각을 멈추라는 말은 "마당으로 나가서 분홍색 코끼리 생각만 안 하면 보물을 찾을 수 있을 거야"라는 말이나 마찬가지죠. 누가 생각하지 말라고 말하는 순간 더 열심히 생각하게 되잖아요.

색스 그건 해설자의 역설일지도 모릅니다. 뭐든 당연하게 여기지 않으려면 거리감이 있어야 하니까요. 저는 참여자/관찰자라는 인류학 용어를 좋아하는데, 그와 비슷한 이중성이 있을지도 모릅니다. 배신이나 배반이라는 느낌이 들 수도 있어요, 누군가가 참여자로 함께 하다가 갑자기 펜을 들고 전부 기록한다는 것이 말입니다.

와크텔 다리를 다쳐서 병원에 입원했던 때의 이야기가 생각납니다. 친척 아주머니가 병문안을 오면서 콘래드의 『방랑자』를 가지고 와서 세상에는 두 종류의 사람이, 방랑자와 정착민이 있다고 하셨죠. 당신은 방랑자로군요.

색스 네. 저는 항상 방랑하는 것 같습니다. 저는 여행을 아주 좋아하고, 여행이라는 개념 자체를 무척 좋아해요. 또 제가 생각하는 마음과 신경계는 여행자입니다. 그게 바로 에덜먼 이론의 본질이에요, 마음과 유기체는 자기 길을 만들어서 그 길을 따라 여행을 해야 한다는 거죠. 가끔은 다른 규칙이 있다고, 그것이 우리를 프로그램하고 고치려는 것 같다는 생각이 듭니다. 유전적으로든, 문화적으로든, 어떤 식으로든요. 하지만 저는 모든 유기체가——특히 인간이——모험과 여행, 새로움, 도전을 위해서 만들어졌다고 생각합니다. 삶의 경이로움은 바로 그런 것에서 오죠. 위험도 마찬가지고요.

와크텔 저는 아주 긍정적인 이야기를 고개를 끄덕이며 듣고 있었는데, 위험이라는 말로 깜짝 놀라게 하는군요. 왜 위험이죠?

색스 모든 것을 통제할 수는 없는 법이니까요. 다음 모퉁이를 돌았을 때, 또는 다음 산을 넘었을 때 무엇이 나타날지 결코 알 수 없지요. 항상 기대감이 존재하고 두려움도 약간 있을지도 모르지만, 저는 그럴 가치가 있다고 생각합니다. 저는 이론의 탄생을 보는 것만큼이나 이론의 파괴를 보는 것이 좋습니다. 과학 이론은 그런 격변 속에서 끊임없이 정립되는 것 같습니다. 아인슈타인은 『물리학의 진화』라는 책을 썼지요. 1부의 제목은 기계적 세계관의 탄생인데, 그 다음에 기계적 세계관의 몰락과 장場이라는 관점의 탄생이 나옵니다. 장이라는 개념이 태엽 장치 개념에서 진화하지 않았다는 거죠. 전혀 다릅니다.

　제가, 우리가, 가끔 우울함에 빠지는 이유 중 하나는 세계관이, 그러니까 인식론이나 이론이 무너지면서 세계에 질서를 부여할 방법이 갑자기 없어졌다는 느낌이 들기 때문이라고 생각합니다. 우리는 새로운 이론이 등장하기를 끈기 있게 기다려야합니다. 저는 세상이 연속적으로 발전하고 진화한다고는 생각하지 않습니다. 흥미로운 발견이 등장하고, 검증되고, 그런 다음 오류가 발견되어 전부 무너지는 거죠. 비트겐슈타인이 아주좋은 예입니다. 비트겐슈타인은 한 마디의 말 때문에 자신의 초기 철학이 무너졌다고 설명합니다. 그는 세상이 논리적 그림들로 구성되어 있다고 생각했는데, 어떤 친구가 제스처의 논리 구조가 무엇인지 묻죠. 비트겐슈타인은 대답을 할 수 없었고, 그의 철학 자체가 카드로 만든 집처럼 무너지는 느낌이었다고 합니다. 비트겐슈타인은 어둠에, 지적, 감정적 암흑에 빠집니다, 7년 동안이나요. 그런 다음 새롭고 전혀 다른 철학을 내놓았는데, 저는 거기서 삶에 훨씬 더 가까운 철학이 탄생했다고 생각합니다.

1994년 2월

래리 스캔런과 인터뷰 공동 준비

"『남아 있는 나날』을 쓸 즈음에 저는
다른 중요한 차원이 있다고 생각했던 것 같습니다.
감정적으로 충실한 삶을 사는 것이 중요하다고,
사랑하고 사랑받는 것을 스스로 허락하지 않으면
어떤 기여를 했는지는 중요하지 않을지도 모른다고 말입니다.
그렇게 하지 않으면 삶을 낭비하는 거죠."

가즈오 이시구로

가즈오 이시구로
Kazuo Ishiguro

앤서니 홉킨스와 에마 톰슨 주연의 영화로 제작된 『남아 있는 나날』은 부커 상을 수상한 명작으로, 나이 든 집사가 주인을 섬겨 온 평생을 반추하며 탄탄하고 절제된 목소리로 이야기를 풀어간다. 제2차 세계대전 직전 영국의 시골 장원을 배경으로 진행되는 이야기에서 서서히, 냉혹하게 새어 나오는 것은 잘못된 충성과 자기기만이다. 가즈오 이시구로는 집사의 전형적인 영국인다운 성격에 흥미를 느낀 것은 아니라고 말했다. 그의 말에 따르면 『남아 있는 나날』은 사실 "감정의 실패에 대한 연구"이다. 사실 이것은 이시구로가 늘 천착하는 주제이다.

많은 면에서 이전 작품들과 무척 다른 『위로받지 못한 사람들』도 마찬가지다. 가장 명백한 차이점을 들자면 이 책은 다른 소설들보다 두 배는 길고, 이름이 나오지 않는 유럽 도시가 배경이다. 이시구로의 처음 두 소설 『창백한 언덕 풍경』과 『부유하는 세상의 화가』는 일본이 배경이고, 『남아 있는 나날』은 영국이 배경이다.

『위로받지 못한 사람들』의 주인공은 국적을 알 수 없는 유명 피아니스트로, 연주회를 하러 어느 유럽 도시를 방문한다. 그러나 책 전체는 불안한 꿈과 비슷하다. 생판 모르는 사람들이 그에게 이런저런 부탁을 하고, 과거의 사람들이 나타나고, 모든 것이 뜬금없다. 시간이 확장되어 하루 저녁이 150페이지나 이어진다. 또 공간은 축소되어서 주인공이 버스를 타고 상당히 멀리 가서 이상한 장소들을 방문하지만 어느새 처음 길을 나섰던 호텔 뒤 카페에 있는 자신을 발견한다. 이것은 지키지 못한 약속과 놓친 기회에 대한 소설, 실망과 상실에 대한 소설이다. 『위로받지 못한 사람들』은 "오직 연결하라"는 E. M. 포스터의 금언에 "불가능하다"라고 대답한다. 이 소설은 거리를 두고 방향감각을 잃은 채 방황하는 주인공을 통해서 "감정의 실패"에 대해, 감정에 따라 살 수 없는 것에 대해 이야기한다.

『위로받지 못한 사람들』은 독자들에게 지나치게 많은 것 ── 주인공의 불안한 꿈, 가혹한 좌절, 허무한 결말 ── 을 공유하도록 요구하기 때문에 논란이 되었다. 나의 경우 처음에는 불안이 너무나 생생해서 책을 계속 읽기가 힘들 정도였다. 지키지 못한 약속들, 기다리는 모든 사람들을 나는 정말로 걱정했다. 하지만 소설의 리듬에 익숙해지고 결국 문제가 해결되지 않을 것이 확실해지자 나는 다급한 마음으로 책을 읽어 나갔다. "비범할 정도로 완벽한 작가" 이시구로는 저항하기 힘든 책만 써낸다.

가즈오 이시구로는 1954년 일본 나가사키에서 해양학자의 아들로 태어났고, 다섯 살 때 가족과 함께 영국으로 이주했다. 이시구로는 글래스고와 런던에서 사회복지사로 일했다. 그는 록 음악을 아주 좋아했다. 사실 이시구로는 기타리스트와 가수로 실패했기 때문에 작가가 될 수 있었다고 말한다. 우리는 이시구로가 토론토를 방문했을 때 만나서 대화를 나누었다.

* * *

와크텔 당신 소설은 대부분 어디인지 알아볼 수 있는 풍경을 무대로 합니다. 처음 두 소설은 대부분 일본이 배경이었고 세 번째 소설은 영국이 배경이었죠. 하지만 사실 이런 배경을 현실적으로 그릴 생각은 아니었다고요.

이시구로 제가 하려던 말은 근본적으로 역사의 재구성에는 관심이 없다는 뜻이었을 겁니다. 제가 그 소설들을 쓸 때 주된 목적은 독자에게 역사의 특정 순간이 어땠는지 설명하는 게 아니었어요. 어떤 주제와 아이디어를 가지고 소설을 쓰기 시작하면서 생각했지요, 이 주제와 아이디어를 가장 강력하게 드러내려면 어디를 이야기의 무대로 삼아야 할까? 일본 배경 소설을 쓸 당시에는 제가 살고 있는 현대 영국보다 일본 역사 중에서 혼란스러운 기간을 가져오는 게 어떨까 하는 생각이 들었습니다. 제가 관심이 있었던 것은 무언가에 모든 힘과 이상을 쏟아부었는데 결국 그것이 틀렸다고 밝혀지면 어떻게 될까, 라는 질문이었으니까요. 소설가는 어떤 세상이든 선택할 수 있습니다. 역사를 살펴보면서 로케이션 헌팅을 해서 제일 잘 맞는 곳을 고를 수 있죠. 저는 종종 그렇게 했습니다. 하지만 점차 역사를 그런 식으로 이용하는 것이 좀 불편해졌죠.

와크텔 그러니까 당신 소설은 진짜 같은 분위기로 칭송을 받았지만 사실은 더욱 은유적이었다는 거군요.

이시구로 그건 사실 동기와 관련이 있습니다. 저 정도의 나이——전 마흔 살입니다——에, 또 일본과 영국에서 자란 사람으로서, 제가 전쟁 전과 전쟁 후의 일본이나 양차 대전 사이의 영국과 갖는 관계는 그 시대에 살았던 사람이 갖는 관계와 다릅니다. 저는 소설가로서 진짜처럼 들리는, 진짜 같은 풍경을 만들어야 했습니다. 하지만 기술적으로는 가능한 일입니다. 저는 도서관에 가서 당시의 그림을 그려냈죠. 말하자면 프리모 레비처럼 현대 역사의 중요한 순간을 직접 체험하고 그것을 알려야겠다는 필요성을 느낀 사람과는 전혀 다른 관계입니다. 많은 면에서 저는 은유적 측면에 관심이 있었지요. 왜냐면, 저는 당연히 제 자신에게, 그리고 제가 사랑하는 사람들에게 일어나는 일에 가장 관심이 많으니까요. 그 사람들이 1930년대나

1940년대의 일본에서 살고 있는 건 아니잖아요, 현재의 영국에서 살고 있죠. 그래서 이번 작품에서는 직설적이고 자연주의적이고 현실적인 풍경에서 벗어나 신화적인, 혹은 은유적인 측면을 강조해 보고 싶었습니다.

와크텔 사실적인 풍경에 대해서 조금만 더 이야기하자면, 당신은 나가사키에서 태어나서 다섯 살까지 일본에서 살았습니다. 나가사키에 대해서 기억나는 게 있습니까?

이시구로 이젠 거의 기억을 기억하는 단계가 되었죠. 일고여덟 살 때의 저에게는 나가사키에 대한 기억을 지키는 것이 무척 중요했거든요. 사랑하는 많은 사람들을 두고 왔기 때문만이 아니라 영국에서 자랐지만 언젠가는 일본으로 돌아갈 거라고 생각했기 때문입니다. 부모님이 저에게 농담을 하셨다거나 그런 건 아니에요. 항상 일본으로 돌아갈 계획이 실제로 있었거든요. 그래서 저는 결국 일본에서 살게 될 거라고 생각하면서 자랐습니다. 일본에서 공부할 자료를 보내 왔고——매달 소포가 도착했습니다——그래서 일본에서의 기억이 훨씬 더 확고한 이미지로 유지될 수 있었죠.

저는 일본에서의 기억을 생생하게 지켜야 한다는 정말 현실적인 동기가 있었습니다, 그 기억이 중요해 보였으니까요. 일본은 단순히 제가 온 곳만이 아니라 제가 가야 할 곳이었습니다. 이제는 제가 예전에 기억했던 것을 기억하는 단계가 된 것 같군요. 주로 개인적인 기억, 평범한 기억입니다. 할아버지와 길가에 서서 영화 포스터를 보았던 것, 뭐 그런 거죠.

와크텔 나가사키라는 이름을 듣고 폭탄을 떠올리지 않을 사람은 없습니다. 언젠가 어머니가 폭탄이 떨어졌을 때의 경험을 이야기해 주셨다고요. 그 이야기를 들었을 때 어떤 느낌이었는지 기억나세요?

이시구로 자랄 때 저는 항상 폭탄에 대해서 알면서도 몰랐습니다. 저는 겐시바쿠단, 즉 원자 폭탄이라는 일본어를 언제 처음 들었는지 기억나지 않아요. 그 말은 항상 있었던 것 같아요, 사람들이 항상 그 이야기를 했으니까요. 예를 들어서 나가사키에 어떤 건물이 있으면 사람들은 그건 원자 폭탄 이후에 지어졌지, 혹은 그 다리는 원자 폭탄 때까지는 거기 있었어, 라고 말하죠. 당시 아직 어린애였던 저에게 어른들이 죽은 사람들 이야기는 하지 않았지만, 저는 나가사키에 과거와 현재를 가르는 무언가가 있다는 사실을 알았습니다. 일고여덟 살 때쯤 그게 뭔지 어느 정도 알게 되었지요. 영국에서 초등학교에 다닐 때 백과사전에서 단 두 도시에만 그런 폭탄이 투하되었다는 사실을 발견하고 이상한 자부심 같은 것을 느꼈던 기억이 나요. 저는 생각했죠. 아, 신기하다, 단 두 곳에서 그런 일이 일어났는데, 나가사키가 그 중 하나잖아. 그게 특이한 일이라는 걸 그때 깨달았던 것 같아요. 모든 도시가 원자 폭탄을 맞지는 않았다는 것 말입니다. 나가사키 출신이 아닌 사람들이 "나가사키"라는 말을 듣자마자 원자 폭탄을 떠올리니까 알 수 있었지요. 저에게는 나가사키가 곧 일본이고, 제가 알았던 유일한 일본입니다. 그건 바로 저의 어린 시절, 초기의 어린 시절이에요.

와크텔 영국으로 이주한 당신 가족은 길드포드에 정착했습니다. 일본 문화와 당신이 자란 길드포드의 문화가 놀랄 만큼 비슷하다고 말씀하신 적이 있는데요. 왜 그렇죠?

이시구로 길드포드는 전형적인 런던 외곽의 중산층 도시이고, 사람들이 점잖음을 무척 중요하게 생각했던 1960년대 초에는 더욱 그랬습니다. 지금 되돌아보면 비교적 쉬운 변화였던 것 같아요. 물론 언어와 관습은 현격한 차이가 있었지만, 일부 본질적인 것들은 무척 비슷했습니다. 두 문화 모두 감정을 드러내는 것을 별로 좋아하지 않아요. 예의와 예법에 집착하고요. 영국인과 일본인은 모두 섬사람이죠, 그런 공통점이 있어요. 그래서 그렇게 어렵지 않았습니다. 예를 들어 북아메리카와 일본의 차이가 일본과 영국의 차이보다 훨씬 더 크다고 생각합니다, 런던 외곽 중산층 사회와의 차이보다는 말이죠.

와크텔 환경에 잘 적응하고 동화한 것 같군요. 그러니까, 아이들이 새로운 나라로 이주했을 때 해야 하는 것을 쉽게 하신 것 같습니다. 십대 때 탁구를 정말 잘 쳤는데, 그러다가 정체성 위기를 겪었다는 이야기를 읽은 적이 있는데요. 왜 그랬을까요?

이시구로 제가 여러 가지 스포츠를 특별히 잘하는 건 아니었습니다. 몸 쓰는 일에는 겁이 좀 많은 데다가 공은 늘 무섭거든요. 딱딱한 공으로 하는 크리켓은 자살이나 마찬가지죠. 제가 탁구에 끌린 건 일본인이 잘하는 운동이었기 때문입니다. 그때부터 일본인으로서 뿌리를 찾으려고 애쓰게 되었죠. 저는 십대 초반에 이렇게 생각했습니다. 난 일본인이니까 탁구를 잘할 거야, 공은 작은 플라스틱 덩어리일 뿐 나를 해칠 수 없어. 그러니 뿌리를 재발견한다는 의미에서 그건 긍정적인 경험이었습니다. 하지만 탁구채를 잡는 방법이 문제였어요. 일본인들은 펜홀더 그립으로, 즉 펜을 잡듯이 탁구채를 잡는데, 엄청난 노력 끝에 저는 그것이 꼭 유전적인 건 아니라는 사실을 깨달았습니다. 그건 탁구채를 잡는 아주 자연스러운 방식인데, 매일 젓가락을 쓰면서 손가락을 능숙하게 놀릴 수 있는 사람이어야만 웨스턴 그립보다 큰 장점이 있죠. 그때 제가 제대로 된 일본인이 아니라는 걸 깨달았던 것 같습니다. 저는 웨스턴 그립과 펜홀더 그립을 계속 오갔습니다. 공과 접촉하는 면이 1밀리미터 정도의 차이가 있어요. 길드포드 청소년부에서 순위가 높을 때도 있었지만, 내가 일본인인지 영국인인지 결정할 수 없었기 때문에 탁구 경력은 무너졌죠.

와크텔 재밌는 이야기처럼 들리지만, 그 당시 당신에게는 심오한 일이었나요?

이시구로 지금 와서 생각해 보면, 저는 그때 처음으로 일본인으로 보이려고 무척 신경을 썼던 것 같습니다. 그 전까지는 몇몇 순간——그러니까 놀이터에서 아이들이 내가 무술 실력자쯤 되는 줄 알면 그냥 그렇게 생각하게 놔두었죠——을 제외하면 제가 다르다는 사실을 강조하지 않으려고 신경을 썼습니다. 하지만 그때는 제가 탁구채를 일본식으로 쥘 수 있는 유일한 사람이라는 생각에 무척 신경을 썼던 기억에 나네요. 무언가를 제가 느끼기에 자연스러운 방식이 아니라 일본식으로 하고 싶었던 경험은 그때가 아마 처음이었을 겁니다. 대단한 일은 아니었고 당시에는 그런 식으로 분석하지도 않았지만, 나중에 소설을 쓰기 시작하면서 그때와 똑같은 요소가 영향을 미쳤기 때문에 깨달았지요. 저는 일본에 대해서 쓰고 싶었고 나의 일본인다움을 창작물에 어떻게든 이용하고 싶었는데, 아마도 그때와 같은 충동이었겠지요.

와크텔 열다섯 살인지 열여섯 살인지가 되어서야 일본으로 돌아가지 않는다는 사실을 알게 되었다고요. 그때 어떤 느낌이었나요?

이시구로 사람이 어릴 때, 그러니까 다섯 살부터 열다섯 살까지는 보통 그런 것에 대해 많이 생각하지 않습니다. 세상은 어른들 손에 달려 있다고, 어른들이 알아서 할 테니 내가 걱정할 입장은 아니라고 생각하죠. 우리 가족은 항상 일본으로 곧 돌아갈 예정이었습니다. 저는 친구들이 모두 여기 있었으니까 돌아가고 싶지 않은 생각도 들었지만, 마음 깊은 곳에서는 돌아가고 싶었을지도 모른다고 생각합니다. 이 역시 어렸을 때가 아니라 지금 와서 알게 된 것입니다. 우리는 엄밀히 말해서 영국으로 이민을 온 것이 아니었습니다. 사실 1960년대에 우리 가족은 영국에 정착하지 않았습니다. 여기가 우리 집이 될 것이라고, 그러니 이곳 관습에 적응하자고 말하지 않았지요. 우리는 잠시 머물고 있을 뿐이었습니다. 저의 성장 배경은 좀 특이했어요. 집안에는 일본적인 가치를 지키고 싶어 하는 일본인 부모님이 계셨고, 부모님은 저를 일본식으로 키우고 싶어 하셨죠.

영국인 친구들은 해도 되는 것과 하면 안 되는 것들이, 온갖 생활 규칙이 있었고, 그것이 절대적인 도덕적 가치라고 진심으로 믿었습니다. 하지만 우리 부모님이 해야 한다거나 하면 안 된다고 말하는 것들과 무척 달랐기 때문에 저에게 그건 그냥 영국인들의 규칙이었지요. 가끔 친구 집에 가면 사실 그렇지 않다는 것을 잘 알면서 우리 집에서도 같은 규칙이 적용되는 척했던 기억이 납니다. 그래서 저는 어떤 거리감이 있었어요. 다른 사람들의 가치관이 제게는 관습에 불과했습니다. 길드포드는 약간 답답한 런던 외곽 지역이었고 ── 다들 아직 교회에 열심히 다녔고 오늘날의 기준으로 보면 아이들에게 매정했지요 ── 아이들이 집 안에서도 어느 어느 구역에 들어가려면 노크를 하고 허락을 받아야 했어요. 일본식과는 무척 달랐습니다.

와크텔 거리감이라는 말을 듣자마자 당신이 나중에 쓰게 된 책들이, 그 주인공들이 느끼는 거리감이 떠오르네요.

이시구로 저는 한 사회의 관습이 다른 문화에 반드시 적용되지는 않는 아주 인위적인 개념이라는 사실을 항상 의식하고 있었습니다. 제가 직접, 힘들게 겪으면서 배웠으니까요. 그래서 저는 가치관이란 사람들이 만든 인위적인 것에 불과하다는 첨예한 인식을 가지고 있는 것 같습니다.

와크텔 과거를 회상하면서 그런 말도 하셨는데요, 실감도 없이 작별 인사도 하지 못한 채 일본을 영원히 떠나 조부모님과 영원히 헤어졌다는 상실감을 인식하게 되었다고요.

이시구로 아이에게는 그런 인식이 무의식적인 차원에서 일어나는 것 같습니다. 그 나이 때는 작별 인사를 해야 한다는 책임 같은 것을 생각하지 않죠. 하지만 그 일은 더 깊은 차원에서 내가 할아버지와 할머니를 실망시켰다는 느낌을, 이상한 죄책감 같은 것을 남겼습니다. 먼저 짚고 넘어가야 할 것은, 우리 가족은 조부모님과 함께 살았기 때문에 저에겐 할아버지와 할머니가 부모님이나 마찬가지였다는 사실입니다. 제가 어렸을 때는 아버지가 집에 거의 없었습니다. 과학자로 미국과 영국을 많이 돌아다녔기 때문에 저는 네 살이 되어서야 아버지를 만났죠. 그래서 제가 다섯 살까지는 할아버지가 거의 아버지 역할을 했습니다. 우리가 일본을 떠날 때 기억나는 건 — 딱 하나 남은 기억인데——잠깐 여행을 갈 때 그러는 것처럼 선물을 사서 돌아오겠다고 약속했던 겁니다. 저는 그것이 굳은 약속이라고 생각했기 때문에 일본으로 돌아가서 약속을 지키지 못했다고, 영국에서 작은 선물을 사서 돌아가지 못했다고, 집으로 돌아가지 못했다고 항상 생각했던 것 같습니다.

그러는 동안 할아버지와 할머니는 나이가 들어서 세상을 떠났죠. 제가 기억하는 일본 자체도 희미해지는 것 같았습니다. 내 머릿속에서만이 아니라 현실에서도 말입니다. 저는 일본으로 돌아가서 다른 사람들이 기대했던 사람이 되지 못했어요. 일본을 떠나고 할아버지와 할머니를 떠나서 이상한 반쪽 영국인이 되어 조부모님을 실망시켰다는 생각, 할아버지와 할머니가 알면 실망했을 거라는 생각이 가끔 듭니다. 그런 여러 가지 감정이 있어요.

와크텔 글을 쓰기 시작했을 때 당신 내면의 일본적인 면을 이용하려고 일본을 배경으로 설정했다고 하셨지요. 그런데 세 번째 소설 『남아 있는 나날』에서는 영국의 특정 지역으로, 특정 시대와 장소로 눈을 돌립니다. 이렇게 전형적인 영국 소설을 쓰게 된 이유는 무엇입니까?

이시구로 늘 그렇듯이 주제를 먼저 잡고 글을 쓰기 시작했는데, 『남아 있는 나날』은 많은 면에서 일본을 배경으로 하는 전작 『부유하는 세상의 화가』를 다시 쓴 작품에 가깝습니다. 두 소설 모두 나이 든 화자가 자기 삶을 돌아보는 이야기인데, 처음에는 확실히 만족스러운 삶이었다고 생각합니다. 하지만 파시즘이 존재했고 그러한 풍조가 주인공의 일생을 지배했기 때문에 그들이 무슨 일을 했는지, 어디에 힘을 쏟았는지, 누구에게 충성했는지, 그런 면에서 크나큰 잘못을 저질렀다는 사실이 서서히 드러납니다.

사실, 처음 세 편의 소설에서 하나의 분야를 다루었다는 생각이 듭니다. 저는 매번 소설을 끝낼 때마다 생각했죠. 음, 이 분야의 어느 부분에 내가 관심이 있는지 조금 더 알겠어, 하지만 아직 딱 맞지 않아, 뭔가가 빠졌어, 제대로 하지 못한 게 있어. 두 번째 소설은 첫 번째 소설을 정교하게 다듬은 것에 가깝고, 저에게 『남아 있는 나날』은 확실히 두 번째 소설의 개정판입니다. 사실 일본이라는 배경 때문에 제 작품이 어느 정도 제한적으로 해석된다는 생각이 들었기 때문에 일본에서 벗어난 면도 있습니다. 많은 사람들에게 일본은 이국적이고 낯선 문화입니다. 제 작품을 읽고 아, 이건 일본에만 해당되는 말이지, 라고 생각하는 경향이 분명 있었습니다. 제 소설에 독특한 인물이 나오면 사람들은 그것이 일본 문화나 일본인의 정신, 뭐 그런 특징 때문이라고 생각합니다. 저는 이러한 경향이 점점 더 불편해졌는데, 그 때문에 제 작품이 예술적으로 제한된다고 느꼈기 때문이기도 하고 자격도 없는 제가 일본의 특성을 더 큰 세계에 알리는 사기꾼이 된 느낌도 약간 들었습니다. 음, 제가 일본을 그 정도로 잘 아는 건 아니거든요. 거의 평생 영국에서 살았으니까요.

와크텔 하지만 집사에 대해서도 그 정도로 잘 아는 건 아니잖아요. 각각의 소설에서 당신이 한 일은 뛰어난 상상력을 보여 준 것이죠.

이시구로 집사의 경우에는 크게 문제가 되지 않는다고 생각했습니다. 어떤 국가 전체를 잘못 대표하는 것, 그게 훨씬 더 문제라고 생각해요. 집사 같은 소재를 가져다가 하나의 세상을 만들어 내서 은유적 함의를 담는 것은 허용되는 일이라고 생각했습니다. 일부 집사들은 아니 아니야, 당신은 이러이러한 부분을 잘못 이해했어, 라고 말하겠지만요. 대부분의 사람들은 확실히 은유로 받아들일 테니까요. 제가 집사라는 존재 자체에 매료되었다고 생각하거나 집사에 대해 관심이 있으면 이 책만 읽으면 된다고 생각하지 않을 겁니다. 반면에 일본을 배경으로 한 저의 소설에는 그런 문제가 있었지요. 사람들은 일본 문화에 관심이 있으면 이시구로의 이러이러한 책을 읽어라, 일본인의 정신에 대해서 많이 알려줄 것이다, 라고 말하곤 했어요. 저는 도대체 일본인의 정신이라는 게 뭔지 전혀 모르겠지만, 사람들은 일본인의 특징을 해독할 필요성이 있다고 생각하는 것 같습니다. 저는 그런 이유 때문에 사람들이 제 초기작을 자신과 상관없는 이야기로 인식하는 경향이 있다고 느꼈어요. 배경을 영국으로 옮기면 훨씬 더 보편적으로 느껴질 것이라고 생각했습니다. 실제로도 어느 정도 그렇게 되었지만, 그래도 배경이 특정한 시간과 장소라는 점은 똑같았지요.

와크텔 『남아 있는 나날』은 50년대의 배경에서 30년대를 회상함으로써, 일부 사람들이 말하듯이, 이제는 무너져 버린 옛 영국에 대한 향수를 자극하면서 정치적인 문제를 생각하게 만듭니다.

이시구로 그게 중요한 점 같습니다. 집사라는 세계만이 아니라 일종의 신화적인 영국을 이용했다는 사실 말입니다. 관광 산업이 이용하는 영국, 문화유산 산업이나 노스탤지어 산업이 식탁보나 찻잔을 팔면서 종종 이용하는 영국이라고 할 수 있지요. 또 전 세계 사람들이 영화와 책을 보며 상상하는 영국이기도 하죠. "영국 집사"라는 말을 들었을 때 거의 모든 사람들이 머릿속에 떠올리는 이미지가 있을 겁니다. 상투적인 이미지이지만, 상투적이라는 사실을 그 사람들도 알고 있겠지요. 상투적인 이미지의 집사는 어떤 인간적 특징을, 자발성이 소거된 페르소나라는 기이한 특성을 나타냅니다. 신화적인 인물을 써서 그런 상투적인 이미지의 연상 작용을 이용할 수 있겠다는 생각이 들었습니다. 저는 진짜 영국이 아니라 신화적인 영국을 다루었는데, 배경이 영국이었기 때문에 사람들은 제가 상투적인 이미지를 이용하고 있다는 사실을 훨씬 더 쉽게 이해할 수 있었다고 생각합니다. 반면에 일본은 아직 잘 알려지지 않은 이국적인 곳이어서 사람들은 사실을 그대로 기록한 것인지 상상으로 만들어 낸 것인지 구분하지 못합니다.

와크텔 말씀하신 것처럼 두 번째 소설과 세 번째 소설 사이에, 『남아 있는 나날』의 집사 스티븐스와 『부유하는 세상의 화가』의 주인공 오노 마스지 사이에 아주 비슷한 점들이 분명히 존재합니다. 두 작품 모두 잘못된 이상주의에 대해 이야기하고 있지요. 잘못된 이상이라는 주제에 끌린 이유는 무엇인가요?

이시구로 부분적으로는 제가 일본 사람이기 때문이겠죠. 독일인이나 일본인이라면 스스로에게 물어보지 않을 수 없습니다. 내가 몇 살 더 많았다면, 한 세대 앞서 태어났다면 어떻게 했을까? 서양인이라면 이렇게 자문하게 됩니다. 주변 사람들이 전부 국가주의 혹은 파시스트의 열기에 사로잡힌 시대에 살았다면 나는 어떻게 했을까? 반대했을까, 조류에 휩쓸렸을까? 막연하게나마 스스로에게 그런 질문을 던지게 됩니다. 저 역시 막연하게 자문하는 것 같지만, 사실 제 부모님 세대의 이야기니까 덜 막연하죠. 몇 살 더 많았다면, 이라고 상상하면 됩니다. 몇 년 일찍 태어났다면 난 어떻게 했을까?

　저의 경우에는 그러한 생각이 영국에서 저에게 일어난 많은 일들에 영향을 끼쳤습니다. 저는 그러한 이상주의의 시대 —— 가짜 이상주의였는지 어떤지는 모르겠습니다 —— 에 자랐지만 또 급진 정치가 대학 캠퍼스를 휩쓸었던 60년대와 70년대 초의 영향도 많이 받으면서 자랐습니다. 제 친구들은 대부분 살면서 뭔가 가치 있는 일을 해야 한다는 생각을 가지고 있었습니다. 먹을 것과 입을 것을 해결해 주는 직업을 갖는 것만으로는 충분하지 않았죠. 세상을 더 나은 곳으로 만드는 가치 있는 일을 해야 했습니다. 그건 제가 아직도 존경하는 본능이고 많은 사람들이 그런 본능을 가지고 있다고 생각하지만, 당시에는 젊은 세대의 신조였죠.

저는 그러한 생각 때문에 노숙자들을 위한 일을 하기도 했습니다. 하지만 시간이 흐르면서 형세가 복잡해지기 시작했고, 상황이 분명하지 않다는 사실을 깨닫게 되었죠. 우리는 뭔가 가치 있는 일을 하고 있다고 생각하지만 좀 더 자세히 들여다보면 그 와중에 똑같은 해악을 끼치기 쉽습니다. 제 주변 사람들은 점점 딜레마에 빠졌죠. 70년대와 80년대에 큰 문제였던 일방적인 핵군축 같은 문제를 예로 들어 봅시다. 일방적 핵군축이 곧 핵전쟁 중단이라고 생각하는 사람이 많았지만 사실 보기만큼 단순한 문제가 아니었어요. 세상을 안전하게 만드는 캠페인을 하고 있는 게 아니라 이러이러한 전략이 다른 전략보다 성공 가능성이 높다고 주장하고 있는 거죠. 일방적으로 핵무기를 폐기시키는 것이 나았을까요? 아니면, 사실 그것 때문에 핵전쟁의 가능성이 오히려 높아진 건 아니었을까요? 노숙자를 돌보거나 사회사업을 하는 것도 마찬가지입니다. 좋은 일을 하고 있는 거라고 스스로에게 말하지만 자세히 들여다보면 내 손안에서 산산조각 나기 시작하는 거죠.

저는 그런 60년대, 70년대의 경험에다가 일본인이라는 위치도 있었습니다. 내가 한 세대 일찍 태어났으면 어떻게 했을까? 시대의 분위기를 극복할 용기나 인식이 있었을까? 저는 생각했습니다, 아마 대부분의 사람들과 똑같이 행동했을 거라고요. 그래서 일본 역사 중에서 그 시대를 살펴보기로 했고, 그것을 이용해서 영국의 저와 제 친구들에게 일어나고 있는 일을 설명했습니다. 어떤 면에서는 우리가 하고 있는 일을 돌아보고 그것이 30년 뒤에는 어떻게 보일까 생각해 보려는 시도였지요.

와크텔 당신 작품은 대부분 무엇이 성공한 삶이며 무엇이 실패한 삶인가, 무엇이 좋은 삶이고 무엇이 허비된 삶인가라는 의문을 제기합니다. 당신이 만들어 낸 인물들은 대체적으로 어떤 깨달음을 얻는데, 보통 자기 삶이 실패했거나 허비되었다는 깨달음이죠. 어떤 것이 좋은 삶이라고 생각하십니까?

이시구로 아주 어려운 질문이네요. 그 나이대의 사람들은 아마 대부분 그렇겠지만, 저는 인격이 형성되던 대학 시절에 그런 질문을 철학적으로 던지는 플라톤 같은 인물들에게 불균형적이라고 해도 좋을 만큼 큰 영향을 받았습니다. 무엇이 좋은 삶이며 무엇이 허비한 삶인가? 저는 플라톤을 읽으면서 좋은 삶이 무엇인지 알기란 정말 정말 어렵다는 사실을 깨달았지요.

질문을 생각하면 생각할수록 더 어려워집니다. 동시에 저는 절망에 빠지지 않는 것이, 좋은 삶이 무엇인지 확실히 정의할 수 없으니까 그냥 포기하자는 철학적 진공 상태에 빠지지 않는 것이 중요하다고 느꼈어요. 어쩌면 그런 정의는 무의미할지도 모릅니다. 우리 모두는 만족스러운 삶이 무엇인지에 대한 생각을 본능적으로 가지고 있고, 자신이 그 생각에 미치지 못하면 무척 불행해지는 것 같습니다. 저의 초기 작품들은 주로 그런 문제를 다루었지요. 제 주인공들이 이론적인 차원에서 실패했다고 느낀다는 뜻은 아닙니다. 자신을 괴롭히는 부분이, 난 만족스러운 기준에 도달하지 못했어, 라고 말하는 부분이 있다는 거죠.

제 주인공들에게 좋은 삶이란 먹고, 입고, 자식을 낳고, 죽는 동물적인 것 이상의 삶입니다. 사람은 대부분 개나 고양이와 달라요. 정확히 알 수는 없지만 특이하고 별난 어떤 이유 때문에 우리는 그 이상의 것을 원합니다. 우리는 뭔가 좋은 일에 기여를 했다고, 내가 인류애를 조금 더 퍼뜨려서 우리가 태어난 세상보다 죽을 때의 세상이 조금 더 좋아졌다고 스스로에게 말하고 싶어 합니다. 우리 모두 그것을 간절히 원하는 것 같습니다. 그렇기 때문에 우리는 대부분 시시하고 별것 아닌 일을 하면서도 뭔가 더 거대하고 더 큰 일에 작게나마 기여하고 있다고 믿고 싶어 하고, 그렇게 생각할 수 있는 일을 열심히 찾으려고 합니다. 제 두 번째 소설과 세 번째 소설에 차이가 있다면, 두 번째 소설은 직업이라는 관점에서 가치 있는 삶에 초점을 맞추었다는 것입니다. 우리가 하는 일이 삶을 충실하게 만들 수도 있고 삶을 허비하게 만들 수도 있다는 생각에 초점을 맞추었지요. 하지만 『남아 있는 나날』을 쓸 즈음에 저는 다른 중요한 차원이 있다고 생각했던 것 같습니다. 감정적으로 충실한 삶을 사는 것이 중요하다고, 사랑하고 사랑받는 것을 스스로 허락하지 않으면 어떤 기여를 했는지는 중요하지 않을지도 모른다고 말입니다. 그렇게 하지 않으면 삶을 낭비하는 거죠. 『남아 있는 나날』은 무언가에 기여하고 싶어서 평생 그 목적을 위해 노력하지만 다른 차원, 감정적 차원에서는 스스로 감정을 느끼고 사랑하는 것을 허락하지 않는 사람의 갈등을 다룹니다.

와크텔 새 책 『위로받지 못한 사람들』에 대해서 이야기해 볼까요. 『남아 있는 나날』을 끝냈을 때 다음 책에서는 당신의 다른 면을, "더욱 울퉁불퉁하고 거친 면"을 담을 수 있으면 좋겠다고 말씀하셨는데요. 그건 무슨 뜻이죠?

이시구로 저는 『남아 있는 나날』을 쓰고 나서 뭔가를 마무리 지었다는 느낌이 들었습니다. 20대 중반에 첫 소설을 쓰면서 시작한 프로젝트가 끝난 것 같았지요. 저는 30대 중반에 『남아 있는 나날』을 완성했습니다. 그것만으로도 행복했지만 이 프로젝트는 할 수 있는 만큼 했으니 이제 다른 사람이 되어야 한다는 느낌이 들었어요. 20대 중반에는 올바르고 진정하게 느껴졌던 목소리가 이제는 저에게 맞지 않는 목소리 같았죠. 저는 작가들이, 음악가나 영화 제작자들도 마찬가지일 텐데, 지금 이 시점에 어떤 방법이 맞는지 계속 자문하는 것이 무척 중요하다고 생각합니다. 소설을 두세 편 쓰고 나면 무無에서 만들어 내는 것이 아니라 전에 했던 것을 다시 꺼내 쓰고 싶다는 유혹이 아주 큽니다. 어떤 상황이 되면 이렇게 말하는 거죠. 이건 전에 해 봤던 거잖아, 489번 방법을 꺼내서 여기 적용시키자. 하지만 그렇게 해서 나오는 목소리가 지금의 나에게 진실한지가 아주 중요합니다. 제 초기 소설들은 마음대로 통제할 수 없는 삶을 다루었지만 그래도 삶이란 어느 정도 통제 가능하고 질서정연한 것이라는 분위기가 있었어요. 뒤를 돌아보면서 아, 내가 저기서 잘못 접어들어서 저 길로 와 버렸구나, 라고 말할 수 있는 거죠. 하지만 30대 중반으로 접어들고 보니 역설적이게도 모든 것이 점점 더 복잡하고 더 혼란스럽게 느껴졌고, 20대 때보다 문제가 더 복잡해 보였어요. 그래서 제 초기 소설의 분위기가 더 이상 옳지 않아 보였죠. 다른 작가들도 그런 식으로 글을 써서는 안 된다는 말은 아닙니다. 다만, 저는 더 이상 그런 사람이 아니었을 뿐입니다. 저는 똑같은 목소리로 책을 쓸 수 없었어요. 제가 느끼는 혼돈과 혼란이 담긴 책을 쓰고 싶었습니다.

와크텔 『남아 있는 나날』은 통제되고 깔끔하고 억제된 삶을 잘 그렸기 때문에 극찬을 받았는데요, 저는 당신이 스티븐슨은 바로 그런 성격 때문에 무너졌다는 생각이 들어서 방식을 바꾸고 싶었을지도 모른다고 생각했습니다.

이시구로 그런 면도 있었죠. 저와 제 문체는 좀 이상한 관계인데, 저는 의식적으로 어떤 문체를 만든 적이 없거든요. 제 생각에 가장 명확하고 간결한 방식으로 글을 쓸 뿐입니다. 하지만 사람들이 와서 말하죠. 아, 정말 흥미로운 양식이군요, 아주 한정적이고 감정이 억제되어 있습니다, 안 그래요? 분명히 주인공과 관련이 있어요, 그렇죠? 그럼 저는 네, 라고 대답하지만 집에 와서 생각하죠. 어쩌면 내가 그런 거 아닐까? 이런 식으로 말하는 게 집사 스티븐스가 아니라 나 자신이 아닐까? 저는 감정을 억누르는 답답한 성격의 스티븐스가 소설을 쓴다면 정말로 『남아 있는 나날』 같은 책을 쓰지 않았을까, 싶어서 가끔 진심으로 걱정했습니다. 네, 맞습니다. 말씀하신 것처럼 제가 책에서 이야기하던 바로 그것들이, 지나치게 통제된 삶의 빈곤함이 제 자신과 제 글에서도 드러나기 시작했다는 두려움이 있었어요. 저는 확실히 그렇게 되어가고 있었습니다.

와크텔 『위로받지 못한 사람들』은 이름 모를 유럽 도시가 배경이고, 저는 꿈을 꾸는 듯한 느낌을 완벽하게 포착했다고 생각합니다. 반드시 악몽이라고 할 수는 없지만, 확실히 불안한 꿈이죠. 그런 분위기를 노린 이유는 무엇입니까?

이시구로 몇 년 전부터 그런 작품을 한 번 써 보고 싶었어요. 누군가의 삶을 새로운 방식으로 이야기하고 싶었습니다. 저는 한 사람의 삶에 대해서 이야기하는 방식은 대략 두 가지라고 항상 생각했습니다. 시간 순서를 따를 수도 있고——『데이비드 코퍼필드』처럼 어린 시절부터 성인까지 말이죠——삶의 마지막을 바라보는 사람이 등장해서 기억과 플래시백을 통해 삶을 조각조각 모을 수도 있죠. 저는 『남아 있는 나날』에서 두 번째 방법을 썼습니다. 하지만 다른 방법은 어떨까 항상 생각했습니다. 어떤 사람이 어떤 풍경에 우연히 끼어들게 만들면 어떨까? 어린 시절의 자신, 청년 시절의 자신, 중년 시절의 자신, 그런 식으로 삶의 여러 단계의 자신과 비슷한 사람들을 우연히 만나는 겁니다. 또 부모님처럼 삶에서 중요한 사람과 비슷한 사람과 만나기도 하고, 자신이 그렇게 될까봐 두려워했던 모습이 투영된 사람을 만나기도 합니다. 그래서 책이 끝날 때쯤 되면 여러 인물들을 통해서 주인공의 삶을 전부 보게 되는 거죠.

저는 우리가 살아가면서 이런 경험을 어느 정도 한다고 생각했습니다. 하지만 꿈속에서는 아주 독특하고 명확한 방식으로 그런 경험을 하죠. 대부분 잘 알겠지만, 꿈은 그날 우리가 우연히 만난 사람들의 육체적인 특징을 빌려 오는 경향이 있습니다. 또 꿈에서는 피상적인 세부사항이 대충 얼버무려진다는 특징도 빌려 올 수 있지요. 우리는 꿈을 꿀 때 무척 참을성이 없습니다. 여기서 도시 반대편으로 가야 하는 복잡한 이유를 굳이 만들어 내지 않지요. 어떤 방에서 문을 열어 보면 다른 곳이

나옵니다. 이런 꿈속 세계에 적용할 대략적인 규칙을 찾는 것이 힘들었습니다. 규칙이 있어야 한다고, 무슨 일이든 일어날 수 있는 세계가 되어서는 안 된다고, 사실은 그게 핵심이라고 생각했거든요. 익숙해질 때까지 어쩔 수 없이 시간이 걸리겠지만 그런 다음에는 독자가 분명히 규칙이 존재하고 불가능한 영역이 있다고 느낄 수 있는 세상을 만드는 것이 무척 중요했습니다. 보통 이 책을 읽으면 처음에는 어, 도대체 어떻게 되는 거야? 라는 생각이 들죠.

와크텔 당신의 다른 작품들과 비교해서 이 작품에서 아주 독특하다고 생각되는 점은 주인공이 자기 세계에 뿌리를 두고 있지 않다는 것입니다. 그냥 이 장소에 도착하죠. 다른 책들에서는 주인공이 소설의 배경이 되는 곳에서 자라고 그 문화 출신인데 이 책에서는 주인공이 어느 유럽 도시에 던져집니다. 물론 그역시 당신이 하고 싶었던 것이죠, 주인공이 갑자기 나타나서 처음에는 말하자면 기억상실증에 걸린 사람처럼 보이기를 바랐겠죠. 사람들은 주인공에 대해서 무언가를 알고 있고, 주인공 본인은 모르는 무언가를 기대합니다.

이시구로 이 책의 주인공은 이전 작품의 주인공들과 무척 다른데, 제가 그렇게 쓴 가장 큰 이유는 혼란과 통제할 수 없는 느낌을 포착하고 싶어서였습니다. 집사 스티븐스는 사실 통제할 수 없는 삶을 살고 있지만 어느 정도 통제하는 입장에서 이야기를 합니다. 그는 인생의 어느 지점에 이르러서 확고한 위치에서 뒤를 돌아보며 여러 가지를 정리하고 과거를 평가하는 사치를 누릴 수 있습니다. 『위로받지 못한 사람들』은 사건 발생과 이야기 진행이 동시에 일어납니다. 일종의 혼돈이며, 제가 제 삶에 대해서 느끼는 기분을 어느 정도 반영한다고 할 수 있죠. 우리 대부분의 삶이 어느 정도 그럴 겁니다. 이것은 일정이 없는 남자에 대한 이야기입니다.

와크텔 일정이 있긴 하지만 뭔지 모르죠.

이시구로 네, 있습니다. 음, 누군가는 알고 있는 것 같지만 아직 그에게 알려주지 않았죠. 주인공은 일정을 모른다는 사실을 인정하는 게 너무 부끄러워서 항상 다음 일정이 뭔지 아는 척을 합니다. 그는 앞으로 며칠 동안 바쁘다는 것을, 다음 약속을 지키는 것이 아주 중요하다는 사실은 알지만 그게 뭔지는 몰라요. 처음에 주인공은 일정표가 없는데도 있는 척하고, 얼마 후에는 자신이 그런 척하고 있다는 사실을 까먹습니다. 그는 자기 일정을 안다고 믿게 돼요. 살면서 많은 사람들이 어쩔 수 없이 이런 실수를 합니다. 우리는 대부분 너무 창피해서 자신에게 일정표가 없다는 사실을 인정하지 못합니다. 가끔 뒤를 돌아보면서 이렇게 말하죠. 그때 그렇게 해서 다행이야, 그래, 이때는 이렇게 한 게 좋았어, 그래, 결국 그렇게 되어서 난 만족해. 하지만 현실은, 주변 환경과 다른 사람들의 의도가 자신의 의

지인 것처럼 떠밀리고 여기저기에 부딪혔을 뿐인데 말입니다. 저는 그런 기분이었습니다. 그래서 주인공에게도 그런 일이 일어나죠.

와크텔 하지만 훨씬 더 어두운 일도 진행되고 있습니다. 다른 방식으로 이야기를 들려주고 싶으셨죠, 실제로도 그렇게 했고요. 또 삶이 혼돈스럽고 통제할 수 없다는 느낌에 대해서도 이야기하고 싶으셨죠. 소설 속 세상은 가끔 초현실적이기도 하고 부조리한 사건이 벌어지기도 하지만——마을 사람들은 죽은 개를 칭송하고, 허술하게 절단한 다리는 알고 보니 나무였죠——장소는 전반적으로 어두운 느낌이고 사람들의 삶은 비통하고 정말 고통스러우며 우리가 보는 모든 관계는 불행합니다. 일정이 없는 남자에 대한 이야기라고 말씀하셨지만 사실은 언급하지 않은 뭔가가 소설 속 세상에서 벌어지고 있는 건 아닌가요?

이시구로 네, 벌어지고 있습니다. 일정이 없는 남자의 이야기라는 건 한 면에 불과하죠. 이 소설의 어두운 면은 조금 더 숨어 있습니다. 많은 사람들이 그렇겠지만 저는 한동안 작가나 그 비슷한 사람들이 그런 일을 하는 이유가 뭘까 생각했습니다. 방에 스스로 갇혀서 글을 쓴다는 것은 좀 이상한 일이니까요. 반사회적이기도 하고 조금 이상하죠. 정말이지, 화가나 음악가는 왜 그렇게 집착할까요? 그런 사람들은 왜 그런 일을 하는 걸까요? 저는 출판도 되지 않을 소설을 쓰고 또 쓰는 사람들을 압니다. 또 정말 바쁜 와중에도 하루가 저물 때쯤 일부러 두 시간 정도 시간을 내서 소설을 조금이라도 쓰는 사람들도 있습니다. 해야 할 업무도 있고 돌봐야 할 아이들이 있는데도 말입니다. 저 역시 그런 사람들 중 하나라는 것은 인정해야겠군요, 그게 제 일이니까요.

시간이 조금 지나면 이상하다는 생각이, 이게 다 무슨 소용일까?라는 생각이 듭니다. 제가 내린 결론은, 그런 사람들에게는 약간 균형이 맞지 않는다는 공통점이 있다는 것입니다. 정신적인 문제가 있다는 뜻은 절대 아닙니다. 아주 유능하고 삶을 아주 훌륭하게 살아가는 사람들이 많지요. 하지만 근본적으로 그들의 삶은 오래전에 무너진 것 위에 세워져 있습니다. 트라우마라고까지 할 수는 없지만 뭔가, 평형을 잃은 거죠. 다시 말해서, 어렸을 때 절대 낫지 않는 일종의 상처를 받은 거죠. 몇 주씩 방에 갇혀서 힘들게 소설을 쓰는 것은 말하자면 그 상처를 만지작거리는 것입니다, 제가 보기엔 그런 것 같았어요. 그 상처가 절대 낫지 않는다는 사실을 알고 있습니다, 그런 상처는 고칠 수 없다는 것을 말이죠. 책을 쓰는 행동은 그 상처를 어루만지는 것입니다. 책을 쓰면서 우리는 내가 어느 정도 통제할 수 있는 세상, 내가 기록할 수 있는 상상 속의 세상을 만들려고 합니다. 과거로 돌아가려는 시도, 무너졌다는 사실을 이미 알고 있는 경험의 영역을 상상 속에서만이라도 고쳐 보려고 하는 거죠. 우리가 바랄 수 있는 것은——과거로 돌아가서 바꿀 수 없다는 사실은 이미 알고 있으니까——일종의 위로, 상처를 어루만지는 방법밖에 없죠.

이 책의 중심에는 바로 그런 생각이 있습니다. 주인공은 사실 단순히 일정이 없는 남자가 아닙니다. 그는 아주 훌륭한 피아니스트가 되면, 언젠가 환상적인 연주회를 해내면, 여러 해 전에 잘못된 일을 바로잡을 수 있다고, 그러면 모두가 다시 행복해질 거라고 계속 믿습니다. 내용이 전개되면서 주인공은 너무 늦었다는 사실을, 절대 바로잡을 수 없다는 것을, 아무리 훌륭한 피아니스트가 되어도 소용없다는 사실을 깨닫겠지요. 하지만 그 과정에서 주인공은 큰 용기를 얻고 많은 짐을 받아들입니다. 사람들이 그에게 거는 기대, 그가 어쩔 수 없이 해야 한다고 느끼는 책임들 말입니다.

와크텔 주인공이 위로를 찾는다고 하셨는데, 책 제목은 『위로받지 못한 사람들』입니다.

이시구로 결국 주인공은 위로받지 못한 것 같습니다. 가끔 그 무엇도 바로잡을 수 없다는 쓸쓸한 생각이 들면 어떤 것도 위로가 되지 못하죠. 우리는 일에서, 직업적 성공에서, 관계에서 위로를 구하지만 치유에 집착하기 때문에 진정한 위로를 받지 못할 때도 있습니다. 제 생각에 주인공 라이더는 개인적인 문제를 해결해야 한다는 필요성 때문에 감정적으로 구속되고, 그래서 사랑을 하지 못합니다.

와크텔 당신은 방에 갇혀서 이 황량한 책들을 쓰면서 어떤 상처를 어루만지셨나요?

이시구로 음, 이야기가 좀 개인적인 부분으로 흘러가는군요. 사적인 부분은 남겨두고 싶기도 하고, 또 자전적인 부분에 너무 가까워지면 이야기를 꾸며내고 싶은 충동이 생기기도 합니다. 그래서 소설을 쓸 때는 제 개인적인 이야기를 정면으로 다루는 것을 피하고, 주인공들에게는 다른 상처를 만들어 주죠. 상처에 대한 아이디어는 좀 있습니다. 저는 살면서 어떤 트라우마도 겪지 않았지만 뭔가를 끝내지 못하고 남겨두었다는 느낌, 또는 제가 살아야 하는 삶이 아니라 다른 삶을 살았다는 느낌은 있을지도 모릅니다. 일본에서 자라지 않았고, 일본 사람이 아니라 다른 뭔가가 되었다는 느낌 말입니다. 하지만 그건 사람들이 흥미를 느낄 만한 문제가 아니고, 저만의 문제이기 때문에 특별히 다른 사람과 나누고 싶지는 않습니다.

와크텔 결국 당신의 주인공들은 대부분 상황을 완벽하게 이해하지 못한 채 끝납니다. 라이더는 말합니다. "사실 나의 최선은 그 순간 내가 이용할 수 있는 근거를 최대한 가늠해 보고 계속 꾸며내는 것일지도 모른다." 그것이 라이더가, 혹은 우리가 할 수 있는 최선일까요?

이시구로 음, 그럴지도 몰라요, 안 그런가요? 아, 삶은 너무 어려워, 나는 아무것도 하지 않을 거야, 라며 절망할 수도 있습니다. 저는 어떤 시점이 되면 우리가 가지고 있는 근거를 받아들이고 그것으로 뭔가를 해야 한다고 생각합니다. 물론 그것은 우리가 가끔 잘못을 할 수도 있다는 뜻입니다. 삶이 더 엉망이 될 수도 있고, 단순히 시간 낭비를 하는 것이 아니라 정말 나쁜 일에 기여하는 결과가 될 수도 있습니다. 하지만 대충 얼버무릴 수 없는 순간이 온다고, 그러면 새로운 것을 찾아야 한다고 생각하는 사람들에게 저는 무척 공감합니다. 어떤 면에서 제 소설에 나오는 인물들은 모두 그렇지 않을까 생각합니다. 당시에 가지고 있는 근거를 바탕으로 행동할 수밖에 없는 거죠. 물론 너무 절망적인 생각이라고 할 수도 있겠지만, 그 외에 우리가 뭘 할 수 있을까요?

1995년 6월

샌드라 라비노비치와 인터뷰 공동 준비

"소설은 대부분의 일이 일어나는 곳,
즉 그 사람의 머릿속에 들어갈 수 있잖아요.
삶의 90퍼센트는 머릿속에서 일어납니다.
그래서 저는 전기의 약점을 잘 알면서도 그 형식에 끌려요.
저는 긴 세월을 아우르는,
한 사람의 삶을 추적할 수 있는 소설을 좋아해요."

캐
럴

실
즈

캐럴 실즈
Carol Shields

캐럴 실즈는 첫 번째 소설을 발표하고 거의 20년이 지난 1993년, 1994년에 갑작스럽게 성공을 거두었다. 『스톤 다이어리』가 퓰리처상, 미국 도서비평가협회상, 캐나다 총독 소설상을 받았던 것이다. 이 책은 부커상 후보에 올랐고 실즈는 캐나다 서점 연합이 뽑은 1994년 올해의 작가에 선정되었다. 『스톤 다이어리』는 국제적인 베스트셀러가 되었고, 실즈는 『뉴욕 타임스』뿐 아니라 『엔터테인먼트 위클리』에도 실렸으며 런던뿐 아니라 시드니의 서점까지 방문했다.

1935년에 일리노이 주 오크파크에서 태어난 캐럴 실즈는 시집을 두 권 낸 다음 첫 소설 『작은 의식들』(1979)을 출판했다. 『스톤 다이어리』는 실즈의 열두 번째 소설이다. 실즈가 쉰 살에 접어들었을 때 그녀의 글은 전환점을 맞이했다. 제목이 모든 것을 말해준다. 예전에는 『작은 의식들』, 『상자 정원』, 『우연한 사건』, 『극히 평범한 여자』였지만 그 후에는 『여러 가지 기적들』, 『스완』(처음에는 『스완, 어느 미스터리』라는 제목으로 출판되었다), 『오렌지 빛 열대어』가, 되었다. 실즈는 이렇게 말한다. "나이가 들면 용감해지죠. 내가 무슨 말을 할 수 있고 무엇을 이해받을 수 있을지에 대해서 더 용감해져요."

캐럴 실즈의 첫 번째부터 네 번째 소설까지는 우리가 쉽게 알아볼 수 있는 중산층의 가정생활을 보여 준다. 실즈는 평범한 사람들의 감정과 걱정 ─직업, 가정, 배우자에 대한 양가감정─을 그리는 데 뛰어나다. 실즈의 주인공들은 생각을 한다. 그들은 좋은 사람이 되려고 애쓴다. 삶의 언저리에서 어떤 불안을 감지하기도 하지만 익숙한 것이 주는 안전한 느낌을 소중히 여긴다. 실즈의 작품은 재치가 넘치고 종종 반어적이며 항상 다정하고, 미묘하고 섬세한 언어를 사용한다.

그러나 단편집 『여러 가지 기적들』에서 그동안 닫혀 있던 뚜껑이 열렸다. 실즈는 이야기를 들려주는 다양한 방법들을 시험하기 시작했다. 이 책의 표제작은 문학적 우연을 기피하는 관례를 어기고 연달아 일어나는 "기적적인" 상황 속에서 전개되며 상상력 넘치는 사건들이 엮여 장난스럽고 "이상한" 결말을 맞이한다. 이 책의 제사題詞는 에밀리 디킨슨의 "모든 진실을 말하되 빗겨 말하라"이지만, 실즈는 이 말의 의미를 살짝 바꾼다. 디킨슨의 시는 진실이 너무나 찬란하기 때문에 정면으로 응시하면 눈이 먼다는 뜻이다. 실즈는 "빗겨 말하라"는 말을 전지적, 직접적, 혹은 분열적인 다양한 서사적 접근법을 실험하라는 초대로 해석한다. 『스톤 다이어리』에서 실즈는 가계도, 사진, 편지와 목록까지 모두 갖춘 어느 20세기 여성의 가짜 전기를 만들어 낸다. 놀라운──그리고 감동적인──구성이다.

캐럴 실즈는 캐나다 위니펙에 살고 있다. 그녀는 결혼을 했고 장성한 다섯 자녀와 많은 손자들이 있다. 나는 밴쿠버에서 그녀를 처음 만났다. 1987년 말, 『스완』이 출판되었을 때 나는 캐럴 실즈에게 헌정된 『자기만의 방』──밴쿠버 페미니즘 계간지──합본 특별판 편집자를 담당했다. 며칠에 걸쳐서 진행된 긴 인터뷰가 특별판에 실렸다. 당시의 인터뷰 분위기는 나중에 (『사랑의 공화국』과 『스톤 다이어리』에 대해서) 진행된 짧은 라디오 인터뷰와 무척 달랐다. 이 책에서 나는 세 번의 인터뷰를 종합하면서 여유로웠던 첫 번째 인터뷰의 친밀한 느낌을 일부 살렸다. 무엇보다도 캐럴 실즈는 좋은 친구이며, 나는 그녀를 무척 존경한다.

* * *

와크텔 처음부터 시작할까요? 어니스트 헤밍웨이의 고향인 오크파크에서 자라셨는데요.

실즈 당시 그곳은 앵글로색슨계 백인 신교도가 중심을 이루는 시카고 교외지역이었습니다. 어린 시절을 보내기에는 참 묘한 곳이죠! 비닐 봉투 안에서 사는 것처럼 말이에요. 제가 고등학교 졸업반일 때 학생이 총 750명이었는데, 전부, 하나도 빠짐없이 백인이었어요. 뭔가 잘못되었다는 느낌이 항상 있었지만 고향을 떠날 때까지는 그게 뭔지 몰랐습니다. 뭐가 잘못되었냐면, 충분하지 않았다는 거예요. 아무 문제도 없고 좋았지만, 그걸로는 충분하지 않았습니다. 다들 교회에 다녔어요. 거의 신교도였지만 가톨릭 신자도 조금 있었지요. 저는 혼종 결혼이란 신교도와 가톨릭 신자가 결혼하는 것이라고 생각했어요.

어떤 면에서 저의 어린 시절은 무척 단조로웠던 것 같습니다. 우리는 예측 가능한 가족이었고, 고모와 이모와 삼촌과 친척들은 평범했지요. 세상을 떠난 사람은 할머니 한 분밖에 없었습니다. 하지만 전 할머니를 그렇게 좋아하지 않았고 잘 알지도 못했기 때문에 그건 대수롭지 않은 일이었어요.

와크텔 농장에서 살았습니까?

실즈 아뇨, 그런 교외 지역에는 농장이 없어요. 1910년경에 지은 주택들이 있었지요. 사실 오크파크는 건축가 프랭크 로이드 라이트가 지은 멋진 집들로 유명한데, 저희 집은 그런 주택은 아니었지만 아무튼 같은 시대의 주택이었습니다. 저희 집은 크고 오래된 흰색 스투코 주택이었어요.

와크텔 부모님은 뭘 하셨죠?

실즈 아버지는 사탕 공장 관리자였습니다. 매일 일을 하러 시내로 사라지셨죠. 저는 아버지가 무슨 일을 하는지 오랫동안 몰랐어요. 아버지는 대학을 3년 동안 다녔지만 할아버지가 돌아가시는 바람에 그만둬야 했습니다. 어머니는 4학년 선생님이었어요. 원래는 아이들이 태어난 다음 교사 일을 그만두었었죠, 일을 계속하는 것이 허락되지 않았으니까요. 어머니는 전쟁이 끝나고 교사가 부족해지자 교사로 복귀했고, 은퇴할 때까지 아이들을 가르쳤습니다. 어머니는 초등교사 사범학교를 2년 동안 다닌 다음 교사 양성 학교에 갔는데, 학위를 주는 곳은 아니었어요. 나중에 학교로 돌아가서 학위를 따야 했죠. 그러니 부모님 모두 완전한 교육을 받지 못한 셈입니다.

어머니의 부모님은 스웨덴에서 태어났어요. 자녀가 여덟 명이었는데, 그 중 네 명은 스웨덴에서 태어났죠. 어머니는 막내였는데, 이렌Irene이라는 쌍둥이가 있었어요. 어머니의 이름은 이네즈Inez인데, 너무 이국적이라서 어디서 따온 건지 상상도 안 돼요. 미국 중서부에서는 "이니스"로 발음했기 때문에 엄마는 그 이름을 좋아하지 않았어요.

와크텔 부모님은 어떤 기대를 하셨습니까? 당신이 직업을 갖기를 바라셨나요?

실즈 한 번은 어머니가 부엌 식탁 앞에 앉아서, 자기는 고등학교 때 라틴어를 낙제했다고 아주 엄숙하게 말씀하셨어요. 어떤 일에 실패를 하더라도 세상이 끝난 것처럼 생각하지 말라고 그런 말씀을 해주신 거죠.

부모님은 우리를, 그러니까 오빠뿐 아니라 저와 언니까지 전부 대학에 보내고 싶어 하셨습니다. 저는 대학에서 영어를 전공했지만 부모님이 고집했기 때문에 교원 자격증도 땄어요. 부모님은 오빠에게 공학 쪽으로 가라고 권했어요, 그때는 공학의 시대였거든요. 그리고 언니는 초등학교 교사였습니다. 언니와 나는 학위를 가지고 있었지만 둘 다 언젠가 결혼을 해서 아이를 낳을 거라고 생각했어요. 그 시절 중산층 여성의 삶은 아주 예측하기 쉬웠습니다. 하지만——아마 대공황 때문이겠죠——우리는 "뭐든 의지할 수 있는 일이 있어야 한다"는 말을 들었어요. 하지만 아무도 경력 같은 건 생각하지 않았죠.

와크텔 어렸을 때 커서 뭐가 될 거라고 생각했나요?

실즈 전 어렸을 때부터 글을 썼어요. 선생님들이 격려해 주셨고, 부모님도 마찬가지였습니다. 제 글이 학교 신문에 실리면 부모님이 무척 좋아하셨죠. 하지만 전문 작가가 되어서 출판을 하게 될 거라고는 절대 생각하지 않았습니다. 제 고등학교 졸업 앨범에도 너는 나중에 소설가가 될 거라는 말이 있었지만, 저는 그 말을 단 한 순간도 믿지 않았어요. 저는 작가를 만나 본 적이 없었고, 작가가 되는 건 어려운 일이라고 생각했습니다. 영화배우가 되고 싶어 하는 것이나 마찬가지였어요. 하지만 저는 항상, 처음부터, 언어와 밀접한 관련이 있었던 것 같아요. 근시와 관련이 있었을지도 몰라요, 하나의 이론일 뿐이지만요. 저에게는 글을 배운 것이 어린 시절에서 가장 중요하고 신비한 경험이었습니다. 이 기호에 뭔가 의미가 있음을, 내가 그 일부가 될 수 있음을 깨닫는 것은 마법 같았죠.

저는 항상 책을 지향하는 아이였습니다. 저에게는 도서관의 이야기 시간이 무척 중요했는데, 우리 동네 8학년까지 이야기 시간이 있었어요. 어느 정도 큰 아이들에게도 이야기를 해주었고, 저는 거의 항상 이야기를 들으러 갔어요. 서사와 극의 조합을 정말 좋아했지요. 우리 집에도 책이 좀 있었습니다. 백과사전 한 질이랑 뭐 그런 책들이었는데, 많지는 않았어요. 부모님이 읽던 낡은 동화책도 있었는데, 그래서 전 19세기 아동문학가 허레이쇼 앨저의 작품 같은 걸 다 읽었죠. 지금 그 책이 있으면 좋겠군요.

와크텔 허레이쇼 앨저에게서 영향을 받았다고 생각하나요?

실즈 아니에요. 하지만 분명 그런 책에 끌렸고, 사실 전 ─ 그만큼 닥치는 대로 읽었다는 뜻일 텐데 ─ 『딕과 제인』 선집이 재미있었어요. 중산층 자녀였던 저에게는 그 이야기들이 ─ 특히 자그마한 흰 양말을 신은 제인이 ─ 분명 이질적이지 않았습니다, 전 제인을 이해했죠. 저는 제인이 무척 강인하고 자기 마음을 잘 안다고 항상 생각했습니다. 그리고 딕이 대부분의 오빠들과 달리 제인에게 잘해주고 제인을 보호하는 게 좋았어요. 다들 서로에게 정말 잘하죠. 나쁜 의도 같은 건 전혀 없어요. 정말 착했어요.

와크텔 본인의 경험에 비춰 보았을 때 그런 이야기들이 진실하게 여겨졌나요?

실즈 아뇨, 분명 그건 아닙니다. 요정이 나오는 동화 같은 거였어요. 제가 인식할 수 있는 중산층의 표식이 전부 등장했지만요. 하지만 아이들에게는 이렇게 착한 등장인물이 무척 매력적이죠.

저는 오랫동안 동화를 아주 좋아했어요. 그러다가 갑자기 동화를 좋아하지 않게 되었고, 학교에 다니는 아이들에 대한 아주 현실적인 이야기들을 원하게 되었어요. 제가 처음으로 읽었던 어른용 책이 기억나요. 그 중 하나가 『브루클린에는 나무가 자란다』였어요. 처음 나왔을 땐 무척 충격적이었죠. 그 다음에는 에드나 퍼버의 책을 읽었습니다. 별로 착하지 않은 어른들에 대한 책을 읽기 시작한 후 다시는 어린이용 책을 읽지 않았죠. 문이 열린 것과 같았어요.

와크텔 더욱 코스모폴리탄적인 세계로 들어가는 문인가요?

실즈 아마 저의 세계가 제 생각만큼 안전하고 질서정연하지 않았나 봐요. 저는 부모님의 불안에 대해서는 모릅니다. 제가 아는 건 두 분 모두 소심했다는 것이고, 따라서 부모님이 우리에게 기대하는 것보다는 학교가 우리에게 기대하는 것이 더 많았습니다. 오크파크의 학교들은 아주 부유했어요. 한 반에 스무 명 정도였지요. 고등학교에 갈 때까지 저는 중년에 미혼이고 가슴이 풍만한 여선생님밖에 만나지 못했습니다. 정말 멋진 여성들이었고 학생들에게 무척 신경을 썼죠. 친절한 세상이었지만 한정적이었어요. 시카고 근처에서, 『스터즈 로니건』의 작가 제임스 T. 패럴이 자란 동네와 고작 몇 블록 떨어진 동네에서 자란다고 생각해 보세요. 하지만 고등학교에서는 제임스 패럴에 대한 이야기를 거의 하지 않았죠. 저는 시카고 시에 사는 사람을 하나도 몰랐어요. 바깥세상이 어떤지 전혀 몰랐습니다. 제가 읽는 책들이 비현실적인 세상이고 제가 사는 세상이 현실적인 세상이라고 생각했던 것 같지만, 사실은 정반대였죠.

와크텔 오크파크에서 고등학교를 졸업한 다음 대학은 멀리 가셨군요?

실즈 네, 다들 그렇듯이 말이죠. 대학에 가는 것은 자연스러운 다음 단계였고, 그것에 대해 깊이 생각해 보지 않았어요. 그냥 여러 대학 요람이 왔고, 저는 그 중에서 중산층 드라마 「우리 아빠 최고」와 분위기가 비슷한—작고 아주 보수적인—대학을 골랐죠. 당신은 제가 세상을 맛보고 싶었을 거라고 생각하셨을지도 모르겠지만요. 후회되는 점이 있다면, 어딘가에 좀 더 용감하게 뛰어들지 않았던 것입니다. 왜 시카고 대학에 가지 않았을까요? 정말 좋았을 거예요. 하노버 대학에 간 건 어떤 면에서는 실수였습니다. 저에게 쓸모없는 부분이 너무 많았지요. 심지어 여학생 사교 클럽에도 가입했는데, 너무 지루했지만 시스템에서 벗어날 용기가 없었어요. 전 교육에서 별로 많은 것을 얻지 못하는 부류인가 봐요. 사랑에 빠지거나 춤을 추러 가는 것에 훨씬 더 관심이 많았습니다, 책은 읽었지만요. 그런데 운 좋은 일이 하나 있었어요. 3학년 때 영국에 있는 엑서터 대학에 가게 되었는데, 정말 놀라운 경험이었고 사교 클럽에서 벗어날 수 있어서 좋았지요. 누가 숟가락으로 떠먹여 주지 않는 아주 새로운 환경이었습니다. 하노버 대학의 상담 선생님이 영국의 담당 교수님에게 제출하라며 어떤 서류를 주었던 기억이 납니다. 내용이 정말 많았고 작은 네모칸이 빼곡이 그려져 있어서, 담당 교수님이 매일 점수를 매기게 되어 있었지요. 영국에 가서 교수님께 드렸는데, 교수님이 스윽 보더니 네 조각으로 찢어서 버렸어요. 영국 학생들은 자유로웠습니다. 수업을 들으러 가든 안 가든 아무도 상관하지 않았어요. 그리고 자기가 듣는 과목을 진지하게 생각했죠. 저에게는 정말 새로운 세상이었습니다, 식당에 앉아서 크리스토퍼 말로에 대해서 이야기하거나, 그런 것들이요. 정말 멋졌지요.

와크텔 영국에서 남편을 만나셨죠?

실즈 네, 남편은 캐나다 서스캐처원에서 대학원 특별 연구원으로 왔습니다. 저는 그 해에 남편을 만났지만 미국으로 돌아가서 학위를 마쳤어요. 결혼한 첫 해에 아기를 가졌고요.

와크텔 그때는 작가가 되겠다는 생각을 포기했겠군요.

실즈 한 가지만 빼면 말이죠. 어머니가 제 남편 던을 처음 만났을 때 말씀하셨습니다. "캐럴이 계속 글을 쓸 수 있도록 격려해 주면 좋겠군요." 던은 멍한 표정이었죠. 우린 약혼했지만 전 남편에게 글을 쓴다는 말을 한 번도 하지 않았거든요. 한동안 저는 글을 잊고 지냈습니다. 사랑을 하고 집을 갖는 것, 『레이디스 홈 저널』에 나올 만한 것들에만 관심이 있었거든요. 원하는 건 그것뿐이었습니다. 지금 생각하면 믿을 수가 없지요.

남편이 어머니의 말을 기억하고 있다가 제가 둘째를 낳고 나서 말했습니다. "뭔가 해보는 게 어때? 토론토 대학에 잡지 기사 쓰기 과정이 있대." 그래서 그 수업을 들었어요. 일주일에 한 번, 어떤 여자가 우리 — 학생은 총 40명 정도였죠 — 에게 강의를 했는데, 항상 커다란 모자를 썼고 한 번도 벗지 않았다는 것만 빼면 별로 기억나는 게 없습니다. 그 여자가 교실에 들어와서 강의를 했는데, 이 말이 생각나요. "원고를 보낼 때는 클립을 써야지 스테이플러를 사용하면 안 됩니다." 그게 전부예요. 연말쯤 강사가 학생들에게 실제로 글을 써 보라고 했고, 그래서 저는 단편 소설을 썼습니다. 그런 다음 잊었죠. 그런데 한 여름에 강사가 전화를 해서 "제가 당신 단편을 CBC에 팔았어요"라고 말하는 거예요. 믿을 수가 없었죠. 그런 다음 영국에서 몇 년 살 때는—남편이 맨체스터 대학에서 박사 과정 중이었습니다—일 년에 한 번 정도 단편 소설을 급하게 써서 CBC, BBC에 팔았는데, 아마 거기서 힘을 얻었다고 할 수 있겠지요. 사실 저는 그런 것을 항상 쉽게 생각하는 편이었기 때문에 소설을 더 많이 쓰는 대신 프랑스어를 배우거나 정치에 관심을 갖거나 했습니다.

그리고 물론, 애들도 더 낳았습니다. 아이들을 돌보는 것은 힘든 일이고 무척 피곤했던 기억은 나지만, 책에서처럼 어린 아이들을 둔 엄마가 겪는 괴로움을 느꼈던 기억은 없어요. 본격적으로 글쓰기를 시작하지 않기 때문에 당시에는 애들이 글쓰기에 방해가 된다는 느낌이 전혀 없었습니다. 캐나다로 돌아온 다음 이제 뭘 할까 생각했지만, 그러다가 또 아이를 가졌죠. 저는 "그레이트북스"라는 토론 모임에 나갔어요. 동네의 젊은 엄마들과 함께 모임을 했지요. 저는 여자들의 커피 모임을 무시하는 이야기를 들으면 항상 화가 나는데, 우리 동네 여자들은 정말 진심으로 서로를 지지해 주었거든요.

그 즈음 저는 제가 읽은 소설에 나오는 여자들과 내가 아는 여자들이 전혀 다르다는 사실을 의식하기 시작했습니다. 소설 속의 여자들은 별로 똑똑하지 않았어요. 정말 전혀 달랐지요. 친절하지도 않았고요. 제가 읽는 책에 나오는 여자들은 다 창녀 아니면 바보였죠. 저는 주로 소설과 논픽션을 읽었어요. 그러다가 시인 필립 라킨에 대한 서평을 읽었습니다. 평이 정말 좋아서 도서관에 가서 그 책을 빌렸는데, 정말 마음에 들었어요. "세상에, 이 사람 진짜 솔직하잖아"라고 생각했습니다. 정말 놀라운 깨달음이었어요. "나도 시를 써야겠어"라고 생각했지요. 당시 CBC에서 젊은 작가 공모전이 열렸습니다. 서른 살까지 참가할 수 있었는데, 저는 스물아홉 살이었지요. 저는 그해 봄 내내 아직 어린 아이가 기어다니는 집안에서 시 일곱 편을 썼어요. 고치고, 고치고, 또 고쳤죠. 글쓰기를 진지하게 생각한 건 평생 그때가 처음이었어요. 사실 마감일 하루 전에 시를 부쳤는데, 우체통에 넣고 돌아왔을 때 남편 던이 이렇게 말했던 기억이 나요. "아, 당신이 우리에게 돌아와서 정말 좋다." 제가 시에 완전히 빠졌었나 봐요. 저는 공모전에 당선되었습니다. 방송인 로버트 위버가 전화를 해서 "아무도 들어 본 적 없는 분이라서 정말 기쁩니다"라고 말했던 기억이 나요.

와크텔 그런 다음 수재너 무디를 알게 되었지요. 설명해 주시겠어요?

실즈 남편이 오타와 대학으로 가게 되면서 이사를 했는데, 제가 오타와 대학에서 무료 수업을 받을 수 있다고 하더군요. 이런 쪽으로 절약정신이 투철했던 저는 기회를 이용하는 게 좋겠다고 생각했어요. 그래서 캐나다 문학 석사 과정에 지원했죠.

1969년에 시작했는데, 학교에 나이 많은 학생은 거의 없었어요. 대학원 상담사가 저를 따로 불러 말했죠. "우리 학교에서 기혼 여성이 파트타임으로 학교를 다니면서 학위를 딴 적은 별로 없습니다." 저는 신경 쓰지 않았습니다. 몇 년 후에 여자들이 떼를 지어 학교로 돌아오기 시작했고, 모두 아주 잘 해냈지만요.

우리가 읽은 에세이 중에 수재녀 무디에 대한 것이 있었고, 저는 기말 과제의 주제를 수재녀 무디로 잡았습니다. 그렇지만 학위 논문은 P.K.페이지에 대해서 쓸 생각이었어요, 페이지의 시를 좋아했거든요. 페이지가 오타와에 와서 샤토 로리에 호텔에 미물 때 인터뷰까지 했지요. 저는 페이지에게 그녀의 시에 대해서 이야기하면서 그 중 한 편의 의미가 뭐냐고 물었습니다. 페이지가 말했죠. "아, 진짜 전혀 모르겠어요." 당시 저는 이런 쪽에 좀 엄격했기 때문에, 그런 생각이 들었습니다. "본인이 무슨 뜻인지 모른다면 내가 파악하려고 애써야 할 이유가 어디 있지?" 물론 그 이후 저는 자기 시를 이해하지 못하는 많은 시인들을 만났고, 저 역시 잘 이해하지 못하는 것들에 대해서 썼습니다. 하지만 그때는 그렇게 생각했어요, "논문을 쓰려면 정말 좋아하는 걸 하는 게 좋겠어, 내가 정말 쓰고 싶은 것을 써야겠다." 그때 수재녀 무디에 대한 에세이가 기억났고, 저는 캐나다에서는 절대 보지 않는 작품을, 무디가 쓴 온갖 멋진 소설들을 살펴봐야겠다고 마음먹었습니다.

와크텔 수재너 무디의 어떤 점에 끌렸지요?

실즈 옛날 소설들을 다 읽어 보니 반복해서 등장하는 주제가 있었는데, 가장 흥미로운 건 남자/여자라는 주제였어요. 무디는 항상 남자가 우월하다며 공치사를 늘어놓았지만 그녀의 소설을 읽으면 하나 같이 남자는 약하고 여자는 강해요. 항상 몸져 누운 남자가 나오고 여자가 남자를 돌봐서 건강을 회복시키지요. 그런 내용이 계속 반복해서, 처음부터 끝까지 나와요. 제 생각에는 철저히 무의식적이었던 것 같습니다.

와크텔 당시, 그러니까 1970년대에는 스스로 페미니스트라 생각지 않았다고 하셨는데요. 어떻게 페미니스트가 되었습니까?

실즈 결혼 직후 밴쿠버의 작은 아파트에서 살 때가 기억나요. 신혼 첫 주에 부엌에서 요리를 하다가 이런 생각이 들었습니다. "내가 왜 이걸 하고 있지? 우린 어떤 식으로 일을 분담하자고 의논한 적이 없는데." 하지만 그건 그냥 지나가는 생각이었어요. 변화는 아주 서서히 진행되었습니다. 저는 여자의 삶이 어떻게 될 수 있는지 대부분 현실이 아니라 소설에서 경험했어요. 베티 프리던의 『여성의 신비』를 읽고 완전히 달라졌죠. 오타와 대학에서 프리던의 강연도 들었어요. 당시 저에게는 큰일을 하는 여성의 역할 모델이 별로 없었지요.

저는 항상 여자의 삶에 관심이 있었고, 여자의 삶이 가치 있다는 사실을 한 번도 의심한 적 없습니다. 하지만 제가 언제 페미니스트가 되었는지는 정말 생각이 안 나요. 저는 중간 세대 여성인 것 같아요, 구식 여성이라기에는 젊고 요즘 여성이 되기에는 나이가 많은 부류 말입니다. 저는 항상 어느 정도는 남자를 따를 것이고, 그걸 극복할 수는 없어요. 유감스럽지만요.

와크텔 첫 소설 『작은 의식들』은 어떻게 쓰게 되었습니까?

실즈 그때 평생 처음으로 일자리를 제안 받았습니다. 아직 졸업논문을 쓸 때였는데, 『캐내디언 슬라보닉 페이퍼스*Canadian Slavonic Papers*』라는 학술 계간지에서 2년 동안 편집 보조를 했지요. 아직 아이들이 어렸기 때문에 집 안의 작은 작업실에서 일을 했어요. 잡지는 칼턴에서 편집했기 때문에 저도 칼턴에 가긴 했지만 일은 대부분 집에서 했습니다. 흔히 "소일거리"라고 부르는 일이었지요. 저는 몇 년 동안 그 일을 했고, [1975년에] 학위를 마쳤습니다. 논문을 쓸 때 수집한 수재너 무디에 대한 자료 중에서 너무 주관적인 추측이라 넣지 못했던 자료가 남아 있었어요. 그래서 그걸로 뭐든 해야겠다고 생각했죠. 그게 『작은 의식들』이 되었습니다.

와크텔 그때까지 소설은 쓴 적이 없었지요?

실즈 아니, 써 봤어요. 70년대 초에 소설을 썼거든. 당시 대학을 한 학기 휴학했어요. 말하자면 문학적인 추리소설이었는데, 몇몇 출판사에 보냈지만 전부 돌아왔죠. 하지만 다들 굉장히 친절한 편지를 보내 주었습니다. 그래서 다시 시도해야겠다고 생각했죠. 『작은 의식들』은 아주 쉽게 썼어요. 매일 두 페이지씩 썼고, 9개월이 지나자 소설이 한 권 탄생했습니다. 그리고 제가 쓴 내용 그대로 출판되었어요. 정말 쉬웠고, 아주 멋졌어요. 무척 행복했지요.

와크텔 『작은 의식들』을 쓸 때 이 책에서 어떤 이야기를 해야겠다는 의식을 가지고 썼습니까?

실즈 저는 제가 알아볼 수 있는 여자, 자기 삶에 대해 생각하는 여자에 대한 소설을 쓰고 싶었습니다. 좋은 친구들이 있는 여자를 보여 주고 싶었죠. 그리고 수재녀 무다라는 소재를 이용하고 싶었어요. 그때 저는 과거와 강하게 연결되어 있다는 느낌이 들었습니다. 『우연한 사건』이라는 다른 소설에서 그런 역사 감각에 대해서 썼는데, 어떤 사람에게는 있지만 어떤 사람에게는 없는 감각인 것 같아요. 음악을 듣는 귀가 그렇듯이 말이지요. 저는 음악을 듣는 귀가 전혀 없지만요. 하지만 저는 역사적인 사건에 연결되어 있다는 느낌이 들어요. 제 자신이 그런 사건의 일부 같이 느껴지죠. 역사적인 사건이 어떤 시기에 어떻게 일어났는지 전혀 모르는 사람들을 만나면 깜짝 놀랍니다. 저는 우리와 과거의 연관성, 특히 과거 여성들과의 연관성에 관심이 있어요.

와크텔 『작은 의식들』은 전기 작가에 대한 소설입니다. 전기의 어떤 점에 흥미를 느끼시나요?

실즈 저는 우리에게 이야기는 전기밖에 없다는 생각이 듭니다. 확고한 형체를 가진 이야기는 인간의 삶에 대한 이야기밖에 없지만, 알 수 없는 부분이 너무 많지요. 소설은 전기가 갈 수 없는 곳까지 들어가기 때문에 저는 소설을 좋아합니다. 소설은 대부분의 일이 일어나는 곳, 즉 그 사람의 머릿속에 들어갈 수 있잖아요. 삶의 90퍼센트는 머릿속에서 일어납니다. 그래서 저는 전기의 약점을 잘 알면서도 그 형식에 끌려요. 저는 긴 세월을 아우르는, 한 사람의 삶을 추적할 수 있는 소설을 좋아해요.

수재너 무디의 경우에 흥미로운 부분은 그녀의 작품이 침묵하는 부분, 그녀가 말하지 않은 것입니다. 우리가 빈 공간을 채우려고 노력할 수는 있겠지만, 그걸 어떻게 되살릴 수 있을까요? 어떻게 하면 죽은 사람을 되살려서 정말 중요한 일에 대해서는 말하지 않았던 그 사람의 성격을 그려낼 수 있을까요?

와크텔 빈 공간을 채울 때 뭐가 진짜인지 어떻게 알지요?

실즈 진짜인지 알 수 없습니다. 하지만 저는 무디가 말하지 않은 것이 진정한 부분이라고 생각해요. 음화^{陰畵}를 읽는 것과 같습니다. 정말 놀랍죠. 또 어떤 면에서는 『스완』의 주인공 메리의 부활과도 조금 비슷해요. 세상에서 그토록 철저하게 지워진 사람에 대해서 무엇을 어떻게 알 수 있을까요?

와크텔 『작은 의식들』을 여러 출판사에 보냈습니까?

실즈 출판사 세 곳—맥클러랜드 & 스튜어트, 맥밀런, 그리고 오버론—에 보냈는데, 그 전에 친절한 거절 편지를 보내 주었던 출판사들이었죠. 하지만 이번에도 세 출판사 모두 원고를 돌려보냈기 때문에 저는 무척 풀이 죽었습니다. 프랑스 이주를 준비 중이었기 때문에 금방 잊었지만요. 소설을 잘라서 몇 편의 단편 소설로 만들 수 있겠다는 생각이 들었어요. 아주 실용적이죠.

와크텔 우리 어머니가 낡은 침대보를 잘라서 베갯잇을 만들었던 생각이 나네요.

실즈 그거 정말 멋진 비유군요. 저는 서점에 가서 다른 출판사를 더 찾아본 다음 맥그로-힐에 소설을 보냈고, 결국 거기서 제 원고를 받아 주었어요. 정말 근사했죠. 제 마흔 번째 생일 즈음에 원고를 받아 주겠다는 전화가 왔고, 교수님 두 분이 제 논문을 출판하시겠다고 했고, 저희 가족은 프랑스로 이주했어요. 전부 일주일 사이에 일어난 일이었죠.

와크텔 이제 소설가가 되겠다고 생각한 건가요, 아니면 그냥 소설을 한 편 써 본 것이었나요?

실즈 "난 이제 평생 소설가로 살 거야"라고 생각했어요.

와크텔 프랑스에서 살 때도 글을 썼습니까?

실즈 프랑스에 도착한 첫날인가 다음날부터 『상자 정원』을 쓰기 시작했어요. 막 아이를 낳은 듯한 기분이었고, 『작은 의식들』에 나오는 인물들이 그리웠어요. 그때 『작은 의식들』에 몇 번 등장시켰던 자매가 떠올랐어요. 그 인물을 가지고 시작해야겠다고 생각했죠. 어떤 가족인지 이미 알고 있었으니 자연스럽게 써내려가기 쉬웠습니다. 이번에도 아주 쉽게 썼지요. 첫 소설만큼 쉽지는 않았지만 역시 9개월 만에 끝났습니다.

소설을 쓰면서도 몇 가지 의구심이 들었어요. 거기 귀를 기울였어야 하는 건데 말이죠. 『작은 의식들』의 편집자가 소설에 사건이 너무 없다고 말했었기 때문에 저는 다음 책에서는 무슨 일이든 일으켜야겠다고 생각했습니다. 그래서 『상자 정원』에 경찰을 등장시키고 납치 비슷한 사건을 넣기로 했어요. 상상이 되겠지만, 제가 그런 일에 대해서 알면 얼마나 알겠어요. 다시는 그런 식으로 쓰지 않으려고요.

와크텔 당신의 다음 소설 『우연한 사건』은 분명한 변화였습니다. 배경은 시카고로, 시점은 남성의 시점으로 바뀌었어요.

실즈 저는 첫 책 두 권이 "여자들 책"으로 불리는 것이 참 이상했어요. 그래서 결투 신청을 받아들여서 남자의 시점에서 쓰기로 했지요. 하지만 일인칭이 아니라 삼인칭 시점으로 썼습니다. 그 책은 조금 더 오래 걸렸어요. 문제가 몇 가지 있었거든요. 시작을 잘못했어요. 다른 책은 1페이지부터 시작해서 써나갔어요, 대단히 체계적이죠. 그런데 이 책을 쓸 때는 어떤 방향으로 진행하다가 아이들이 제일 중요하다는 생각이 들어서 앞으로 다시 돌아가서 아이들을 넣어야 했습니다.

또 책을 마무리하고 나서 잭을 익살꾼처럼 만들었다는 사실을 깨닫는 바람에 배치를 조금 바꿔야 했습니다. 어쩌다 그렇게 되었는지 모르겠어요. 저는 잭이라는 남자를 착하게 사는 것이 항상 쉽지만은 않은 세상에서 착하게 살려고 노력하며 힘들게 나아가는 사람으로, 우리 모두 그렇듯이 가끔은 우습기도 하지만 늘 우습지는 않은 사람으로 그리려고 했습니다. 수선을 하는 기분이었지요. 짜깁기 바늘을 들고 책을 살피면서 잭에 대한 어조를 제가 원하던 대로 고쳤어요.

와크텔 남성의 시각으로 쓰는 것이 어려웠습니까?

실즈 어려울 거라고 생각하지 않았어요. 저는 남자와 여자가 우리가 인정하는 것보다 더 비슷하다고 생각합니다. 하지만 남자와 여자가 말을 다르게 한다고, 언어를 다르게 쓴다고 생각하기 때문에 그 점에 주의하려고 했죠. 말을 참는 것도 마찬가지죠. 저는 여자들의 우정과 남자들의 우정에 아주 관심이 많았어요. 그게 무슨 의미일까? 남자들 사이의 침묵은 무슨 뜻일까? 피상적인 우정이라는 뜻일까? 사실 저는 그 문제에 결론을 내리지 못했습니다. 그 책에서 저의 입장은 남자들의 우정은 진짜지만 함께 나누지 않는 것이 더 많다, 로 정리할 수 있겠지요.

와크텔 『우연한 사건』 무대를 시카고로 정한 이유는 무엇이죠?

실즈 저는 어떤 남자에 대한 단편 소설을 쓰기로 하고 무대를 시카고로 정했어요. 맥그로-힐 출판사 측에서는 배경을 토론토로 바꾸라고 설득했는데, 제 소설이 미국 가정의 전형적인 모습을 보여 준다고 생각하지 않았기 때문이었습니다. 너무 온화하다고 말이죠. 하지만 제 자신이 그런 가정에서 자랐으니 그건 말도 안 되는 이유였어요. 저희 아버지는 평생 총을 쏜 적이 한 번도 없습니다.

와크텔 그런 다음 입장을 바꿔서 책의 아내 브렌다의 시점에서도 책을 한 권 썼지요.

실즈 브렌다가 떠난 뒤 어떻게 되었냐고 사람들이 물었기 때문에 『극히 평범한 여자』를 썼는데, 아주 재미있었어요. 저는 50년대를 배경으로 글을 쓰면서 당시의 사고방식을 되살리는 것을 정말 좋아합니다. 또 두 소설을 맞춰 나가는 게 정말 좋았어요. 게임 같았죠. 편집자가 전화를 걸어서 이렇게 말했던 생각이 나요. "캐럴, 두 사람이 만났을 때 치즈 샌드위치를 먹었다는 얘기가 빠졌어요." 그래서 치즈 샌드위치를 넣었죠. 또 브렌다의 옷 치수를 바꿔 버려서 그것도 고쳐야 했어요. 시기와 세부 사항을 맞춰나가는 게 재미있었습니다. 저는 우리가 기억을 어떻게 공유하는지, 서로의 기억이 얼마나 다른지에 흥미가 있었지요. 그럭저럭 행복한 결혼생활을 하고 있지만 사실은 서로

타인이고 언제나 타인일 두 사람에 대해서, 그리고 낯선 것의 가치에 대해서 쓰고 싶었어요.

하지만 제가 정말로 쓰고 싶었던 것은 여자가 자신이 예술가임을 어떻게 깨닫는지, 또 그것이 어떤 영향을 미치는지였어요. 브렌다는 스스로를 예술가라고 생각할 준비가 전혀 되어 있지 않죠. 평론가들은 대부분 그것을 놓치고 이 소설이 불륜을 저지르기 직전의 여자 이야기라고 생각했습니다. 그건 시선을 다른 곳으로 돌리는 미끼였지만 많은 사람들이 속아 버렸어요, 제 책임이겠죠.

와크텔 당신의 여자 주인공들은 대부분 불안합니다. 전반적으로 잘 살고 있지만 스스로의 생각만큼 행복하지 않죠. 뭔가 부족하다는 느낌이 있어요. 그것이 당신 소설의 시작점인가요?

실즈 저는 그것이 보편적인 인식이라고 생각합니다. 커다란 혹처럼 우리 모두가 항상 가지고 있는 실존적 두려움이죠. 저는 쌍희雙喜라는 중국 표현을 아주 좋아해요. 하나의 행복이 아닌 두 개의 행복, 그것이 바로 우리 모두가 원하는 거죠. 하지만 그것은 손에 넣을 수 없습니다. 사람들은 제가 낙천적이고 행복한 책을 쓴다고 말하지요. 제가 항상 낙천적인 것도 아니고 항상 만족하는 것도 아니지만, 많은 사람들에 비하면 그런가 봐요. 그렇지 않다면 항상 그런 말을 듣지는 않겠죠. 20세기를 살면서 상실감이 없을 순 없어요.

와크텔 지금까지는 안전하고 질서정연한 세상들에 대해서 이야기했지만, 예를 들어 『스완』 같은 작품을 보면 겉으로는 질서정연하고 안전해 보이지만 언뜻 엿보이는──음, 공포는 너무 강렬한 표현 같고──아무튼 어둡고 혼돈스러운 것도 있습니다.

실즈 그렇다고 생각해요. 우리가 아무리 보호받고 있다 해도 마찬가지입니다, 결국은 그 혼돈을 엿보게 되죠. 정말 무서워요. 갑자기 나 혼자이고, 힘도 없고, 그 어떤 것도 말이 안 된다는 느낌이 들 때와 똑같은 공포예요. 역시 드물지만 갑자기 모든 것이 말이 되고 우주의 패턴을 알 것 같은 느낌이 드는 초월적인 순간도 있는데, 그것과는 정반대죠. 우리 모두는 그런 순간을 겪는 것 같습니다. 시인들은 항상 그런 순간에 대해서 쓰고 싶어하죠, 바이런이 "영원한 순간"이라고 불렀던 그런 순간에 대해서요.

와크텔 1985년에 발표한 『여러 가지 기적들』부터 당신의 소설은 더욱 실험적으로 바뀌었습니다. 무슨 일이 있었지요?

실즈 예전부터 있었던 이야기꾼의 목소리를, 그러니까 전지적 화자를 발견했습니다. 한 번도 그런 식으로 써 본 적이 없었기 때문에 해보고 싶었어요. 저는 하나의 목소리에 얽매이지 않는 단편 소설들을 써야겠다고 생각했습니다. 아주 가까이에서 이야기할 수도 있고, 멀리 떨어져서 이야기할 수도 있었지요. 아이들의 시점에서도 이야기를 하고 싶었어요. 모든 서술 기법을 다 써 보고 싶었지요. 『여러 가지 기적들』을 쓰면서 저는 약간 거리를 두고 이야기가 스스로 길을 찾게 놔둘 수도 있다는 사실을 깨달았습니다. 그래서 그렇게 하기로 마음먹었죠. 이야기가 스스로 가려고 하는 방향으로 나아가도록 놔두는 거죠, 자연주의적 관점에서는 말이 안 된다고 해도요.

와크텔 초자연적인 순간을 언급하셨는데요. 스스로 영적이라거나 신앙심이 깊다고 생각하십니까?

실즈 저는 신앙심이 없어요. 물론 감리교 집안에서 자랐고 한동안 퀘이커교 예배에도 다니긴 했습니다. 저는 그런 순간들이 진실하다고 믿지만 그런 믿음이 어디에서 오는지는 모르겠어요. 물론 영성 센터에서 오는 건 아니죠. 저는 믿음이 사건들의 우연한 충돌에서 비롯된다고 생각합니다. 영어에는 신비주의를 설명할 어휘가 너무 부족하다고, 그래서 많은 것들이 거론되지 않는다고 생각해요. 아주 대략적으로만 언급되거나 우리가 약간 이상하다고 생각하는 사람들만 그런 이야기를 하죠. 가끔 시를 통해서도 발견할 수 있고요.

와크텔 그것은 일종의 관계에 대한 갈망에서 비롯되는 걸까요?

실즈 갈망이라고 할 수 있을지 모르겠어요. 축복에 더 가까운 것 같습니다. 그런 순간을 경험하면 행복이라는 큰 선물을 받은 것 같지요. 물론, 모두 그 순간이 지속되기를 원하겠죠, 끝없는 오르가슴처럼요. 하지만 지속되지 않아요. 다음날에, 또는 그 다음날에 다시 일어나는 일은 없습니다. 그런 것들은 마음대로 할 수 없어요. "오늘 나는 초월적인 경험을 할 거야"라고 말할 순 없죠.

와크텔 당신은 주로 가정생활과 부부, 가족을 재확인하는 이야기를 썼지만 『사랑의 공화국』만큼 사랑과 부부애를 옹호하는 당신의 글은 본 적이 없는 것 같습니다.

실즈 그 소설에서 저는 사랑 이야기라는 개념 자체가, 열정에 강하게 사로잡히는 것이, 19세기 소설에 나오는 이야기가 어떻게 되었는지 관심을 가졌어요. 무슨 일이 벌어졌는지 모르겠지만 우리가 사는 20세기에는 사랑 이야기가 무력해졌죠. 팝송 가사나 카드 문구에 지겹도록 나오는 바람에 이제는 냉소가 쌓였어요. 그렇지만 저는 아직도 사랑이 인간의 삶을 구별해 준다고 생각합니다. 저는 사랑 이야기가 우리를 더 큰 존재로 만들어 준다고, 더 나은 사람으로 만들어 준다고 생각해요. 아주 신비하지요.

저는 『사랑의 공화국』이 지금과 같은 세기말에 사랑이 어떤 의미인지, 다른 사람을 구한다는 것이 어떤 의미인지 이야기하는 책이 되기를 바랐어요. 사랑을 진지하게 다루는 소설이 아직 영안실에 들어가지 않았다는 것을, 아직도 우리 주변에서 일어나고 있다는 것을 보여 주기를 바랐습니다. 『사랑의 공화국』은 19세기와 낭만적인 이야기라는 개념을 계속 가리키고 있어요. 거기에는 애착, 애착의 붕괴, 그리고 화해라는 순환 과정이 있지요.

와크텔 사랑은 민주적이기 때문에 『사랑의 공화국』이라는 제목을 붙이셨다고 말씀하셨습니다. 당신 말처럼 사랑은 왕국이 아니지요. 누구나 "사랑해"라는 말을 할 기회가 있고 들을 기회가 있습니다.

실즈 그 생각을 하면 저는 항상 깜짝 놀라요. 아주 귀중한 일용품이, 그러니까 사랑이라는 신비로운 일용품이 있고, 아주 널리 퍼져 있다는 것이 말이에요. 거의 모든 사람이 사랑하고 사랑받는 경험을 할 기회를 갖지요. 그런 관계가 다 잘 되는 것은 아니지만, 다들 조금씩은 기회가 있어요.

와크텔 사람들이 시민권을 자주 잃어버리는 공화국이겠군요.

실즈 저는 사랑의 지속성을 믿는 편입니다. 예를 들어서, 이혼 통계가 어떻다는 이야기는 항상 들려오지만 혼인 지속 통계가 어떻다는 이야기는 전혀 없지요, 정말 놀랍습니다. 반대로 생각하면, 예를 들어서 혼인 관계의 50퍼센트가 유지된다면 정말 대단한 일입니다. 하지만 그런 건 소설에 나오지 않죠. 물론 사랑의 지속성 —— 더 나은 표현이 있을지도 몰라요 —— 에 대해서 이야기하면 진짜 지루하게 들릴 거예요. 또 사랑이 아무 방해

없이 지속되는 척하는 사람은 없습니다. 저는 사랑이 늘 파괴되고 재생된다고 생각해요. 하지만 신학자 베다가 했던 이야기 기억나세요? 10세기도 되기 전이었는데, 정말 놀라운 생각이죠. 베다는 우리의 삶이 아주 작다고, 어둠 속에서 갑자기 연회실로 날아 들어와서 연회에 참가한 사람들을 내려다보다가 다시 반대쪽으로 날아가 버리는 새와 같다고 말합니다. 저는 항상 두 마리 새가 함께 난다면 훨씬 더 좋을 거라고 생각했어요.

와크텔 제일 최근에 낸 소설에 대해서 이야기해 볼까요. 제목을 『스톤 다이어리』라고 붙인 이유는 무엇인가요?

실즈 출판사와 많이 타협했어요. 원고가 완성된 직후에 출판사와 저는 제목을 두고 끔찍한 쟁탈전을 벌였지요. 제가 원래 붙였던 제목은 별로 기억에 남을 만한 것이 아니었기 때문에 저도 생각나지 않지만, 결국에는 출판사와 함께 지금의 제목을 생각해 냈습니다. 저는 "스톤 커튼"도 마음에 들었지만, 저 말고는 아무도 좋아하지 않더군요.

와크텔 제가 제목에 대해서 질문을 한 것은, 저에게는 큰 울림으로 다가왔기 때문입니다. 스톤이라는 단어는 사람들의 이름이나 채석장 등을 통해서 책에 등장합니다, 어디에나 있지요, 하지만 다이어리, 즉 일기는….

실즈 네, 다이어리라는 말이 문제죠, 일기보다는 자서전에 가까

우니까요. 물론 기록되지 않은 자서전이지만요. 데이지가 자리에 앉아서 쓴 것은 아니죠. 이 책은 데이지의 머릿속에 있던 자서전, 혹은 일기인데요, 그건 우리 모두가 가지고 있는 자아의 구성요소라고 할 수 있어요.

와크텔 기록되지 않은 자서전이라는 생각이 마음에 드네요.

실즈 사실은 제가 기록했으니까, 상자 안에 상자 안에 상자가 든 포스트모던 상자인 셈이죠. 하지만 제일 안쪽 상자는 비어 있습니다. 저는 그런 이미지를 계속 가지고 있었어요.

와크텔 자서전 작가 데이지 플렛 굿윌에 대해서 이야기해 주시죠. 이 책은 그녀의 전기라고 할 수 있는데, 20세기 전체에 걸쳐 있지요.

실즈 데이지가 어떤 사람인지 확실하게 정해 두고 시작하지는 않았습니다. 작은 아기에서부터 시작했고, 1장에서부터 2장, 3장으로 소설이 진행됨에 따라서 ─소설이 늘 그렇게 깔끔하게 써지는 것은 아니죠─ 그녀가 제 마음속에서 자라서 아주 서서히 이런 사람이 되었어요.

와크텔 데이지가 태어날 때의 상황을 미리 생각해 두었나요? 아주 극적이잖아요.

실즈 아, 맞습니다. 임신을 한 줄도 모르고 있다가 갑자기 복통을 느끼고 아이를 낳은 여자들에 대한 신문 기사를 몇 년 동안 모았어요. 물론 저는 출산 중에 죽는 여자들에 대해서, 또 그 이유에 대해서도 관심이 있었지요. 온갖 이유가 있지만 1905년에 아기를 낳는 것은 거의 제비뽑기나 마찬가지였어요. 목숨을 잃을 확률도 아주 컸죠. 저는 또 어머니 세대에 관심이 있었어요, 제 어머니의 삶보다는 어머니가 살았던 세상에 관심이 있었죠. 어떤 나이가 되면 그렇게 된다고 하더군요, 과거로 돌아가서 부모님이 살았던 삶을 느끼고 싶어 한대요.

와크텔 20세기 이야기로 넘어가 보죠. 소설은 1905년부터, 데이지가 태어난 날부터 시작합니다. 그런 다음 말씀하신 것처럼 1장, 2장, 순차적으로 썼습니다.

실즈 네, 이 소설은 매끄럽게 썼는데, 구성을 금방 정했기 때문입니다. 저는 평범한 전기처럼 장을 나누어서 이야기를 전개할 계획이었어요. 어린 시절, 청년기, 사랑, 결혼, 출산, 그런 식으로 죽을 때까지 말입니다. 총 10장이죠. 그러면 소설을 쓰기가 더 쉬울 것 같았어요, 작은 부분으로 나뉘니까요. 하지만 저는 각 장의 제목을 조금 비틀어서 그 장의 내용이 아니라 다른 것을 반영하고 싶었습니다. 제 머릿속에 있던 이미지는 이 사람의 삶을 약 10년 간격으로 잘라서 들여다보는 것이었습니다, 어떤 의미에서는 정물화처럼 말이지요.

와크텔 소설을 쓰기 시작했을 때 주인공이 어떤 사람인지 본인도 몰랐다고 하셨는데요. 어떻게 알아냈습니까?

실즈 그런 건 콕 집어서 말하기가 어려워요. 많은 면에서 데이지는 사실 이름 없는 20세기의 수많은 여자들과 같아요. 그들은 살아가면서 선택할 수 있는 것이 별로 없었지요. 자기 목소리 없이 주변 사람들에 의해서 정의되는 여자들이 정말 많았습니다. 그게 바로 이 소설을, 데이지라는 여성의 전기를 쓰는 비결이 되었지만, 데이지의 삶에 그녀 자신은 없어요.

와크텔 전에도 그런 작품을 쓴 적이 있지요, 드러나지 않는 삶에 대해서 말입니다. 『스완』이 생각나는군요. 그 소설에서도 연구자와 친구와 학자 등등 온갖 사람들이 등장해서 본질적으로는 눈에 보이지 않는 여자 메리 스완을 조각조각 맞추려고 하지요. 이렇게 눈에 보이지도 않고 기록되지도 않는 것이 여자들의 삶밖에 없을까요?

실즈 남자들보다는 여자들의 삶이 그렇다고 생각합니다. 부고만 읽어봐도 알지요. 부고 기사를 보면 남자들은 직업이나 소속 단체에 의해서 정의됩니다. 가톨릭 우애공제회, 무슨 보험 회사 회장 뭐 그런 식으로요. 하지만 여자의 삶은 거의 항상 주변 사람에 의해서 정의돼요. 누구의 아내, 누구의 엄마, 누구의 사랑하는 할머니, 그런 식으로요. 자기만의 고유한 인식표가 없으면 훨씬 더 빨리 사라지는 것 같습니다. 여자들은 그렇게 사라지죠. 저는 20세기에도 자신이 누구인지 알려주는 사회 보장 카드가 없는 여자들이 많았을 거라고 확신해요. 그리고 묘지에서도 "사랑하는 아내" 같은 비명을 많이 볼 수 있죠. 이름이 없는 경우도 있습니다. 물론 남자들도 사라져요. 저에게는 소설을 일종의 구원으로 보고 싶다는 충동, 소설이 아니었다면 사라졌을 것을 구원하려는 충동이 있어요.

와크텔 데이지가 자신을 표현하지 못한다는 것이 『스톤 다이어리』의 진정한 주제라고 말씀하셨지요.

실즈 자신을 표현하지 못할 뿐 아니라 표현하고 싶어 하지도 않습니다. 욕구의 부재죠. 데이지가 하는 일은 ─ 평생에 걸친 작업입니다 ─ 전기의 빈틈을 채우는 것인데, 데이지는 상상을 통해서 빈틈을 채웁니다. 예를 들어서, 우리는 자신이 태어나는 모습을 몰라요. 자신의 출생이나 죽음을 알 수 없죠. 하지만 상상할 수는 있습니다. 어머니는 제가 어떻게 태어났는지 자주 이야기를 하셨고, 그럴 때마다 저는 무척 당황했어요. 어머니는 "아, 그냥 버터처럼 쑥 미끄러져 나왔어"라고 하셨고 저는 "엄마! 그런 말 하지 마세요!"라고 했죠. 저는 제가 태어난 날 있었던 일을 몇 가지 정도 알지만, 나머지는 스스로 채워 넣어야 할 거예요. 그리고 물론 데이지가 죽는 장면도 있어요. 그녀는 마지막 혼수상태에서 자신이 죽으면 사람들이 무슨 말을 할지, 자기 삶에서 어떤 것들이 남을지 상상합니다. 그런 상상과 단편적인 대화가 데이지의 마지막 장면을 구성하지요.

와크텔 그래서 데이지가 마지막으로 "나는 평화롭지 않아"라는 말을 남기는 건가요? 데이지의 존재가 "진짜"나 "실제"가——뭐라고 표현해야 할지 잘 모르겠군요——아니었기 때문에요?

실즈 저는 『스톤 다이어리』가 어떤 면에서는 19세기 소설——전체가 의미를 찾는 과정이고, 결국 의미를 발견하는 그런 소설들——을 반전시킨 소설이라고 생각해요. 의미나 실제를 구하지만 찾지 못하죠. 그게 바로 이 책의 현대적인 면이겠지요.

와크텔 하지만 책을 다 읽고 났을 때 저는 슬프지 않았습니다. 신랄하기도 하고 고통을 술회하기도 하지만 참 역설적이게도 데이지가 충실한 삶을 산 것 같았습니다.

실즈 네, 저도 그런 느낌이었습니다. 말씀하신 것처럼 역설적이죠. 데이지는 우리가 삶에서 바라는 것들을 거의 다 가지고 있었지만 그 사실을 몰랐으니까요.

와크텔 전작 『사랑의 공화국』은 뻔뻔할 정도로 낭만적인 사랑 이야기였다고 할 수 있는데, 『스톤 다이어리』에 등장하는 사랑은 좀 다릅니다. 많은 등장인물들이 사랑에 대해서 생각하지만 말이에요. 데이지의 남편이 그녀와 함께 보낸 삶에 대해서 생각하다가 "사랑은 다른 단어를 기억하려고 애쓰는 단어다"라는 결론을 내리죠. 무슨 뜻인가요?

실즈 저는 누구나 낭만적인 사랑을 만난다고 생각하고 싶지만 데이지 굿윌은 만나지 못했습니다. 그 역시 놓쳐 버린 관계죠. 데이지는 첫 번째 결혼에서 낭만적인 사랑을 놓치고, 두 번째 결혼에도 사랑은 없어요.

와크텔 이 책에서 가장 슬픈 부분은 죽음을 앞둔 데이지가 누구도 "사랑해 데이지"라고 말해 준 적이 없다고 회상할 때였어요. 그런 경험을 갖지 못한다는 것은 정말 끔찍한 일이죠.

실즈 데이지가 평생 진짜 사랑을 알았는지 몰랐는지는 어떻게 보면 중요한 문제가 아닙니다. 중요한 것은 데이지가 진짜 사랑을 알았지만 본인은 그 사실을 몰랐다는 거죠. 정말 사랑이 있었다 해도 아무런 울림이 없었어요. 데이지 스스로 그렇게 생각하고, 그래서 물론 그것이 현실이 되죠. 그건 무슨 뜻일까요? 저는 『사랑의 공화국』을 쓸 때 친구들에게 사랑에 대해서, 사랑에 대한 느낌이 어떤지 물어보았지만, 다들 콕 집어서 말하지 못했습니다. 어휘라는 관점에서 보자면 사랑이라는 단어는 그것을 축소하거나 과장하는 수많은 단어들과 한 바구니에 들어 있어요.

『스톤 다이어리』는 『사랑의 공화국』처럼 "기분 좋은" 책은 아니에요. 이유는 아무도 모르죠. 제가 나이를 더 먹고 조금 더 많은 것을 보았기 때문일지도 모릅니다. 사람은 나이가 들면 어쩔 수 없이 조금 더 어두워지니까요.

와크텔 이 책의 아주 특이한 점은 작가인 캐럴 실즈가 무척 즐기고 있다는 거예요, 화자의 말처럼 "노닥거리면서"요. 화자는 "이름을 밝힐 수도 없고 밝히고 싶지도 않은" 의사에 대해서 이야기를 합니다. 또 "제가 당신에게 이러저러한 얘기를 했던가요?"라고 묻습니다. 그런 식으로 쓴 이유는 무엇이지요?

실즈 이 글을 쓰는 사람이 데이지 굿월이 아니라 제 자신이라는 사실을 스스로 상기시키는 거예요. 화자인 "나"는 데이지이지만요. 데이지는 가끔 자기 삶을 아이러니하게 바라보지만, 특별히 아이러니한 여자는 아닙니다. 저는 그게 재미있었죠. 솔직히 말하자면, 작가들 대부분이 그렇겠지만 저는 글을 쓰는 게 힘들어요. 제가 좋아하는 건 글을 쓰는 과정이 아니라 이미 다 썼을 때죠. 하지만 이 책을 쓰는 건 즐거웠어요. 이보다 더 행복하게 쓴 글은 없어요. 중요한 것을 이야기하는 책 같았고, 잘 써지는 것 같았죠. 방금 말씀하신 것처럼 약간 즐겨도 괜찮다고 생각했어요. 소설 형식 ──제가 제일 좋아하는 형식이고, 제가 선택한 형식이죠──이 생각했던 것보다 훨씬 더 여유롭다는 사실을 인정하기로 한 거죠. 사실 소설은 뭐든지 넣을 수 있고, 어떤 방향으로든 늘일 수 있어요, 마음대로 해도 괜찮아요.

1988년, 1992년, 1993년
샌드라 라비노비치, 피터 캐버너와 인터뷰 공동 준비

"소설 쓰는 사람에게 편안함은 저주가 아닐까요.
작가는 날이 서 있어야 하고, 아까도 나왔던 얘기지만,
바깥에서 안을 들여다봐야 합니다.
그러면 그곳에 속해 있지 않다는 느낌을 종종 받겠죠.
저는 항상 그런 느낌이지만요.
그러면 한 개인으로서가 아니라 작가로서 이야기를 하게 됩니다."

윌
리
엄

트
레
버

윌리엄 트레버
William Trevor

우리의 가슴을 아프게 하는 작가를 사랑하기 힘들다고 생각할지도 모른다. 하지만 나는 항상 「투르게네프 읽기」(1991년에 출판된 『두 삶』에 실렸고 부커상 후보에 오른 바 있다)를 사서 사람들에게 선물했다. 윌리엄 트레버는 장편을 쓰든 단편을 쓰든 놀라운 이야기꾼이다. 『뉴요커』 프로필에서 스티븐 시프는 트레버를 "영어권에서 현존하는 가장 위대한 단편 작가"라고 평했다. 트레버는 "등장인물에 대한 연민을 그들의 어리석음에 대한 반어법과 교차시켜 엮는다". 그러나 윌리엄 트레버의 이야기에서 가장 중요한 감정은 후회다. 물론 재치도 있지만 슬픔, 놓쳐 버린 기회, 제한된 삶, 정말로 말하고 싶은 것을 말할 수 없음이 무엇보다도 중요하다. 그러나 트레버는 아주 풍성하고 정확하게 글을 잘 쓰기 때문에 그의 소설을 읽는 것은 즐거운 경험이다.

윌리엄 트레버는 1928년에 아일랜드 카운티코크에서 중산층 신교도 아일랜드인 부모님 밑에서 태어났다. 아버지가 은행 가였기 때문에 트레버 가족은 아일랜드 남부의 여러 도시를 옮겨 다녔고, 어린 트레버는 열세 번이나 전학을 했다. 윌리엄 트레버는 더블린의 트리니티 칼리지를 졸업한 후 교사로 일하다가 조각가로 활동했고, 그런 다음 런던의 광고 회사에서 카피라이터로 일했다. 서른여섯 살에 초기 소설 『동창생들』로 호손든 상을 수상하면서 문학 경력을 쌓기 시작했다. 이 작품은 텔레비전과 라디오 프로그램으로 각색되었고, 이블린 워는 "드물게 잘 쓴, 소름끼치고 재미있고 독창적"인 글이라고 선언했다. 그 뒤 윌리엄 트레버는 스물한 권의 책을 썼고 휘트브레드 올해의 책에 세 번 선정되었을 뿐 아니라 많은 상을 받았다. 가장 최근에 휘트브레드 상을 받은 『펠리샤의 여행』은 2만 파운드의 상금을 수여하는 『선데이 익스프레스』 상도 받았다. 아기의 아버지를 찾아서 아일랜드의 작은 마을에서 영국으로 가는 젊은 여성의 절망과 몰락을 그린 『펠리샤의 여행』은 여성, 특히 시골 여성에 대한 공감과 "불운"의 희생자에 대한 공감을 잘 보여 주는데, 바로 이것이 트레버의 특징이다. 트레버는 언젠가 특유의 "잘 다듬어진 비극적 느낌"이 "위기로 가득한 아일랜드의 상황에서 영향을 받았다"고 생각하느냐는 질문을 받자 자신의 어린 시절에서 영향을 받았을 가능성이 더 크다고 대답했다.

나는 윌리엄 트레버가 자전적 작품을 묶은 『진짜 세상으로의 소풍』을 가지고 토론토에 왔을 때 그를 만났다. 트레버는 들던 대로 온화하고 겸손하며, 파악하기 힘들기 때문에 더욱 매력적인 사람이었다.

* * *

와크텔 아일랜드 작가라는 건 어떤 의미일까요? 아일랜드 작가라는 꼬리표 때문에 생기는 부담감이 있습니까?

트레버 제 경우에는 그렇지 않습니다. 저는 스스로 작가라고 생각하고 아일랜드인이라고 생각하지만, 아일랜드 작가라고 생각하지는 않습니다. 아일랜드 작가라는 것이 존재하는지 모르겠군요.

와크텔 하지만 아일랜드 단편 소설 선집을 편집하신 적도 있고, "아일랜드 소설"이라는 범주에 들어가는 문학이 존재하는 것은 사실 아닌가요?

트레버 네, 존재합니다, 그리고 그 책을 편집한 것도 사실입니다. "아일랜드 작가"라는 건 아주 자연스러운 꼬리표지만 별로 의미는 없다고 생각합니다. 제가 그 책을 편집한 것은 아일랜드 단편 소설에 대해서, 어느 정도 알 수밖에 없는 위치이기 때문이지요. 영국인이나 캐나다인이라도 그 정도는 할 수 있었을 겁니다. 훨씬 더 잘하지는 않더라도요.

와크텔 국민성이라는 게 있을까요? 아일랜드인의 본질적인 특징이 있습니까? 회고록인 『진짜 세상으로의 소풍』 서문에서 아일랜드인의 감성에 대해서 말씀하셨던 것 같은데요.

트레버 어떤 사람을 아일랜드인으로 만드는 속성 같은 것들이 있겠지요. 하지만 저는 "아일랜드인의 정체성"이 결국은 말이 안 된다고 생각합니다. 예를 들어서 제 아내는 아일랜드 집안 출신이지만 런던에서 태어났는데, 저보다 더 아일랜드 사람 같아요. 제가 아일랜드 출신이라는 저의 배경에 반발심을 느끼기 때문일지도 모르지요. 저는 출신 성분에 대해서는 말을 아끼고 조심하는 편입니다.

와크텔 부인이 더 아일랜드 사람 같다는 것은 무슨 뜻인가요?

트레버 음, 제 아내는 아일랜드인다운 열정이 있고, 아내가 들을지도 모르니 "알랑거린다"는 표현은 쓰기 싫지만 아무튼 친근한 성격과 타고난 우호적인 태도가, 아일랜드인이라고 하면 연상되는 쾌활함이 있지요. 영국인에게는 없는 특성입니다. 또, 빨강머리이기도 하고요.

와크텔 그건 정말 클리셰군요. 아일랜드인의 현실에 영향을 미치는 것들이 있습니까? 아일랜드인을 독특하게 만드는 지리적, 역사적, 기후적 특성이 있을까요?

트레버 기후에 따라서 그렇게 큰 차이가 날 거라고 생각하지는 않지만, 무슨 말인지는 알겠습니다. 확실히 아일랜드 역사는 어떤 식으로든 아일랜드인을 독특하게 만드는 지점이지요, 어린 시절이 현재를 형성한다는 의미에서 말입니다. 어린 시절은 무척 중요하지요. 어렸을 때는 아주 많은 것을, 특히 물질적인 것을, 어떤 장소의 물질적인 모습을 받아들여요. 그런 이미지는 마음에서, 생각에서 결코 사라지지 않습니다.

와크텔 장편과 단편을 모두 쓰시는데요, 장편은 영국적인 형식이고 단편은 아일랜드적인 형식이라고 말씀하셨습니다. 그 이유는 무엇이죠?

트레버 사람들의 말에 따르면, 저도 그렇게 말한 적이 있는 것 같은데요, 영국의 빅토리아 시대에 뛰어난 소설이 유행할 때 아일랜드는 그런 것을 받아들일 준비가 되어 있지 않았습니다. 당시 영국을 상상해 보세요. 평화롭고 조용하고, 전쟁을 할 때도 전쟁터는 영국 땅이 아니라 유럽 대륙 어딘가였죠. 그래서 영국 사람들은 부유하게 번영했고, 자리에 앉아서 긴 소설을 쓸 시간도 읽을 시간도 많았습니다. 크리켓이든 뭐든 자기들이 좋아하는 것을 할 시간이 있었죠. 아일랜드는 전혀 달랐습니다. 불만이 많은 나라였지요. 탄압받는 종교와 탄압받는 언어를 가지고 있었습니다. 언제든, 거의 어디서든 문제가 — 반란, 그러니까 소규모 반란이 — 일어날 수 있었습니다. 장편 소설이 번성하기 위해서 필요한 정서가 없었습니다, 시간이 끝없이 많고 기분 좋은 오후가 절대 끝나지 않을 것 같은 느낌 말입니다. 아일랜드는 가난하고 곤궁에 처해 있었고, 따라서 영국에서보다 구술 전통이 더 오래갔지요. 저는 이것이 다른 것 못지않은 이유라고 생각합니다.

물론 다른 이유도 있어요, 뭐든지 단시간에 폭발시키는 아일랜드인의 경향 말입니다. 예를 들어서 아일랜드인이 럭비를 한다고 생각해 봅시다. 5분 동안은 정말 잘해요, 영국 팀을 완전히 때려눕히죠. 하지만 5분만 지나면 시들해져 버립니다. 아일랜드인이 잘 하는 것은 단시간 내에 폭발하는 것, 그러니까 3킬로미터가 아니라 100미터 경주입니다. 저는 이런 성향이 아일랜드인들 사이에 널리 퍼져 있다고 생각해요. 아주 큰 열정, 그러니까 뭔가에 가진 것을 전부 쏟아 넣는 느낌이 있는데, 그것이 아일랜드 소설에서도 가끔 보이는 것 같습니다. 영국인들은 너무 차분하지요. 같은 것을 영국인들이 어떻게 하는지 살펴보면 더 계산적이라는 사실을 알 수 있습니다. 제 생각에 영국인은 글도 차분하게 쓰는 것 같아요. 물론 영국인들은 다른 나라 사람 못지않게 훌륭한 소설들을 썼습니다.

그게 또 하나의 이론입니다, 우리가 무슨 일이든 단시간에 폭발적으로 한다는 것 말이지요. 저 스스로도 가끔 그런 걸 느낍니다. 저는 제 장편 소설이 사실은 단편들을 아무도 눈치 못 채도록 엮은 것이라고 말한 적이 있습니다. 몇몇 다른 아일랜드 작가들에 대해서도 똑같은 말을 할 수 있을 것 같아요. 예를 들어 저는 제임스 조이스의 글 중에서 단편을 가장 좋아합니다. 우리 아일랜드인들에게는 제인 오스틴이나 조지 엘리엇, 찰스 디킨스처럼 긴 글을 편안하게 쓰는 것이 어렵다는 생각이 듭니다.

와크텔 어느 비평가는 당신이 태생적인 어려움을 잘 이겨냈다고, 예이츠, 제임스 조이스, 새뮤얼 베케트, 션 오케이시처럼 대단한 선배들의 그늘에서도 잘 해냈다고 말했습니다. 그 어려움이 얼마나 위협적이었습니까? 위대한 작가들의 그늘을 의식했나요?

트레버 아뇨, 그런 건 의식할 수가 없지요. 예술의 본질에 어긋납니다. 예술은 무언가가 없기 때문에, 진공 상태가 있고 거기 무언가를 넣고 싶기 때문에 하는 거죠. 이야기가 없기 때문에 이야기를 만드는 겁니다.

와크텔 아일랜드에서는 소수자인 신교도로 자라셨습니다. 그것 때문에 아일랜드에서도 주변인이었나요?

트레버 네, 그랬습니다. 20년 전에 그런 질문을 받으면 저는 말도 안 된다고, 아무 차이도 없었다고 말했을 겁니다. 이제 더 넓은 시각으로 되돌아보니 사실 그건 아주 큰 차이였습니다. 왜냐면 아이로서, 한 사람으로서, 울타리 바깥에 있었던 셈이니까요. 저는 많은 사람과 달랐습니다. 다른 교회에 갔고, 작은 집단에 속했지요. 그건 사실 소설가, 또는 모든 예술가가 차지하는 위치와 아주 비슷합니다. 제 생각에 예술가는 모두 사회의 바깥에 존재합니다. 사회가 바로 우리의 재료니까요. 사회는 우리가 작업을 하는 재료, 우리가 이용하는 영역입니다. 사회를 보면서 그것으로 작업을 하려면 사회의 바깥에 존재해야 합니다.

와크텔 신교도라는 출신 배경의 중요성에 대해서 생각을 바꾸신 이유는 무엇입니까?

트레버 예전에는 그 사실을 확실히 깨닫지 못했으니까요. 예를 들어, 사람들이 편견을 가지고 저를 대했던 기억은 전혀 없습니다. 저는 카운티코크에서 자랐어요. 우리 가족은 작고 썩 부유하지 않은 중산층 신교도였는데, 저는 그 어떤 불쾌함이나 압박도 느낀 적이 없습니다. 어렸을 때 수녀원에서 운영하는 학교에 다녔는데, 수녀님들이 참 좋았어요. 그 다음에는 감리교 학교를 다녔는데, 아주 싫어했지요. 제가 뭐 그렇게 큰 차이는 없었다고 말한 건 그런 경험 때문이었을 겁니다. 이제는 차이가 있었다는 사실을 알겠어요. 그것이 제 글에 확실히 영향을 주었습니다. 글을 쓰기 위해서는 사람들과 거리를 두고 이방인이 되어야 하는데, 저의 배경이 거리두기에 도움을 준 것 같습니다. 이방인이 되는 것, 그것이 제가 글을 쓸 수 있는 유일한 길이라고 생각합니다. 제 얘기일 뿐이지만요.

와크텔 『진짜 세상으로의 소풍』에 실린 에세이 첫 부분에서 어린 시절을 회상하셨는데요, 가족에 대해 말씀해 주시겠어요? 어린 시절 하면 가장 뚜렷이 기억나는 게 뭔가요?

트레버 저는 카운티 코크의 욜이라는 작은 바닷가 마을에서 자랐습니다. 고기잡이 철이 되면 배들이 바다로 나갔다가 몇 척은 돌아오지 못했던 기억이 아주 뚜렷합니다. 당시에는 익사율이 높았어요. 저는 당시 사람들의 얼굴을 지금까지도 기억합니다. 하지만 무엇보다도 뚜렷하게 기억나는 것, 어린 시절 저에게 큰 영향을 끼친 것은 부모님의 불행한 결혼 생활이죠. 아버지가 은행에서 승진을 할 때마다 그 불행한 결혼 생활도 아일랜드 남부의 작은 마을에서 작은 마을로 옮겨 다녔죠.

와크텔 부모님의 불행한 결혼 생활이 현재 당신이 결혼 생활에 대해서 쓰는 글에 영향을 준다고 생각하세요?

트레버 이미 50년도 넘은 얘기고, 아직까지도 그걸 정리하지 못했다면 정말이지 소설을 쓰는 솜씨가 없는 거라고 생각합니다. 저는 부모님의 결혼 생활이 제가 결혼에 대해 쓰는 방식에 영향을 준다고 생각하지 않습니다. 그 이후로도 수많은 결혼 생활을 봤고, 결혼 생활에 대한 글도 많이 썼고, 저 역시 결혼 생활을 하고 있습니다. 그 기억은 우리가 짊어지는 짐 같은 거라고 생각합니다. 가끔 여행을 할 때 보면 별로 필요 없는 짐이 있는데, 그런 짐은 항상 있을 수밖에 없어요. 과거의 일부일 뿐입니다.

와크텔 어렸을 때 이사를 많이, 열두 번 정도 다니셨습니다. 그것 때문에 주변인이 되었다거나 제자리를 벗어났다는 느낌이 강화되었다고 생각하시나요?

트레버 제자리를 벗어났다는 느낌이 강해졌지요. 새 도시에 도착해 보면 친구들이 없고, 특히 부모님의 입장에서는 새로운 사람들을 사귀어야 했다는 뜻이었으니까요. 아이들한테는 그렇게 나쁘지 않아요. 애들은 친구를 쉽게 사귀고, 그 의미도 별로 크지 않으니까요. 하지만 특히 어머니에게는 무척 괴로운 일이었을 겁니다. 아버지는 승진도 해야 하고 돈도 필요했으니 거기에 맞출 수밖에 없었죠. 저는 잦은 이사 때문에 우리가 더 주변적인 존재가 되었다고 생각합니다. 우리는 이중의 이방인이었으니까요. 가톨릭 세계에 사는 신교도였고, 신교도의 중심지와도 멀었죠.

와크텔 『진짜 세상으로의 소풍』에서 그 당시를 생생하게 그리셨는데, 거기서 살짝 언급했던 이야기에 대해서 물어보고 싶습니다. 어렸을 때 코크로 이사한 것은 혀가 잘리는 것과 같았다고, "나의 볼품없는 말투를 없애는 것"이었다고 하셨습니다. 옛날 이야기 같이 느껴지는데요. 이게 무슨 뜻이지요?

트레버 혀 밑을 보면 아래쪽과 연결하는 부분이 있는데, 예전에는 혀가 더 잘 움직이게 하려고 어렸을 때 그 부분을 잘랐습니다. 아일랜드 사람들이 다 그렇지만, 저는 어렸을 때 티에이치th

가 들어가는 "디스^{this}", "댓^{that}", "디즈^{these}" "도우즈^{those}" 같은 단어들 때문에 아주 힘들었어요. 티에이치가 아니라 디^{d}로 발음했는데, 그게 다 혀 모양이 이상해서 그렇다고 했습니다. 코크의 의사가 손톱 가위처럼 생긴 도구로 그 부분을 잘랐고, 저는 상으로 2실링을 받았던 것 같군요.

와크텔 그게 트라우마가 되었나요?

트레버 아니요, 그랬던 기억은 없습니다. 큰돈을 받아서 정말 신났고, 썩 아프지도 않았거든요. 하지만 왠지 절대 사라지지 않는 기억이 되었습니다.

와크텔 어린 시절, 특히 학창 시절을 회상하면서 특이한 괴짜들을 아주 애정 어린 시선으로 그렸고, 괴짜의 특성에 대해서 쓰셨습니다. 그런 특이한 사람들은 학교에서 처음 보았나요?

트레버 그렇지는 않은 것 같습니다. 괴짜라는 건 너무 강한 표현일지도 모르지만, 제가 살던 동네에는 재미있는 사람들이 정말 많았고, 어린애는 어떻게든 그런 사람들과 대화를 하게 되어 있죠. 학교에서는 특이한 사람들을 더 가까이에서 접하니까 더 크게 영향을 받아요. 그래서 그 책에 나온 겁니다.

와크텔 프리그 앨트라는 사람에 대해서, 그 분이 무엇을 가르쳐 주었는지 말씀해 주시죠. 아주 멋진 구절이 있었습니다. "그는 살던 방식대로 죽었다. 그 시간에 있어야 할 곳이 아니라 다른 곳에 있었다."

트레버 불쌍한 프리그 앨트 선생님은 돌아가셨습니다. 기차에서 반대편 문으로 내리는 바람에 선로에서 죽었죠. 건망증이 심한 사람이었어요. 당시 아주 오래 전부터 예이츠의 시를 정리하는 중이었죠. 우리에게 프랑스어를 가르쳤는데, 가끔 교실 밖에서 가르치셨어요. 교실 창문을 열어 두고 공기가 신선한 바깥에 서서 우리를 가르쳤죠. 선생님은 사람들이 알아차리는지 못 알아차리는지 보려고 이상한 행동을 하곤 했습니다. 동료 교사들이 아주 따분하다고 생각했기 때문에 활기를 불어 넣으려고 그럴 때도 있었죠. 제 기억 속 선생님은 커다란 담배 파이프를 가지고 다니는 아주 매력적인 남자였고, 돌아가셨다는 소식을 듣고 정말 슬펐습니다. 아직 젊은 나이에, 예이츠 작업을 끝내지도 못하고 사고를 당했습니다. 하지만 그 뒤에 작업이 끝났고, 사실 그 책은 아주 유명하지요.

와크텔 어린 시절과 그때 알았던 사람들을 회상하는 『진짜 세상으로의 소풍』에서 또 한 가지 강렬하게 느껴지는 것은 영화에 대한 사랑입니다. 영화를 왜 좋아하셨습니까?

트레버 저는 어렸을 때부터 그랬고 아직도 영화를 정말 좋아합니다. 영화관에 가서 클라크 게이블이나 스펜서 트레이시, 로레타 영 같은 배우들을 보면 정말 근사했지요. 아일랜드 시골 마을의 스크린에 할리우드가 펼쳐진다고 상상해 보세요! 얼마나 세련되어 보였겠어요! 게다가 이야기도 아주 좋았죠. 천국을 걸어 다니는 것 같았어요. 요즘도 저는 세계 어디에 있든 좋은 영화가 나오기를 기대하면서 영화관에 갑니다. 요즘은 좋은 영화가 별로 없지만, 그래도 기대를 할 수는 있죠. 영화를 보면서 멋진 시간을 보낼 수 있습니다. 저는 희곡을 쓴 적도 있지만, 영화랑은 많이 다르죠. 제가 영화를 좋아하는 건 어린 시절의 경험, 일고여덟 살 때 느꼈던 신나는 기분 때문인 것 같습니다.

와크텔 아일랜드를 떠나지 않았다면 글을 쓰지 않았을 것이라고 여러 번 말씀하셨는데요. 아일랜드에 살았다면 왜 글을 못 썼을까요?

트레버 저는 불편하게 살아야만 하는 사람인 것 같습니다. 스키버린이나 에니스코시 같은 아일랜드 소도시에 살았다면 아주 편안했을 텐데, 소설 쓰는 사람에게 편안함은 저주가 아닐까요. 작가는 날이 서 있어야 하고, 아까도 나왔던 얘기지만, 바깥에서 안을 들여다봐야 합니다. 그러면 그곳에 속해 있지 않다는 느낌을 종종 받겠죠. 저는 항상 그런 느낌이지만요. 그러면 한 개인으로서가 아니라 작가로서 이야기를 하게 됩니다.

젊은 작가는 자기가 아는 것에 대해서 써야 한다는 말에 저는 항상 반대했습니다. 말도 안 되는 소리라고 생각합니다. 저는 젊은 작가들이 모르는 것에 대해 써야 한다고, 실험을 훨씬 더 많이 해야 한다고 생각해요. 모르는 것으로 뭔가를 만들어

낼 수 있으면 모르는 것과 잘 아는 것을 결합시킬 수 있지요. 글쓰기는 그런 겁니다. 글쓰기는 사람들이 생각하는 것보다 훨씬 더 골치 아픈 일이에요. 먼저 재료를 만들어 내야 하고, 그런 다음 그 재료를 잘라내서 단편 소설이나 장편 소설을 만들어요. 전혀 쓰지 않고 남겨 두는 부분이 아주 많죠.

어렴풋하게나마 규칙이 있다면, 작가는 많이 돌아다니는 경향이 있다는 말이 있는데, 저는 그 말이 사실이라고 생각합니다. 아일랜드 작가뿐만 아니라 모든 작가가 말입니다. 아일랜드 작가들은 아일랜드를 떠난 사람으로 버나드 쇼와 오스카 와일드, 제임스 조이스, 새뮤얼 베케트를 들지요. 영국 작가들도 마찬가지였습니다. 서머싯 몸이 좋은 예죠. 그레이엄 그린도 마찬가지이고요. 그들의 여행은 글에 아주 큰 도움이 되었습니다.

와크텔 아일랜드 작가들의 경우에는 특히 맞는 말 같습니다. 평론가 리처드 엘먼이 오스카 와일드와 제임스 조이스, 새뮤얼 베케트에 대해서 한 말을 언급하셨던 것 같은데요, 그들은 "낯선 곳에서 다른 사람이 되어야" 했기 때문에 떠나야 했다고 말입니다.

트레버 아주 아름다운 표현이군요, 제가 한 말이면 좋았겠어요.

와크텔 당신은 이탈리아가 제일 편하다면서 "이탈리아어를 못하는 것이 도움이 된다"고 덧붙였습니다. 무슨 뜻인가요?

트레버 표현은 다르지만 결국 같은 말입니다. 언어를 모르면 더욱 이방인이 되어서 바깥으로 밀려난다는 거죠. 아직도 이탈리아에서 제일 편하다고 말할 수 있을지는 잘 모르겠지만요. 어느 지역이라고 해서 특별히 더 편하지는 않습니다. 사실 아일랜드 소도시라면 어디든지 편하다고 스스로에게 말하지요. 계속 그렇지는 않겠죠. 그리고 나이를 먹을수록 폐소공포증 같은 느낌이 생기는 것 같습니다. 아일랜드에 가면 쉽게 그런 느낌이 들 것 같아요.

와크텔 데번에서는 편하신가요?

트레버 영국은 전혀 편하지 않아요. 저는 편하지 **않은** 것이 좋습니다. 영국은 제가 속한 곳이 아니기 때문에 폐소공포증이 없어요. 저는 영국에서는 정치 논쟁을 하지 않습니다, 방문자인 제가 그런 말을 하면 무례하게 느껴질 테니까요.

와크텔 30년쯤 방문 중이신가요?

트레버 네, 영국에 30년째 방문 중인데, 저에게는 그런 방식이 잘 맞습니다. 유럽을 돌아다니는 제임스 조이스와 비슷한 느낌이에요. 정확히 똑같은 느낌이죠, 조이스도 똑같은 생각을 했으니까요.

와크텔 당신은 등장인물들에게 무척 공감하지만 절대 끼어들지 않는 것 같습니다. "나는 내 소설에 절대 들어가지 않는다"고 말씀하셨지요. 독자로서 제가 보기에도 그런 것 같습니다. 그 이유는 무엇이지요?

트레버 그 질문에는 두 가지로 대답할 수 있지만, 어느 쪽도 만족스럽지 않을 겁니다. 저는 어떤 의미에서는 제가 소설에 들어간다고 생각합니다. 작가에게는 자신만이 유일한 잣대이니 물리적으로, 한 사람으로서, 소설에 들어가야 하지요. 저는 누군가의 고통을, 혹은 누군가의 행복을 묘사하는데, 그럴 때 제가 경험한 고통과 행복의 관점을 따를 수밖에 없어요. 하지만 그 외에는 제 자신에게 관심이 없습니다, 저는 글을 통해서 자신을 탐구하고 싶지 않아요. 저는 지금 여기 앉아서 당신과 이야기를 나누고 있지만, 사실 질문에 대답하는 것보다 제가 당신에게 질문을 하고 대답을 듣는 것이 더 좋습니다. 개인적인 질문이든 소설 작가에 대한 질문이든 저는 그냥 아무 생각이 없어요.

와크텔 미국 작가 레이놀즈 프라이스는 당신의 단편집에 대한 평론에서 "작가의 근원적인 장면"에 대해 고찰했습니다. 그는 당신의 근원적 장면을 이렇게 설명하지요. 모든 단편이 본질적으로 아무리 다르다 해도 "세상의 거대한 소음과 멀리 떨어진 시골의 푸른 들판이나 드문드문한 잔디밭 모서리에 앉아서 한 가족을, 가장 절실한 욕구를 숨기는 고통과 오랫동안 숨겨온 갈망을 잃을지도 모른다는 두려움으로 긴장한 얼굴들을 공정하고 무자비한 (그러나 무정하지 않은) 눈으로 바라보는 열두 살 소년"이 어딘가에서 반드시 보인다고 말입니다. 그런 생각을 해 보셨나요?

트레버 어느 정도는 그렇습니다. 하지만 어느 정도까지일 뿐입니다. 저라면 제가 이야기를 쫓는다고, 광부가 광물을 찾듯이 이야기를 찾는다고 간단히 말하겠습니다. 항상 회색 눈을 가진 소년은 아니라고 생각합니다. 저는 제가 어떻게 이야기를 찾는지, 또 제 이야기가 무엇에 관한 것인지 분석하는 것에는 아무 관심도 없습니다. 저는 이야기를 하고 싶고, 꽤 오랫동안 이야기를 해 왔으며, 더 이상 못하게 될 때까지 이야기를 할 것이라는 생각밖에 없습니다. 어디에서든 이야기를 찾을 겁니다. 테리어 같은 느낌이 약간 있지요, 쥐를 찾는 테리어 말입니다. 그렇게 말할 수도 있을 겁니다. 광부의 이미지가 더 좋긴 하지만요. 말하자면 강박적인 거죠.

저는 모든 글쓰기가 강박적이라고 생각합니다. 예를 들어서 신문 기사를 읽고 거기서 이야기를 시작할 때도 많습니다. 어떤 사실이나 어떤 사람에 대한 기사를 읽고 생판 모르는 타인에 대해 생각하기 시작하는 거죠. 그러다가, 말하자면 한 9개월 뒤에 어떤 이야기가 떠올라서 어디서 왔는지 추적해 보면 9개월 전의 신문 기사가 생각나는 겁니다. 그런 과정이 다른 사람에게는 전혀 관심 없는 일이겠죠. 기술적인 부분이에요. 이야기하는 방식, 일종의 기법이라 할 수 있죠.

와크텔 당신의 소설은 무척 슬픕니다.

트레버 어느 정도 슬프긴 하죠. 하지만 행복도 있어요. 사람들이 못 알아볼 때도 있지만 분명히 존재합니다.

와크텔 예를 들어서 「투르게네프 읽기」를 생각해 보면, 아름다운 글이지만 결국 본질은 슬픔이죠.

트레버 그렇습니다. 하지만 여주인공은 사실 의미 있는 결말을 맞이했어요. 완전히 허망한 존재는 아니죠. 잘 생각해 보면 정말 많은 걸 가지고 있습니다, 바보 같은 결혼을 했지만요. 결혼 상대가 나쁘거나 불쾌한 사람은 아니지요, 그저 맞지 않는 결혼이었을 뿐입니다. 어쨌든 주인공의 앞에 새로운 삶이 펼쳐졌고, 그녀는 사람들이 끔찍하다고 할 만한 상황에 혼자 남겨집니다. 하지만 저라면 끔찍하다고 표현하지 않을 겁니다. 그녀의 머릿속에서, 그녀의 삶에서 일어나는 일들을 생각하면 그녀는 스스로 적당히 행복한 여자라고 생각할 수 있을 것 같습니다. 저는 그녀가 불행한 사람이라고 전혀 생각하지 않아요. 남편의 두 누이는 아주 불행한 사람들이었지만 그건 전혀 다른 문제죠. 메리 루이즈는 무언가를 얻었습니다. 그녀는 아주 멋진 기억을 가지고 있는데, 우리는 대부분 그런 게 없잖아요.

와크텔 주인공 앞에 새로운 길이 열리지만 금방 닫혀 버리고, 그녀는 30년, 40년 동안 그 기억만을 가지고 삽니다.

트레버 그렇죠, 하지만 메리 루이즈보다 더 많은 것을 가졌다고 말할 수 있는 사람이 있을까요? 그녀는 많은 것을 가지고 있었습니다. 충분하지는 않지만 많죠.

와크텔 등장인물들이 느끼는 감정은 어떤 식으로든 당신이 느껴 본 것이라고 말씀하신 적이 있습니다. 당신이 상상하는 거니까요. 등장인물이 느끼는 고통이 전부 당신이 느껴 본 적 있는 것이라면, 우리가 당신의 글에서 발견하는 것은 윌리엄 트레버라는 사람의 우울함이라고 말할 수 있을까요?

트레버 윌리엄 트레버는 우울한 친구죠. 하지만 소설에 나오는 모든 고난을 제가 경험한 것은 아닙니다, 행복도 마찬가지고요. 어떻게 그럴 수 있겠습니까? 상상도 작용을 하죠. 상상력을 발휘해도 어려운 건 육체적 고통입니다. 시험삼아 본인이 겪은 육체적 고통을 기억해 내려고 해봐도 어렵지요. 치통이 얼마나 괴로웠는지, 손을 베였을 때 얼마나 아팠는지 기억하기 힘들지만, 그래도 그게 어떤 건지는 알지요.

와크텔 그 우울한 친구에 대해서 이야기해 주시겠어요?

트레버 음, 우울함은 좋은 것이라고 생각합니다. 우리는 "나쁜 말"이라고 생각하는 많은 말들에 대해서 곰곰이 생각해 봐야 합니다. 저는 죄책감이 좋은 것이라고 생각합니다. 죄책감을 싫어하지 않아요, 사람들은 죄책감을 느껴야 합니다. 특히 20년 쯤 전에 사람들은 죄책감이 서서히 퍼져서 삶을 망가뜨린다고, 나쁜 것이라고 말했지요. 하지만 죄책감이 반드시 삶을 파괴하는 건 아닙니다, 사실 사람으로 만들어 주죠. 새로운 시각을 가르쳐 줄 수 있어요, 스스로를 돌아보게 해줍니다. 죄책감은 그리 나쁜 게 아니에요. 우울함도 그리 나쁘지 않습니다. 삶이란 늘 기분 좋은 게 아니지요, 반짝거리고 좋은 것들만 있는 게 아닙니다. 인간의 삶에서 불필요한 경험은 육체적 고통밖에 없어요, 육체적 고통에서는 아무것도 얻을 수 없으니까요. 사랑하는 사람의 죽음에서도 뭔가를 찾을 수 있을지 모릅니다. 저에게는 지금 죽어 가는 친구가 있습니다. 여기 오기 직전에 그 친구의 부인과 이야기를 나누었는데, 그녀의 목소리를 들으니 남편이 죽는다는 사실을 받아들이고 아주 침착해졌다는 사실을 알 수 있었습니다. 저는 친구가 죽기 바라지 않습니다. 아주 오래전부터 알았던 좋은 친구지만 곧 죽을 것이고, 그의 부인도 그 사실을 알고 있습니다. 물론 부인은 남편의 죽음을 바라지 않지만, 피치 못할 사실을 인정하면 아주 작은 보상이 있어요. 인간의 정신은 그런 거죠. 아마 제 글에도 그런 것들이 많이 등장할 겁니다.

와크텔 「움브리아의 우리 집」 주인공은 로맨스 소설 작가인데 『멈추지 않는 눈물』이라는 책을 쓰다가 막힙니다. 저는 일종의 자기 조롱이 아닐까 생각했는데요.

트레버 네, 확실히 그렇다고 생각합니다. 저는 제 글에 자기 조롱이 많으면 좋겠습니다. 제목뿐 아니라 들라헌티 부인이라는 인물 안에도 그런 것이 어느 정도는 담겨 있다고 생각합니다. 아무튼 『멈추지 않는 눈물』은 들라헌티 부인이 쓸 만한 제목이죠.

와크텔 "네가 정리한 침대니 네가 누워야 한다", 즉 자신이 만든 상황은 자기가 책임져야 한다는 속담을 굳게 믿으시는 것 같은데요, 당신의 수많은 소설에 등장하는 수많은 침대가 불편해 보인다는 생각이 듭니다.

트레버 네, 불편하죠. 하지만 몇 날 몇 밤은 불편하겠지만 항상 불편할 거라고 생각하지는 않습니다. 저는 모든 것이 항상 잘되는 느낌, 그 후로도 오래오래 행복하게 산다는 느낌을 좀 싫어하나 봅니다. 그건 사실이 아니니까요. 제 일은 진실을 다루는 것입니다. 저는 진실이 좋지, 거짓은 싫습니다. 소설을 쓰는 사람이라면 신기한 것들을 깨닫게 되는데, 그 중 하나는 실제 삶에서 거짓을 알아볼 수 있게 된다는 겁니다. 아마 글을 쓰는 내내 이 글이 믿을 만한 것일까, 내가 쓰고 있는 이야기가 정말로 진실일까, 계속 자문하기 때문이겠지요. 그러다 보니 누가 평범하고 사소한 선의의 거짓말만 해도 갑자기 깜짝 놀라게 되죠, 거짓말이라는 것을 본능적으로 아니까요. 소설에 그런 말을 쓴다면 통하지 않을 테니까요.

와크텔 「우정」과 「오랜 불꽃」에 대해서 생각해 보았는데요, 두 편 다 결혼 생활과 불륜에 대한 이야기인데, 불륜을 저지르는 주인공이 애인과 떠나지 않고 결혼생활을 유지하기로 결정합니다. 그래서 윌리엄 트레버라는 작가는 자기가 만든 상황을 자기가 책임져야 한다는 생각이 약간 강한 것 같다고 생각했습니다. 하지만 「그 시절의 연인들」을 생각해 보면 불륜을 저지르던 남편이 아내를 두고 애인과 함께 떠나지요. 어떤 선택을 하든 결과는 좋지 않지만요.

트레버 저라면 그렇게 표현하지 않겠습니다. 그저 말씀하신 두 단편에 나오는 부부들의 경우에는 그렇게 되었다고 말하겠죠. 예를 들어서 「오랜 불꽃」의 부부는 나이가 너무 많기 때문에 헤어지는 게 더 우스울 겁니다. 40년 전에 저지른 불륜이니까요. 그러니 두 사람처럼 서로 떠나지 않는 것이 더 자연스럽지요. 대단한 결심 같은 게 아니었어요. 죽어 버린 로맨스를 버리지 못한 남자가 어리석은 거죠. 부인은 남편을 용서했어요. 그 소설은 어리석음과 용서에 대한 이야기, 그렇게 살아갈 수 있는 것에 대한 이야기입니다. 말하자면 나이가 들면 모든 것이 명확해진다는 건데, 명확해진다고 해서 모든 게 무너지지는 않죠. 또 나이가 들고 모든 것이 명확해지면서 생기는 연민에 대한 이야기이기도 합니다.

와크텔 하지만 남편은 훨씬 전에 선택을 했잖아요. 당신 주인공들은 대부분 그런 것 같습니다. 인생의 어느 순간에 어떤 선택을 하고, 그 순간이 남은 인생을 형성하지요.

트레버 네. 「오랜 불꽃」은 그것이 어떤 선택이었는지 자세히 알려주지 않습니다. 그 이야기를 읽으면서 이제 나이가 든 주인공을 보면 사실 그가 옳은 선택을 했다는 느낌이 들지요. 주인공 역시 그 여자랑 잘 지내지 못했을 거라고 생각하니까요. 또 「우정」에서도 결혼 생활이 깨지지 않는데, 사실 그렇게 간단한 문제는 아닙니다. 이야기 중간에 불륜이 나오긴 하지만, 그들의 결혼 생활이 우리가 마지막으로 본 그 모습 그대로 유지될 거라고 생각할 이유가 전혀 없으니까요. 그 소설은 결혼 생활에 대한 이야기가 아니라 우정에 대한 이야기입니다. 독자들은 그대로 잘 될까 궁금하게 여기겠죠. 언젠가 우정이 돌아와서 결혼 생활을 파괴할 텐데, 우정이 결혼 생활보다 중요한 것일까? 사실 저는 그렇게 되기를 바랍니다. 그들의 결혼 생활이 행복하다고 생각하지 않고, 두 사람의 우정은 아주 각별했으니까요.

와크텔 당신은 여성의 시각에서 여자에 대한 소설을 자주 쓰시는데요, 어느 평론가는 "금욕적인 여성들의 예의 바른 전장"이라고 표현했습니다. 왜 여성의 마음과 감정에 끌린다고 생각하세요?

트레버 간단합니다. 제가 여자가 아니기 때문이죠. 저처럼 호기심 때문에 글을 쓰는 사람이라면 정말 알고 싶다고 생각하죠.

저는 여자가 아니기 때문에 여자의 안으로 들어가서 여성의 시각으로 글을 쓰고 싶은 게 아주 당연하게 느껴집니다. 남자에 대해서는 아니까요. 제가 처음 글을 쓸 때는 30대 초반이었지만 7, 80대에 대해서 썼습니다. 저는 노인에 대해서 잘 몰랐어요. 제가 쓰고 있는 대상을 전혀 몰랐지만 항상 추측을 했고, 그게 무척 재미있었습니다. 모르는 것에 대해서 써야 한다는 조금 전의 얘기로 돌아가는군요.

와크텔 여성에 대해서 이렇게 오랫동안, 그것도 잘 쓰셨으니 여자를 안다는 느낌이 들 것 같아요.

트레버 여자들만큼은 여자를 모르겠지요. 그래도 계속 여성에 대해서 쓸 겁니다. 여자들과 어울리는 게 좋아요. 여성들에게 이야기를 하고 여성들의 이야기를 듣는 것을 좋아하지요. 여자의 시선은 남자의 시선과 다를 때가 많습니다. 저는 이야기 듣는 것이, 소문에 대해서 듣는 것이 좋습니다. 여자들이 하는 소문 이야기는 좋아요. 남자들이랑 어울리는 게 싫다는 뜻은 아닙니다. 저는 남자들에 대한 이야기도 남자의 시선에서 공감하며 썼지요. 물론 여자의 시각에서 여자들에 대해 쓴 적이 더 많겠지만요. 요즘 저는 예전보다 남자들에 대해서, 아이들에 대해서 더 많이 씁니다. 노인들에 대해서는 별로 안 써요, 어쩌다 한 번씩이죠. 이제 늙는다는 게 어떤지 알기 때문입니다. 사실 세 살짜리 아이에 대해서 쓰고 싶지만, 쓸 수 없을 것 같군요.

와크텔 시골 여자들, 선택의 기회가 거의 없는 여자들에 대해 많이 쓰셨습니다. 농촌이, 아일랜드 시골 배경이 계속 등장하지요. 당신 소설에 나오는 농촌 여성들은 아주 조용하고 절망적인 삶을 사는 것처럼 보입니다. 왜 그런 사람들에게 끌리시죠?

트레버 시골이라는 배경은 제가 아일랜드에 살 때 잘 알았던 것입니다. 그건 제가 아주 어렸을 때 마음에 새겨진 것, 동정심을 약간 느꼈던 대상이겠지요. 또, 저는 외딴 농촌이라는 배경을 좋아합니다. 사실 그런 집안 출신이에요. 조부모님 모두 작은 농촌의 농부였죠. 하지만 뭐라고 대답해야 할지 정말 모르겠군요. 질문의 뜻은 정확히 알겠어요, 분명히 제가 그렇게 집착하는 데에는 제가 말한 것보다 더 나은 이유가 있을 겁니다.

와크텔 아일랜드 하녀들의 세계도 많이 나오는데, 정말 힘들겠더군요.

트레버 네. 많은 하녀들이 작은 오두막이나 농촌 출신인데, 둘은 연관성이 있습니다. 갇혀 있다는 거죠. 또 어떤 면에서는 그런 사람들에게 경의를 표하고 싶습니다. 저는 그 사람들을 무척 존중하고, 그런 사람들에 대해서 쓸 때 그것을 염두에 두고 있습니다.

와크텔 조각가에서 작가로 돌아선 지 30년이 넘었는데요, 조각이 점점 추상적으로 변해서, 그러니까 사람들이 사라져서 조각을 그만두셨다고 하신 적이 있습니다. 조각에서 사람들이 어디로 갔는지, 또 소설에서 사람들이 어디에서 왔는지 아십니까?

트레버 조각 작품의 사람들은 아마도 연옥으로 가서 제가 방향을 바꿔 그들에 대해 쓰기를 기다리고 있겠지요. 처음 글을 쓰기 시작했을 때 저는 빨리, 많이 썼습니다. 이야기가 연달아 떠올랐고, 생각났지만 쓰지 않은 인물도 아주 많을 겁니다. 하지만 더 중요한 것은 제가 조각한 결과물이 마음에 들지 않았다는 사실입니다. 16년 동안이나 조각을 했는데 어느 날 아침에 일어나서 작품이 내 마음에 들지 않는다는 사실을 깨닫는 것은 아주 고약한 경험입니다. 그래서 아예 그만뒀지요. 당시 저는 사무직 일을 하고 있었는데 할 일이 별로 없었어요. 그래서 타자기가 있길래 그냥 글을 쓰기 시작했지요. 그 전까지는 글을 별로 써 본 적이 없었습니다. 제가 만든 조각을 아직 몇 점 가지고 있는데, 아직도 마음에 안 들어요. 방향을 바꿨더니 막다른 길에 다다랐던 경험이 누구나 있을 겁니다, 저 역시 그랬죠. 결국에는 괜찮아질 거라고 믿습니다. 우리에게 일어나는 일은 결국 다 좋은 것이라고 저는 생각합니다.

1993년 10월

피터 캐버너와 인터뷰 공동 준비

"어떤 의미에서 질이라는 것은 아주 주관적입니다,
위에서 정할 수 있는 게 아니죠.
이건 좋은 책이야, 믿는 게 좋을걸, 이라든지,
내가 그렇다고 말했으니까 이건 위대한 책이야,
그렇게 말할 수는 없습니다.
연구와 분석 과정을 통해서 얻어야 하는 것이죠."

에
드
워
드

사
이
드

에드워드 사이드
Edward Said

에드워드 사이드는 복잡하다. 그를 설명하려 애쓰다 보면 어느새 모순적인 꼬리표와 문구를 이어 붙이고 있다. 사이드는 기독교인이자 팔레스타인계 아랍인이고, 그의 아버지는 제1차 세계대전 당시 미군에 복무했다. 에드워드 사이드는 지난 40년 동안 학자로서 미국에서 살면서 1977년부터 1991년까지 팔레스타인 민족 평의회 소속으로 자기 의견을 기탄없이 드러냈지만, 민족주의를 의심하며 사담 후세인을 비판하고 살만 루슈디를 옹호한다. 프린스턴과 하버드에서 공부했고 비교 문학을 가르치는 사이드는 자신이 아주 좋아하는 소설에서 인종주의, 제국주의, 파벌주의를 읽어낸다.

사이드는 논쟁적이고 불편한 책 『오리엔탈리즘』으로 국제적인 명성을 얻었다. 서구가 이슬람과 동양에 대해서 취하는 태도를 탐구하는 이 책에서 사이드는 "인종주의와 문화적 상투성, 인간성을 말살하는 이데올로기의 거미줄"에 대해 설명한다. 무엇보다도 사이드는 "비교 문학"으로 통용되던 것을 정치화했다. 『오리엔탈리즘』은 여러 심포지엄의 주제가 되었고 15개 언어로 번역되었다.

1993년에 출판된 『문화와 제국주의』는 사이드의 책답게 의욕적이고 학구적이다. 어느 비평가가 말했듯이 "사이드는 몇 안 되는 위대한 세계시민적 휴머니스트 비평가 중 한 명이다". 에드워드 사이드는 제인 오스틴, 윌리엄 새커리, 찰스 디킨스, T. S. 엘리엇, 러디어드 키플링, 조지프 콘래드를 비롯한 여러 작가들의 작품을 분석하면서 영국 소설의 황금기가 대영제국의 건설과 유기적으로 연관되어 있었으며 서구의 문화적 상상에 제국주의 정당화가 깔려 있었다고 주장한다. 사이드는 여기에서 그치지 않고 식민지 문학을 면밀히 연구하고 저항의 역사와 이를 반영하는 문학을 개괄함으로써 가장 유명한 저작 『오리엔탈리즘』에서 한 발 더 나아간다.

1996년에 발표한 두 권의 책 『지식인의 표상』(이는 원래 BBC 강연이었다)과 『평화와 그에 대한 불만: 중동 평화 협상 과정의 팔레스타인에 대한 에세이』 제목이 말해 주듯이 에드워드 사이드는 문화 비평과 정치 분석을 계속 하나로 엮는다. 사이드는 1992년에 백혈병 진단을 받았지만, 본인은 오히려 그렇기 때문에 목소리를 더 높이게 된다고 말한다. 또한 그는 백혈병 진단 후 출생지인 예루살렘을 방문하고 1967년 이전의 삶에 대한 회고록을 쓰기 시작했다.

나는 세계무역센터에서 폭탄 테러가 일어난 1993년 2월 26일에 콜롬비아 대학 내 연구실에서 에드워드 사이드와 이야기를 나누었다.

* * *

와크텔 당신의 배경은 돌이킬 수 없는 추방과 이동의 연속이라고, 당신의 삶에서 가장 강력한 하나의 맥락은 문화와 문화 사이에 존재한다는 느낌이라고 말했습니다. 당신의 이동 경로를 추적해 보려고 하는데요, 태어난 곳부터 시작하는 게 가장 논리적이겠지요. 예루살렘 ── 당시에는 팔레스타인이었습니다 ──에서 출생했습니다. 어렸을 때에도 문화와 문화 사이에 존재한다는 느낌이 들었습니까?

사이드 네, 그랬습니다. 저는 예루살렘에서 태어났고, 아버지는 예루살렘 출신이었지만 좀 특이하고 복합적인 인물이었습니다. 아버지는 오토만의 징집을 피해서 1911년인가 1912년에 미국으로 와서 결혼하기 전까지 미국에 살았습니다. 불가리아 전투에 내보내려고 했다는 것 같아요. 당시 열여섯 살인지 열일곱 살이었던 아버지는 징집을 피해서 이곳 미국으로 왔지요. 그 후에 무슨 오해인지 정보 오류 때문에 미군에 들어갔는데, 아버지는 오토만 제국에 맞서 싸우러 간다고 생각했습니다. 사실 원래는 캐나다 군대에 들어갔지만 오토만과 싸우러 중동에 가지 않는다는 사실을 깨닫고 나왔던 거죠. 미군에 입대한 아버지는 프랑스로 파견되었고, 거기서 싸우다가 부상을 당했습니다. 전쟁이 끝나고 1년 정도 지난 1919년 즈음에 미국 시민권을 받았습니다. 아버지는 팔레스타인으로 돌아가자마자 사촌과 사업을 시작했어요. 20대 후반에는 이집트에 서적 및 사무용품과 관련된 사업체의 지부를 세웠지요. 그러니 사실 1935년쯤 제가 예루살렘에서 태어났을 때 부모님은 팔레스타인과 이집트를 오가며 지냈습니다. 저는 팔레스타인에서도, 사실 그 어디에서도 그렇게 오래 살지 않았습니다. 우리 가족은 항상 떠돌아다녔죠. 1년 중 일부는 이집트에서, 일부는 팔레스타인에서, 또 일부는 여름 별장이 있던 레바논에서 지냈습니다. 아버지가 미국 시민권을 가지고 있었기 때문에 저는 미국인인 동시에 팔레스타인 사람이었고, 또 이집트에서 살았지만 이집트인은 아니었지요. 저 역시 배경이 참 특이하죠. 그게 저의 가장 이른 기억입니다.

와크텔 소수자 속에서도 소수자로 산다는 것에 대한 이야기도 했는데요.

사이드 부모님 두 분이 모두 팔레스타인에 거주하는 프로테스탄트였습니다. 즉 기독교도 중에서도 소수였다는 건데, 사실 이슬람 사회에서는 기독교도 자체가 소수죠. 중동——적어도 레반트*──의 기독교도는 대부분 그리스 정교회 신자지만 저희 부모님의 부모님들이 그리스 정교회에서 프로테스탄트로 개종했습니다. 아버지는 할아버지의 영향으로 성공회 신자가 되었고 어머니는 외할아버지의 영향으로 침례교 신자가 되었지요. 선교사들이 만든 우연이죠. 1850년대에 팔레스타인, 레바논, 요르단, 시리아로 파견된 선교사들은 이슬람교도나 유대교도를 기독교도로 개종시키려고 했지만 대체적으로 실패한 대신 다수파 기독교도들을 새로운 교파로 개종시켰습니다.

와크텔 문화와 문화 사이에 존재한다는 의식이 어렸을 때는 어떤 의미였습니까?

사이드 솔직하게 말하자면, 비참했습니다. 어린 시절 기억 중에서 제일 강렬하고 지속적인 것은 항상 부적응자였다는 것입니다. 저는 정말로 부끄러움이 많았어요. 타인과의 관계를 늘 걱정하고 무서워했는데, 이슬람교도/이집트 사람, 혹은 이슬람교도/팔레스타인 사람이라는 게 말하자면 부러웠기 때문이었지요. 항상 제 자신이 뭔가 석연치 않다는 느낌을 받았습니다. 사실 다음 책으로는 "석연치 않은*Not quite right*"이라는 회고록을 쓸 생각입니다.** 저는 늘 어떤 식으로든 그 대가를 치르고 있다는

---

* 그리스와 이집트 사이의 동지중해 연안 지역.
** 회고록은 『에드워드 사이드 자서전』(1999)으로 출간.

144 에드워드 사이드

느낌이었습니다.

그리고 중요한 요소를 잊고 있었는데, 저는 줄곧 영국 학교나 프랑스 학교에 다녔기 때문에 그렇지 않아도 문제가 많은 아랍인으로서의 정체성에다가 교육 문제까지 더해졌지요. 열세 살 때쯤 저는 영국 역사나 프랑스 역사에 대해서는 모르는 것이 없었지만 제가 살고 있는 곳에 대해서는 거의 아는 게 없었죠. 그런 교육을 받았습니다. 그러니 항상 불편했죠. 저희 가족은 일종의 고치를 만들고 그 안에 틀어박혀서 불편함은 지웠습니다. 우리는 이례적일만큼 달랐고 각각 ─ 누이 네 명과 저 ─ 은 서로 다른 재능을 가지고 있었죠. 그래서 우리는 현실과도, 우리가 사는 곳의 역사나 실재와도 아무 관련이 없는 상상 속의 세계에 살았습니다.

와크텔 당시 친구들 틈에서 약간 기가 죽었던 이유를 알 것 같군요. 1947년에 온 가족이 카이로로 도망쳤을 때 "중동의 이튼"으로 알려진 상류층 남학교에 몇 달 다녔다고 들었는데요, 나중에 요르단의 왕이 된 후세인이나 배우 오마 샤리프 같은 사람들이 같은 학교에 다녔지요.

사이드 물론 그때 저는 오마 샤리프가 배우가 될 줄 몰랐습니다. 그는 학생회장이었지요. 저보다 네다섯 살 많았는데, 좀 화려하고 위협적이었어요. 저처럼 어린 학생들에게 분풀이를 했거든요. 그 학교에서는 학생 임원이 사실 선생님과 같은 특권을 누렸어요. 회초리를 들어 때리는 일이 많았지요. 저는 학교에 간 첫날, 기도 시간에 잡담을 했는지 뭐 그런 실수를 저질러서 회초리를 맞았습니다. 하지만 온갖 사람들이 뒤섞인 이질적인 분위기였고, 대부분 서로 성만 알았어요. 오마 샤리프는——예명이죠——본명이 미첼 찰하웁이라서 찰하웁이라고 불렸고, 저는 사이드라고 불렸죠. 교사는 모두 영국인이었는데, 우리를 경멸했습니다. 학생과 교사 사이의 끝없는 전쟁이었지요. 영국이 이집트에서 물러나기 직전이었고, 교사들은 이 빠진 대영제국의 마지막 남은 사람들이었습니다. 그래서 학교생활은 대체적으로 별로 행복하지 않았고, 저는 들어간 지 몇 년 만에 쫓겨났습니다.

와크텔 이유가 뭐죠?

사이드 "태도 불량"이라는 완곡어법을 썼지만, 사실은 교실에서 법석을 떨면서 교사들을 끊임없이 짜증나게 만든다는 의미였습니다. 지금 와서 생각해 보면, 교사들이 제2차 세계대전에서 전쟁신경증을 얻은 퇴역군인이나 마찬가지였다는 느낌이 듭니다. 교실에서 등이라도 보이면 어마어마한 전쟁이었어요. 우리는 믿기 힘들 만큼 잔인했지요. 교사들이 몸을 벌벌 떨면서 간질 발작을 일으키고, 그런 식이었습니다. 선생님들은 영국인이라서 우리가 아랍어로 하는 말을 못 알아들었어요. 여기서 중요한 사실은, 학교에 처음 들어갈 때 교칙이 적힌 안내서를 지급하는데, 첫 번째 교칙은 학교에서는 영어를 써야 하며, 아랍어 및 기타 언어를 말하다가 걸리면 매를 맞거나, 시를 베껴 쓰는 벌을 받거나, 정학을 당한다는 것이었습니다. 그래서 우리는 교사를 공격하려고 이슬람교도의 말인 아랍어를 썼고, 교사들은 물론 알아듣지 못했습니다. 몇 년 후에 제가 학교에서 쫓겨나자 아버지는 재입학이 가능하긴 하겠지만 영국의 시스템에서는 제 미래가 별로 밝지 않다는 결론을 내렸습니다. 그래서 저는 미국 뉴잉글랜드의 비참하고 불쾌한 청교도 기숙학교에 들어갔고, 거기서 아름다운 눈雪을 처음 보았습니다. 그때까지는 눈을 한 번도 본 적이 없었어요.

와크텔 하지만 학교는 끔찍했고요?

사이드 끔찍했지요. 하지만 저는 늘 공부를 잘 했고 성적이 좋았기 때문에 학교 측이 저를 아예 쫓아내지는 못했습니다. 제가 뉴잉글랜드에서 다녔던 학교에서는——꽤 유명한 곳이니 이름은 말하지 않는 게 좋겠군요——말도 안 되는 시간에 일어나서 소젖을 짜거나 뭐 그런 활동을 해야 했고, 복음주의 경향이 심했습니다. 저는 영국 학교에서 잘 배웠기 때문에 이곳 미국으로 왔을 때 공부는 무척 쉬웠지요. 하지만 나머지는 아주 끔찍했습니다. 저는 미국에서도 시스템과 충돌했습니다. 제 출신이나 그런 것 때문에 사람들이 저를 보고 눈살을 찌푸리는 것 같았어요. 그래서 2년 뒤 학교를 졸업할 때 저는 평점이 제일 높았지만 개회사도 졸업생 대표도 맡지 못했습니다.* 그래서 어떻게 된 거냐고 물어봤더니 도덕적 요건을 충족시키지 못했다고 하더군요. 그런 식으로 제 업적을 빼앗은 그 사람들을 저는 절대 용서하지 않았습니다.

와크텔 당신은 『문화와 제국주의』를 망명자의 책이라고 설명합니다. 당신이 태어난 문화와 현재 살고 있는 문화의 충돌이 현재의 관심사에 영향을 끼치는 것 같은데요. 어떤 의미에서 우리는 모두 지적 망명자가 되어야 한다고 생각합니까? 망명자라는 것이 유리한 위치라고 생각하시는 것 같아서요.

사이드 솔직히 말하자면 저는 망명자의 위치밖에 모릅니다. 저는 쉰일곱 살이고, 작년에는 45년 만에 팔레스타인으로 돌아가 보았습니다. 아이들과 아내와 같이 가서 용감하게 걸어다니면서 웨스트뱅크와 가자 지구 등 여러 곳을 돌아다녔고, 제가 태어난 집에도 가 보았지요. 음, 제가 절대 팔레스타인으로 돌아갈 수 없다는 사실이 정말 명확해지더군요. 오랜 세월이 지난 후에 다시 가 볼 수 있었던 것은 정말 좋았지만, 팔레스타인이 어떻게 변했는지 보는 것은 별로 좋지 않았습니다. 되돌릴 수 없으니까요. 고향으로 완전히 돌아온 느낌이란 어떤 것일까요?

---

* 미국 학교의 졸업식에서는 보통 1등 졸업생이 졸업생 대표 연설을 하고 2등 졸업생이 개회사를 발표한다.

정말 모르겠습니다. 신 포도일지도 모르지만, 이제는 그 느낌을 알아내려고 노력할 가치가 없을지도 모른다는 생각이 듭니다.

와크텔 당신이 처음에는 문학과 정치를 구분하려 노력했다는 느낌이 듭니다. 학술적인 영문학 연구와 정치적 관심사를 말이지요. 당신은 예전에 말했던 것처럼 "무척 정신분열적인 삶"을 살았다는 생각이 듭니다. 두 가지 관심사를 연결하는 방법은 어떻게 찾았습니까?

사이드 사실 우리는 모두 이 세상에서 살고 있습니다. 적절한 사건과 시간이 필요했을 뿐이지요. 제 경우에는 1967년 전쟁 중에 깨달았습니다. 저는 아주 얌전한 학자였고, 정도를 걸었습니다. 대학에 가고, 대학원에 가고, 박사 학위를 따고, 직장을 얻고, 특별 연구원이 되고, 책을 썼지요. 그런데 1967년에 제가 알던 세상이 산산조각 났습니다. 이스라엘이 팔레스타인의 더 많은 지역, 아니 팔레스타인의 남은 지역 ─웨스트뱅크와 가자지구─을 점령하자 저는 갑자기 그 지역에 마음이 끌렸습니다. 저는 중동 문학을 가르친 적이 없습니다. 번역된 아랍 문학 일부를 가르쳤지만 기본적으로는 서구 문학을 연구했지요. 그래서 제 자신의 역사 중에서 억제된, 또는 억압된 부분에 관심을 갖기 시작했습니다. 그게 아랍이었죠. 여러 가지를 했습니다. 중동에 더 자주 찾아가고, 중동에서 중동 여자와 결혼했습니다. 또 1972년~1973년쯤 베이루트에서 안식년을 보내면서 아랍 철학과 아랍 전통 고전을 처음 체계적으로 공부했습니다. 그 즈음 팔레스타인 운동이 요르단과 끔찍한 충돌을 일으켰습니다. 저는 요르단에 친척이 많아서 1970년에 친척들을 만나러 암만에 갔었지요. 그때 대학교 친구들, 그곳으로 돌아가서 운동에 참가한 팔레스타인 친구들을 몇몇 만났습니다. 거기서 친구들을 만나고 그 친구들 역시 연루되었다는 사실을 깨닫고 충격이 꽤 컸습니다. 운동이 점차 베이루트로 옮겨간 후에 ─저희 가족은 70년대 당시 베이루트에 살았습니다─저는 팔레스타인 투쟁 정치에 점점 더 휘말렸습니다. 그래서 강탈과 망명, 정치적인 인권 투쟁, 표현할 수 없는 것을 표현하려는 투쟁에 대한 관심을 자연스럽게 키웠고, 그때 이후의 모든 일들이 제 저작을 형성한 셈이지요.『오리엔탈리즘』은 사실 그 경험에서 나온 책입니다.

와크텔 당신의 저작 중에서 영향력이 가장 큰 것은『오리엔탈리즘』입니다. 이 책에서 당신은 서구 세계에서 서구인들이 아랍 혹은 동방 세계를 어떻게 재현하는지 살펴보았습니다. 기본적으로 잘못 표현되고 있지요.

사이드 모든 재현은 어느 정도 왜곡된 재현일 수밖에 없지만, 저는『오리엔탈리즘』에서 서구가 동방을 표현할 때 작용하는 이해관계가 제국주의 통치의 이해관계이며 권력의 특혜라고 주장합니다. 저는 18세기 말에 나폴레옹이 시작해서 영국과 프랑스가 동방으로 세력을 확장하며 이어받은 동방 침략이 동방 세계의 재현을 물들이고 사실상 만들어 냈음을 보여 주려고 노력했습니다. 19세기에 동방을 연구하는 교수들 ——특히 독일인들이 그랬지만, 영국인과 프랑스인들도 마찬가지였지요—— 은 객관적이고 과학적인 연구라고 주장했지만 사실은 전혀 그렇지 않았습니다. 동방 연구는 지배하려는 대상의 지속적인 통제 및 권력과 관련이 있었지요.

와크텔 그 결과 가르칠 수 있는 동방, 신비한 동양, 사악하고 무서운 아랍 세계라는 이미지가 탄생했는데요. 어째서 그런 이미지가 반드시 만들어져야 했을까요?

사이드 저는 무지가 큰 역할을 했다고 생각합니다. 문화와 문화의 정상적인 교류를 막는 적의가 존재했습니다. 정말 놀라운 사실은, 유럽이 12세기에 이슬람을 보는 시각, 18세기와 19세기, 20세기에 보는 시각에 집요한 연속성이 있다는 것입니다. 변함이 없어요. 저는 우선 순수하고 단순한 이슬람이라는 것은 존재하지 않는다고 주장합니다. 수많은 이슬람교도가 존재하고 이슬람에 대한 여러 가지 해석이 존재합니다. 그것이 저의 또 다른 책『이슬람 보도』의 주제였지요. 대상을 균질질화하려는 경향, 획일적인 것으로 만들려는 경향이 항상 존재하는데, 무지뿐만이 아니라 두려움 때문이기도 합니다. 14세기와 15세기에 아랍 군대가 유럽에 침입했다가 패배한 경험이 있으니까요. 따라서 오랜 두려움이 존재했지요. 물론 세 가지 일신교, 즉 이슬람교와 유대교, 기독교와도 관련이 있습니다. 이슬람은 유대교와 기독교보다 나중에 생겼지요. 또 아랍과 이슬람 세계가 유럽과 가까운 것이 아주 큰 불안의 원인이기도 합니다. 자신과 다른 존재를 접할 때 그것을 위험하고 위협적인 모습으로 그리면서 결국 몇 가지 클리셰로 환원시키는 것만큼 쉬운 방법은 없습니다.

그게 정말 무서운 거죠, 역사적으로 동방을 만들어 내면서 지속적으로 축소시켜 온 것이 말입니다. 이제 예를 들어 서구 미디어에서 그리는 이슬람과 아랍 세계는 정말 무시무시할 만큼 단순화되었고, 2, 3백 년 동안 지속되었던 유럽 및 미국과 아랍 및 이슬람교도 사이의 밀접한 접촉을 아예 보이지 않게 지워 버립니다. 두 진영이 어마어마하게 넓은 도랑을 사이에 두고 갈라져서 내내 서로에게 썩은 음식을 던져왔다는 듯이 말입니다.

와크텔 이제 바뀌고 있지 않나요?

사이드 아니요, 저는 점점 더 나빠지고 있다고 생각합니다. 걸프전쟁과 같은 위기 상황일 때도 그렇고 미국 미디어에서는 일상적으로도 그렇고, 클리셰는 점점 덜 흥미롭고 덜 관대하게, 덜 "진실되게" 변하고 있습니다. 우리가 생각할 수 있는 인간의 현실과 점점 더 어긋나고 있어요. 서구에서 그리는 이슬람은 인종적, 문화적으로 절대 용납할 수 없는 스테레오타입이고, 잘못됐다는 생각이나 두려움 없이 마음대로 휘두를 수 있는 존재입니다.

와크텔 그 이유가 뭘까요?

사이드 여러 가지 이유가 있겠지만, 억지력이 없다는 것이 가장 큰 이유일 겁니다. 서구나 북아메리카 사람들 중에서 이슬람 세계를 잘 아는 사람이 하나도 없습니다. 이슬람 세계는 저 멀리 어딘가에 있다고 생각하지요. 대부분 사막이고, 양과 낙타가 많고, 사람들이 입에 칼을 물고 다니고, 전부 테러리스트라고 말입니다. 이슬람의 문화적 유산, 영어로 번역되어 들어오는 소설이나 책에는 별로 관심이 없습니다. 서구 사람들이 마음대로 말하지 못하게 막는 것이 하나도 없다는 뜻이지요. 반면에 아랍인과 이슬람교도들은 서구에서 문화적 표상이 갖는 정치적 의미를 이해하지 못했습니다. 아랍 정권은 대부분 기본적으로 독재이고, 인기가 전혀 없고, 소수 정권입니다. 아랍 정권은 자신들에 대해서 말하는 데 관심이 없습니다, 그러면 정당한 비판에 노출될 테니까요. 아랍 세계에 퍼진 미국과 서구에 대한 신화 역시 클리셰입니다. 미국인은 다 섹스를 많이 하고, 발이 크고, 너무 많이 먹는다고 생각하죠. 상황이 이렇다 보니 인간이 있어야 할 곳에 진공 상태밖에 없고, 교류와 대화와 통신이 있어야 하는데 불통 상태밖에 없습니다.

와크텔 당신의 삶에서 두드러진 모순 또는 복잡성이라고 한다면, 팔레스타인 망명정부 소속이고 팔레스타인 해방을 옹호하지만 내셔널리즘을 불편하게 생각하는 것입니다.

사이드 내셔널리즘은 쇼비니즘으로 전락하기 쉽습니다. 사방에서 공격을 받으면 ── 특히 팔레스타인의 경우처럼 아군이 별로 없다면 ── 자기 무리로 돌아가서 결국 자기들끼리 결속하는 경향이 있지요. 나와 동류가 아닌 사람, 나처럼 생각하지 않는 사람은 모두 적이 되어 버립니다. 특히 아랍에 살고 있는 팔레스타인 사람들이 그런 경우입니다. 충분히 이해가 갑니다. 팔레스타인 사람이라는 사실이 대단하고 고귀하게 여겨지던 시절이 있었습니다. 하지만 아랍 세계는 이제 영락한 곳이 되어 버렸고, 빈곤과 경제적, 사회적 분열 때문에 이제 아무리 에둘러 말해도 팔레스타인에 문제가 있다고밖에 말할 수 없습니다. 또 너무 오래 계속된 싸움에 지쳤지요. 물론 지금까지 웨스트뱅크와 가자 지구에서는 협력자와 중개인이 있다는 이야기, 팔레스타인 사람들이 이스라엘인들에게 조종당하고 있다는 이야기가 아주 많았습니다. 목숨을 잃을 수도 있는 위험이기 때문에 사람들이 의심하는 것도 이해할 만합니다. 하지만 내셔널리즘 운동은 사실 그런 모델에 작용합니다. 시간이 흐르면서 더 작고, 구체적이고, 동질적인 집단이 되지요. 유고슬라비아에서 어떤 일이 벌어지는지 보세요, 다문화 국가, 다언어 국가에서 "인종 청소"가 자행되는 곳으로 전락해 버렸습니다. 레바논에서도 똑같은 일이 벌어졌어요. 기독교와 이슬람교가 공존하던 다원적인 사회였는데 사람들이 "신분증을 놓고" 서로 죽이면서 매일 유혈사태가 끝없이 일어나는 곳이 되어 버렸습니다. 신분증을 요구한 다음 이름이나 종교를 보고 자기 진영이 아니면 그 자리에서 총을 쏘거나 목을 베죠.

내셔널리즘의 불쾌한 면이 미국에서, 또 어쩌면 캐나다 같은 사회에서도 부상하는 것 같아서 저는 걱정입니다. 이제 다른 민족의 약탈에 맞서서 정체성을 보존하는 것이 중요하다고 생각하는 민족 공동체가 점점 많아지고 있습니다. 정체성의 정치는 분리주의 정치가 되고, 그러면 사람들은 자기 땅으로 물러납니다. 저는 누가 이런 상황을 즐기고 있다는 이상하고 편집증적인 느낌이 듭니다. 주로 위쪽에 있는 사람들, 여러 공동체가 서로 반목하도록 조종하기를 좋아하는 사람들이죠. 제국주의 통치에서는 그것이 고전적인 방법이었습니다. 예를 들어서 인도에는 시크교도 있고 이슬람교도 있고 힌두교도 있어서 모두 영국에게 의존하면서 같은 동포를 의심했지요. 그 모든 것이 내셔널리즘 과정의 일부입니다. 그래서 저는 내셔널리즘에 불만이 많습니다.

와크텔 복잡한 상황 때문에 아주 어색한 위치, 곡예를 하는 것처럼 아슬아슬한 입장에 처하셨군요. 정치적으로도 그렇지만 다

문화주의와 "문학 정전正典" 같은 문제를 제기할 때도 양쪽 모두를 고려해야 하니까요. 당신은 포용과 완화를 옹호하면서도 문학 정전을 옹호합니다.

사이드   저는 좋은 작품을 옹호하는 거라고 말하고 싶군요. 제가 소설이나 시, 연극을 평가하는 주요 기준은 그것을 쓴 사람의 정체성이 아닙니다. 물론 정체성도 흥미롭지만 중요한 문제는 아니죠. 그 사람이 우연히 "맞는" 피부색이나 성별, 국적을 가지고 있다고 해서 반드시 작품이 아주 좋다는 의미는 아닙니다. 팔레스타인 여성 하난 아슈라위에 대해서 들어 보셨을지 모르겠네요, 팔레스타인 해방 기구 대표단의 대변인이었죠. 아슈라위는 저의 제자였고, 저의 지도를 받아서 점령하의 웨스트뱅크 문학에 대해 박사 논문을 썼습니다. 그녀가 논문을 쓰면서 발견한 것은, 팔레스타인 사람이 점령하의 고통에 대해서 쓴다고 해서 반드시 좋은 시나 좋은 소설이 나오는 것은 아니라는 사실입니다. 그게 핵심이에요, 반드시 짚고 넘어가야 하는 핵심이죠.

주관적이지 않다는 뜻은 아닙니다. 무엇이 좋은 작품을 만드는지 결정하는 것은 아주 주관적입니다. 사실 일종의 쾌락과 관련이 있지요. 저는 특히 미디어에서 객관성에 대해서 이야기하는 사람들과 오랫동안 싸웠습니다. 모든 것은 비교적 주관적인 해석을 바탕으로 하니까요. 우리는 스스로가 만든 구별에 대해서 이야기하는 것입니다. 어떤 의미에서 질이라는 것은 아주 주관적입니다. 위에서 정할 수 있는 게 아니죠. 이건 좋은 책이야, 믿는 게 좋을걸, 이라든지, 내가 그렇다고 말했으니까 이건 위대한 책이야, 그렇게 말할 수는 없습니다. 연구와 분석 과정을 통해서 얻어야 하는 것이죠. 미학적으로 이야기해서 위대한 책과 그렇지 않은 책을 구분하는 규칙이라는 게 만약 존재한다면, 읽고 또 읽을 가치가 있는 것, 의식의 지평 확장이나 취향과 감성의 고양 등을 통해서 기분 좋은 감각, 즐거운 감각을 계속 전달하는 책이 위대하다고 할 수 있겠지요. 우리 모두 그런 경험이 있습니다. 로맨스 작가 대니얼 스틸 소설을 읽는다고 해서 ── 저는 사실 그녀의 소설을 읽습니다 ── 반드시 다시 읽고 싶어지는 것은 아니지만, 디킨스의 소설을 읽으면 다시 읽고 싶어지지요.

와크텔 문명의 모든 기록은 야만의 기록이기도 하다는 발터 벤야민의 말을 인용하신 적이 있는데, 어떤 면에서는 그것이 『문화와 제국주의』의 주제라고 할 수 있을 것 같습니다.

사이드 맞습니다. 뛰어난 작품이 반드시 순수한 작품, 혹은 천박하다고 말할 수 있는 것과 완전히 단절된 작품은 아닙니다. 영국에서 『문화와 제국주의』가 나오자 비판이 태풍처럼 몰아쳤는데, 제인 오스틴처럼 순박한 사람 ── 제 책에서 꽤 길게 다루었지요 ── 이 제국이나 노예제도와 관련이 있다는 주장에 많은 사람들이 모욕감을 느꼈습니다. 제가 그 증거를 만들어 낸 것도 아니고 오스틴이 직접 한 말인데도요. 저는 그렇기 때문에 제인 오스틴이 덜 위대하다고 주장하는 것이 아닙니다. 그저 모든 인간이 그런 것처럼 거의 모든 예술이 좋지 않은 것, 야만적인 것과 관련이 있다고 말하는 것입니다. 그런 면은 19세기 유럽의 문학 정전에서 특히 눈에 띄지요. 우리는 대부분 작가들이 스스로 했던 말을 근거로 노예제도나 제국의 관습과 관련이 있음을 밝힙니다. 따라서 저는 그런 면을 발견하는 것이 문제라고 생각하지 않습니다. 문제는, 일단 발견한 다음에 어떻게 할 것이냐입니다. 그런 부분을 억압하면서 그건 별로 중요하지 않다고 말해야 할까요, 아니면 ─제 주장인데요─ 그런 부분을 염두에 두면서 아, 여기도 이런 것이 있구나, 라고 말해야 할까요.

와크텔 환원주의로 들어가고 싶지는 않다고 했지만, 어떻게 하면 고전 문학을 식민주의나 제국주의 프로파간다로 읽지 않을 수 있을까요?

사이드 저는 고전 문학을 그런 식으로 읽지 않습니다. 저는 그 책에서 분명히 밝혔습니다. 고전을 제국주의를 잘 보여 주는 기나긴 목록으로 환원하는 것은 잘못이라고, 또 고전이 전부 제국주의적이라고 말하는 것은 잘못이라고요. 고전은 제국주의적이지 않습니다. 그것은 제국주의 문화의 일부이고, 제국주의 이론가들이 말했듯이, 가장 천박한 관습뿐 아니라 사회에서 가장 훌륭한 측면들도 포함하고 있지요. 들라크루아 같은 위대한 화가와 플로베르 같은 위대한 작가 등, 뛰어난 사람들이 제국에 수없이 참여했습니다. 물론 참여의 성질, 참여의 정도는 각각 다르고, 시각도 무척 다릅니다. 절대 똑같지 않아요. 그렇기 때문에 제 책에서, 『문화와 제국주의』와 『오리엔탈리즘』에서 그토록 많은 분석을 한 것입니다. 제가 하고 싶은 말은 그들이 전부 제국주의적이라는 것이 아니라, 각자의 작품이 제국주의 세계의 서로 다른 시각을 보여 준다는 것입니다. 작가들은 제국주의를 자세히 설명하고, 정교하게 만들고, 제국주의에 감가과 어떤 쾌락을 부여합니다. 예를 들어서 키플링이 『킴』에서 그런 것처럼요.

와크텔 하지만 당신은 아주 광범위한 주장을 합니다. 소설과 제국 건설은 불가분의 관계라고, 소설이 단순히 현실에서 벌어지고 있는 일을 반영하는 것이 아니라 제국주의와 소설이 서로를 강화한다고 말입니다.

사이드 좀 광범위한 주장이지만, 저는 그것이 사실이라고 생각합니다.

와크텔 어떻게 그렇게 되죠?

사이드 음, 이런 식이죠. 영국의 초기 소설 중에서 눈에 띄는 것은 『로빈슨 크루소』인데, 제국주의가 없으면 이해할 수 없습니다. 주인공은 영국을 떠났다가 배가 난파하는 바람에 섬에 혼자 떨어져서 단 며칠 만에, 소설 이백 쪽 만에, 연구하는 것마다 전부 정복합니다. 그 섬 덕분에 그는 자기만의 세계를 만들 수 있었습니다. 다시 말해서, 그런 차원의 제국주의는 일종의 창의력과 관련이 있습니다. 그 뒤 19세기 말 즈음에, 역사학자 존 실리는 영국의 핵심, 영국 문화와 정체성의 핵심은 확장이라고 말했습니다. 모든 사회가 그런 것은 아니지요. 제가 주장하는 것은, 19세기와 20세기의 영국은 그 자체로 하나의 계급이었다는 것입니다. 참 이상한 생각이죠. 어떤 사람이 런던에, 햄스티드의 작은 아파트에 앉아 있다고 생각해 봅시다. 그 사람이 아침에 일어나서 이렇게 말하는 겁니다. "나는 백 명의 삶을 다스리고 있지." 영국 인구와 영국이 300년 넘게 통치했던 인도 인구의 관계를 살펴보면 영국인 한 명이 인도인 백 명에서 백오십 명을 다스린다는 뜻이거든요. 그 사실을 고려해야 합니다. 또 어떤 서구 사회에서도 영국에서만큼 제국주의 전통이, 그리고 소설이 지속된 적이 없다는 사실도 고려해야 합니다. 1860년이나 1870년 이전에는 이탈리아 소설이라는 것이 없었습니다. 몇몇 예외를 빼면 19세기 스페인 소설이라는 것도 없지요. 제가 이야기하는 것은 지속성입니다. 문학사가들의 주장에 따르면, 영국 소설은 디포 등의 작가들과 함께 18세기 초에 공식적으로 시작되었고, 18세기, 19세기, 20세기까지 끊어지지 않고 계속됩니다.

와크텔 하지만 동시성밖에 없는 데서 인과 관계를 찾는 것은 아닐까요?

사이드 아니, 저는 인과관계라고 말하는 것이 아니라 두 가지가 서로를 동반한다는 겁니다. 19세기의 위대한 소설가들은 모두 오스트레일리아나 아메리카, 아프리카 같은 곳으로의 이민처럼 식민 통치와 관련된 것을 암시합니다. 영국만큼은 아니지만 프랑스 소설도 마찬가지죠. 저의 주장은 제국 통치와 관련된 사실들이 작가들의 상상력에 한몫을 했고, 그것이 정체성의 일부를 구성한다는 겁니다. 대부분의 소설은 사실 허구적인 정체성을, 내가 누구인지를 창조하는 것입니다. 예를 들어서 나는 『위대한 유산』의 핍이다, 혹은 고아 톰 존스다. 그런 거죠. 톰 존스는 소설이 시작할 때 침대에서 발견되고, 소설이 끝날 때 우리는 그가 어떤 사람인지 알게 됩니다. 소설은 사실 문화 변용과 적응의 한 형태입니다, 사회에 자신을 적응시키는 거죠. 그렇기 때문에 정체성이 제국주의의 영향을 벗어날 수 없습니다. 예를 들어 제인 오스틴의 『맨스필드 파크』의 경우, 맨스필드 파크에 들어가는 돈은 안티과에 있는 토머스 버트램 경의 노예 농장에서 나옵니다. 제가 이야기하는 것은 바로 그런 면입니다. 소설에서, 서사에서 상상을 통해 투사되는 광경이 영국이 해외 식민지와 연관되어 있음을 제각기 다른 방법으로 보여 준다는 거죠. 똑같은 이야기를 계속 하는 게 아닙니다. 각 소설은 조금씩 다르고, 다르게 굴절하죠.

와크텔 그것을 소설의 구성으로 본다면 너무 안이한 걸까요?

사이드 전혀 안이하지 않습니다. 사실 소설 구성이죠. 하지만 왜 다른 구성이 아니라 그런 구성이 되었냐는 겁니다. 모든 소설은 작가의 선택인데, 사실 제국주의는 쉽게 접할 수 있는 주제였습니다. 영국인의 지적, 상상적, 감정적 자산이었지요. 독일 소설을 읽어 보면 전혀 다릅니다. 영토에 대한 이야기가 없고, 인도에도 가지 않지요. 그런 주제들은 다른 역할을 합니다. 이국적인 정서 같은 것을 나타내지요. 하지만 영국에서는 다른 영토나 인도가 우리가 갈 수 있는 곳입니다. 『인도로 가는 길』이나 『킴』, 혹은 콘래드의 작품들을 보면 알겠지만, 영국인들이 그곳에 있으니까요. 어디든지 갈 수 있습니다. 잠깐만 생각해 보면 사실 영국은 어디에든 있었습니다. 1918년에는 소수의 유럽 정권이 전 세계의 85퍼센트를 통치했습니다. 역사적 경험이기도 한 그런 소유권이 상상적 경험의 일부가 되는 것보다 더 자연스러운 일이 어디 있겠습니까? 저는 그것이 자연스럽다고 생각합니다. 제 말은 그겁니다, 제국주의가 소설에 있다, 그것을 어떻게 이해할 것인가?

와크텔 당신은 어떻게 이해하죠?

사이드 저는 더 크게 봐야 한다고 생각합니다. 제 요점은 제국주의 경험이 영국 소설을 읽는 경험의 일부라는 겁니다. 제국주의가 제일 중요하지는 않지만, 그래도 중요한 부분이라는 겁니다. 우리는 또 기억해야 합니다, 대부분의 사람들이 깨닫지 못하는 것인데요, 제인 오스틴이나 키플링의 작품에 등장하는 장소들이 소설에 나오는 것보다 더 긴 역사를 가지고 있다는 사실입니다. 『맨스필드 파크』가 출판된 1814년에 안티과는 영국의 플랜테이션 식민지였는데, 소설을 읽는 사람들 대부분은 아 그래, 맞아, 라고 말합니다. 하지만 사실 역사는 흐르고, 안티과는 해방되어 독립했습니다.

V.S. 나이폴과 조지 래닝 같은 사람들이 쓴 카리브 지역의 문학이 있고, 제인 오스틴과는 전혀 다른 시각에서—노예 식민지로서—과거의 제국주의 경험을 보는 카리브 작가들이 있습니다. 제가 하는 말은 이겁니다. 제인 오스틴의 작품을, 또 그 뒤에 인도에 대해서 자주 썼던 키플링의 작품을 가장 온전하고 가장 흥미롭게 읽는 방법은, 영국 소설의 관점에서뿐만 아니라 다른 소설들의 관점에서도 같이 보는 것이라고요. 음악에 비유하자면, 대위법적으로 읽을 수 있다는 겁니다. 같은 역사를 다른 시각에서 보는 거죠. 그런 식으로 읽으면 평소에는 격리되어 있는 두 문학의 상호의존성을 파악하게 됩니다. 그보다 더 신나고 흥미로운 것은 없지요. 위대한 글을 접할 수 있으니까요. 또한 경쟁이라는 개념을 이해할 수 있습니다. 많은 문화가

비유적 의미에서든 실제적 의미에서든 영토 싸움을 포함하기 때문입니다. 또 인간 해방이라는 개념, 사람들이 식민주의를 오래 참지는 않을 것이라는 생각을 이해할 수 있습니다. 저는 제인 오스틴의 작품을 읽은 사람들이 대부분 토머스 버트램이 간 안티과라는 곳에서 무슨 일이 있었는지 모른다고 확신합니다. 오스틴도 별다른 말을 하지 않았는데, 자신도 몰랐기 때문이죠. 식민지는 그저 가서 돈을 가지고 영국으로 돌아오는 곳이었습니다. 그냥 갔다가, 소설에서처럼 노예 폭동이 일어나면 해결을 한 다음 돌아오는 거죠. 거기서 멈추면 그곳에서 무슨 일이 일어나는지 정확히 이해할 수 없습니다. 거기서 끝낸다면, 어떤 의미에서는 옛날 소설이 가지고 있는 편견을 영속화하는 것이지요. 다른 위대한 작품들—예를 들어 C.L.R. 제임스의 『블랙 자코뱅』 같은 작품—을 읽으면서 찬성할 수도 있고 반대할 수도 있습니다.

와크텔 소설 구성이라는 관점에서 보면 빅토리아 시대의 몇몇 소설가들은 제국주의에 대해서 아주 실용적인 접근법을 취한 셈이군요.

사이드 바로 그겁니다. 하지만 제가 『문화와 제국주의』의 제일 첫 부분에서 주장하는 것은 이제 세상이 바뀌었다는 것입니다. 이제 인도인이 인도에만 있고 영국인이 영국에만 있는 것이 아닙니다, 다들 여기저기 돌아다닙니다. 예를 들어서 사실 오늘날

유럽 국가는 대부분 백인으로만 구성된 순수한 국가가 아닙니다. 영국에는 아주 큰 인도인 공동체가 있지요. 프랑스와 독일, 스웨덴, 이탈리아 등등에 아주 큰 이슬람교도와 북아프리카인 공동체가 존재합니다. 이제 세상은 여러 모로 뒤섞였습니다. 어째서 프랑스에 북아프리카 사람들이 있을까요? 프랑스의 식민지였다는 게 가장 큰 이유입니다. 북아프리카 사람들은 약탈을 피해서 달아날 때 프랑스로 가지요. 프랑스어를 할 수 있으니까요. 이제는 세상이 뒤섞였습니다. 제가 볼 때, 19세기에 실용적이었던 것이 이제는 실용적이지 않습니다. 영국인이 아니지만 영어로 글을 쓰는 비평가들이 있지요. 예를 들어, 콘래드는 『어둠의 심장』을 쓸 때 아프리카인은 자기 글을 읽을 수 없다고 가정했습니다. 분명히 잘못된 생각이었지만 그게 그 시대의 편견이었고, 콘래드를 탓할 수는 없습니다. 그는 영국 사람을 위해서 소설을 썼습니다. 하지만 사실 이제는 『어둠의 심장』을 읽을 수 있는 아프리카인들이 있고, 그들이 보는 『어둠의 심장』은 콘래드와 동시대인 1900년대의 백인들이 보았던 것과는 무척 다릅니다. 아프리카 사람들이 책을 읽는 방식은 이 소설의 한 가지 요소가 되었습니다. 그렇기 때문에 소설은 콘래드와 디킨스와 오스틴을 비롯한 작가들이 꿈도 못 꾸었을 새로운 방식으로 열리지요. 이것은 환영할 만한 일입니다. 이로써 작품의 새로운 면이 드러나고 이전에는 보지 못했던 것들을 볼 수 있으니까요.

와크텔 콘래드를 왜 좋아하죠?

사이드 저는 항상 콘래드에게 큰 동질감을 느꼈습니다, 그는 폴란드인이지만 열여섯 살쯤 폴란드를 떠나 한동안 스위스와 프랑스에서 살면서 프랑스어를 배웠고, 스무 살 때쯤 글을 쓰기 시작하면서 영어를 배우고, 영국에서 살았고, 15년 정도 영국 상선을 탔고, 그런 다음 영국에 정착했지요. 작가가 되었을 때 아마 사십 대였을 겁니다. 그는 줄곧 폴란드인이었습니다. 콘래드는 멋진 영어로 글을 썼지만 어떤 의미에서는 영국 중심부에 속하지 않았습니다. 그에게는 일종의 망명자라는 기묘한 의식이 있었어요. 항상 바깥에서 어떤 상황에 대해서 썼고, 그래서 저는 그에게 동질감을 느낍니다. 콘래드가 사물을 보는 각도는 동시대의 그 누구와도 전혀 다릅니다. 그는 헨리 제임스와 존 갤스워시 같은 사람들과 아주 친했고, 그들 역시 멋진 작가였습니다. 하지만 헨리 제임스와 존 갤스워시에게는 정해진 위치에서 벗어나 있다는 기이하고 프리즘처럼 다면적인 느낌이 없고, 무엇보다도 회의가 없지요. 정체성과 정착하는 존재에 대한 콘래드의 회의 말입니다. 콘래드의 작품은 반대할 만한 면도 있지만, 그는 인도네시아, 말레이시아, 태국, 아프리카, 라틴아메리카에 대해서 훌륭한 글을 쓴 몇 안 되는 소설가에 속합니다. 제국주의 시대의 진정한 국제주의자였지요.

콘래드는 무척 복잡한 인물이고, 저는 단순히 비슷한 배경 때문에 흥미가 있는 척하고 싶지는 않습니다. 전혀 그렇지 않습니다. 콘래드는 위대한 소설가이고, 놀라울 정도로 복잡하고 음울하고 풍성하기 때문에 저는 그의 글을 계속 읽게 됩니다. 콘래드와 똑같은 방식으로 세상을 보는 사람은 없습니다. 아마 또 그가 영어권 태생이 아닌 사람답게 영어를 쓴다는 점도 저와 비슷할 텐데, 저는 그것이 정말 한없이 매력적으로 느껴집니다. 콘래드의 글에서는 구문이 약간 어긋나 있고, 형용사를 고집하는 방식이 독특합니다. 본능적인 차원에서 저에게 무척 흥미롭게 느껴지는 면들이 많이 있어요.

와크텔 당신은 또 마르크스주의, 해체주의, 혹은 신역사주의 등 어떤 문학 이론보다도 식민주의가 문학사의 정치적 지평을 결정하는 가장 중요한 요소라고 주장했습니다.

사이드 문학에서 세계적인 배경이라는 개념은 식민주의 경험에서 나왔습니다. 세계적인 제국이 있습니다, 영국과 프랑스는 확실히 그랬죠. 이제 20세기가 되자 미국이 영국과 프랑스의 헤게모니를 계승했습니다. 그렇기 때문에 이처럼 더 큰 지평을, 이러한 틀을 설명하지 않는 문화 연구는 별로 진지하게 여겨지지 않을 것입니다. 저는 관련이 있다고 말할 뿐이지, 그 관련성이 단순하다거나 직접적이라거나 어떤 원인이라고 말하는 것이 아닙니다. 제가 말하는 것은 두 영역이 서로 상관관계가 있고 서로 얽혀 있다는 것입니다. 저는 그것을 상호의존이라고 부르지요. 제국주의가 전 세계에 영향을 미쳤던 한, 또 지금도 영향을 미치는 한, 그것이 바로 일부 문학적 구조와 문화적 구조, 관행의 배경입니다.

1993년 2월

리사 고드프리와 인터뷰 공동 준비

"저는 두 문화를 연결하는 다리가 된 기분이에요.
한 발은 라틴아메리카에, 한 발은 여기 미국에 있지요.
저는 두 언어를 할 수 있어요. 두 문화 모두 이해할 수 있고요.
저는 평생 여행을 하며 살았습니다.
고국에서 일어난 일의 목격자로, 대변인으로,
특권을 누리는 셈이죠."

이
사
벨
아
옌
데

이사벨 아옌데
Isabel Allende

아우구스토 피노체트 장군이 살바도르 아옌데의 선출 정권을 전복하고 아옌데가 이에 저항하다가 세상을 떠난 지 20년이 넘었다. 그것은 150년 전통의 칠레 민주주의를 끝장낸 군사 쿠데타였다. 당시 살바도르 아옌데의 조카 이사벨 아옌데는 군사 정권이 지속될 리가 없다고 생각했기 때문에 가족과 함께 칠레에 남기로 했다. 이사벨 아옌데는 이렇게 말한다. "우리는 독재에 대한 경험이 전혀 없었어요. 억압받은 경험도 없죠. 고문이라는 단어가 실제 상황에 적용되는 것은 들어 보지도 못했어요. 저는 고문이란 중세 종교재판에서만 일어나는 일이라고 항상 생각했어요."

하지만 쿠데타가 일어나고 2년이 지나자 이사벨 아옌데가 위험에 처한 것이 분명해졌고, 그래서 그녀는 남편과 두 아이와 함께 베네수엘라로 망명했다. 아옌데는 계속 저널리스트로 일했고, 마흔 살이 거의 다 되어서야 소설을 쓰기 시작했다. 소설의 시작은 백 살이 다 되어 죽음을 목전에 둔 할아버지에게 쓴 편지였다. 아옌데는 자기 기억 속에 할아버지가 항상 살아 있을 것이라고 안심시켰다. 그 편지가 500매짜리 장편 소설 『영혼의 집』이 되었다. 이 소설은 라틴아메리카 가족의 3세대에 걸친 무용담으로, 1982년에 처음 출판되었으며 1985년에 영어로 나왔다.

이사벨 아옌데는 남자밖에 없던 라틴아메리카 "마술적 리얼리즘 작가" 클럽 최초의 여성으로 환영받았다. 하지만 아옌데는 자신의 작품이 가브리엘 가르시아 마르케스의 소설과 비슷하다는 말을 칭찬으로 받아들인다. 아옌데는 또한 자기 작품에 멜로드라마, 정치, 페미니즘, 마술적 리얼리즘이 뒤섞여 있다는 비판을 받아들인다. 그녀는 이렇게 말한다. "또 다른 '나쁜' 점은 제가 아주 감상적이라는 거죠."

아옌데는 감탄하지 않을 수 없는 이야기꾼이다. 이사벨 아옌데의 작품 —『사랑과 그림자에 대하여』, 『에바 루나』, 『에바 루나 이야기』 등이 있다 —은 27개 언어로 소개되어 1,000만부가 팔렸다. (『영혼의 집』은 메릴 스트립, 제러미 아이언스, 글렌 클로스, 바네사 레드그레이브 주연의 영화로도 제작되었다.) 1993년에 이사벨 아옌데는 미국을 기본 배경으로 삼은 최초의 소설 『무한의 계획』을 출판했다. 이 인터뷰 직후에는 분명 당시에 작업을 하고 있었을 최초의 비소설 『파울라』가 발표되었다. 이 책은 스물여덟 살 딸의 죽음에 대한 감동적인 이야기이면서 칠레의 사회사이기도 하고, 아옌데의 독특한 가족과 자기 경험에 대한 자전적 이야기이기도 하다. 『영혼의 집』과 마찬가지로 『파울라』 역시 편지에서 시작되었는데, 이번에는 딸에게 보낸 편지였다.

이사벨 아옌데는 캘리포니아 북부에 살고 있다. 나는 워싱턴 D.C.에서 그녀와 이야기를 나누었다.

* * *

와크텔 정치 이야기로 시작하고 싶군요. 칠레 쿠데타가 일어나 당시 대통령이었던 삼촌이 세상을 떠나기 이전을 돌아본다면 정치적인 면에서 스스로 어떤 사람이었다고 설명하겠습니까?

아옌데 중립이요. 관심이 없었어요. 저는 정치와 밀접하게 관련된 집안 출신인데, 바로 그렇기 때문에 정치를 별로 좋아하지 않고 절대 관여하지 않는 건지도 몰라요. 아옌데 시절에 칠레에서 여러 가지 일들이 일어났지만 저는 정말 관심이 없었습니다. 저는 아옌데 정부에 참여하지 않았어요. 쿠데타가 일어난 후—그러니까, 통행금지가 해제되고 48시간 후—저는 우리나라에서 무슨 일이 일어나고 있는지 깨달았고, 그 상황에서는 누구도 중립을 지킬 수 없다고 깨달았어요. 저와 비슷한 상황에 처한 수많은 사람들이 똑같이 갑작스럽게 의식하게 되었을 거예요.

와크텔 중상류층 집안에서 자라면서 사회주의자로 규정되는 것이 놀라웠습니까?

아옌데 네. 저는 사회주의자라고 해도 이상하지 않을 동네에 살았지만 당에 소속되지는 않았으니 사회주의자는 아니었습니다. 하지만 아옌데 대통령에게 투표를 했죠. 친척이었고, 아옌데 정부에 동조했으니까요. 그리고 나중에는 독재를 공개적으로 반대했습니다. 저는 많은 적의를 겪었고 가족들도 마찬가지였어요. 그래서 결국 칠레를 떠나야 했죠.

와크텔 당신 삶은 쿠데타 이전과 이후, 두 가지로 나누어진다고 하셨습니다. 쿠데타가 어떻게 영향을 미쳤는지 말씀해 주시죠.

아옌데 그때까지는 순진했던 것 같아요. 저는 삶이 정말 멋지다고, 게임 같다고, 항상 어떤 역할을 하면서 즐기는 것이라고 생각했어요. 장난기가 많았죠. 쿠데타가 일어난 후 저는 우리 삶에, 모든 이의 삶에 폭력과 잔인성이라는 차원이 항상 존재한다는 사실을 깨달았습니다. 폭력은 가끔 어떤 얼굴이었다가 또 다른 얼굴로 바뀌지만 어쨌거나 항상 존재하고, 언젠가는 그것을 상대해야 합니다. 평생 그런 경험을 하지 않는 사람, 폭력의 차원을 인식하지 못하는 운과 특권을 누리는 사람은 정말 몇 명밖에 없어요. 그리고 폭력의 형태는 아주 다양합니다. 시작은 빈곤과 불의와 불평등이지만, 군사 쿠데타라는 얼굴을 가질 수도 있고, 전쟁, 강간, 온갖 범죄가 될 수도 있어요.

와크텔 운 좋은 몇몇 사람만이 그런 현실을 모른 채 살아갈 수 있다는 말이 무슨 뜻인지 알 것 같습니다. 캐나다 사람들은 대부분 아직 그런 순진함 속에서 살고 있다고 말할 수 있겠군요. 그러한 폭력을 상대해야 한다는 것은 무슨 의미입니까?

아옌데 우선 폭력이 인간에 의해 영속화되었고, 나 역시 인간이므로 내 안에도 폭력의 가능성이 있다는 사실을 인정해야 한다고 생각합니다. 저도 다르지 않아요. 환경이 주어지고 적절한 변명이 주어지면 저 역시 누구 못지않게 잔인하게 행동할 수 있습니다.

와크텔 정말 그렇게 믿습니까?

아옌데 네, 저는 그렇게 믿어요. 저는 그런 인식을 가지고 있기 때문에 항상 자신을 지켜보고 스스로에게 물어봅니다. 동기가 무엇인지, 내가 왜 이것을 하고 있는지, 내가 누구이며 왜 여기 있는지 확실히 하려 노력하죠. 악과 폭력의 차원이 모든 인간에게 존재한다는 사실을 아니까요. 아주 문명화된 사람도 환경이 주어지면 독일에서 독일인이 했던 것처럼, 그리고 칠레에서 타협적인 칠레인 대부분이 했던 것처럼 행동합니다. 저는 자신의 그런 부분을 항상 두려워했어요, 내 안에 그런 부분이 있다는 것을 알기에 모든 사람 안에 그런 부분이 존재한다는 것을 알지요. 저는 개인으로서뿐만 아니라 공동체와 함께 그러한 차원에 맞서 싸웁니다.

와크텔 칠레로 돌아갈 생각을 해 봤습니까?

아옌데 저는 매년 칠레로 돌아가지만 거기에 살진 않아요. 미국인과 결혼을 했고 우리 삶은 캘리포니아에 있으니까요. 인생은 참 아이러니합니다. 저는 조국의 민주주의가 회복되어 가족과 함께 돌아가기만을 기다렸는데, 돌아갈 수 있게 되자 제 삶이 이제 여기에 있네요.

와크텔 당신이 분열되고 나뉘었다는 뜻인가요?

아옌데 저는 평생 대부분을 외국에서 살았어요. 잘 어울리지 못하고 주변화되는 것에, 이방인이 되는 것에 익숙하죠. 어렸을 때는 부모님이 외교관이었기 때문에 여러 장소와 사람들에게 작별을 고하며 자랐습니다. 열다섯 살이 되자 할아버지 댁으로 돌려보내졌는데, 당시 레바논에서 폭력 사태가 일어났기 때문이에요. 1958년에 미 해병대가 레바논에 상륙했고, 부모님은 제가 칠레의 할아버지 댁에서 지내는 게 더 안전하겠다고 생각했죠. 제가 할아버지 댁에 도착했을 때 다시는 여행을 하지 않겠다고 말했던 기억이 납니다, 여기에 영원히 살겠다고 말이에요. 그러다가 1973년에 군사 쿠데타가 일어났고, 저는 1975년에 떠났지요. 칠레에서 살겠다는 결심을 하고 돌아간 적은 없어요. 그리고 다른 어느 곳에 진정으로 속한 적도 없었죠. 베네수엘라에서 15년 동안 살긴 했지만, 그곳에 속했던 것은 절대 아닙니다. 지금 전 미국에서도 무척 이방인 같은 느낌이 들어요. 이제 익숙하지만요.

와크텔 베네수엘라에서는 왜 편안한 느낌이 들지 않았나요?

아옌데 전 고향이 있는 남쪽을 바라보고 있었으니까요. 저는 항상 군인들이 막사로 돌아가고 선거를 치러서 제가 돌아갈 수 있기를 기대하고 있었어요. 베네수엘라로 이민을 왔다고는 절대 생각하지 않았지요. 망명자가 된 기분이었고, 고국의 환경이 바뀌면 돌아갈 생각이었어요.

와크텔 평생 여러 장소에 환영의 인사가 아니라 작별 인사를 하면서 살았다는 말이 흥미롭네요. 현재의 미국 생활도 그런가요? 아니면 미국인과 결혼을 했다는 것은 미국을 향해 환영의 인사를 한다는 뜻인가요?

아옌데 네, 어떤 의미에서는 그렇습니다, 제가 직접 선택해서 온 것은 이번이 처음이니까요. 그때 저는 지금처럼 강연을 바쁘게 다니고 있었는데, 제 두 번째 소설을 읽었다는 남자를 만났어요. 우리는 딱 맞았고, 저는 그 사람과 함께 지냈어요. 그의 집으로 들어갔죠. 당시 저는 규칙을 몰랐어요. 말하자면 서로의 몸을 만지기 전에 데이트를 여덟 번 해야 한다는 것을 몰랐죠. "약속"이라는 단어를 절대 말하면 안 되고, 어떤 사람의 집으로 본인의 허락 없이 이사하면 안 된다는 것을 몰랐어요. 전 규칙을 몰랐기 때문에 잘못된 행동들만 골라서 했고, 결국 그와 결혼했습니다.

와크텔 어떤 의미에서는 작은 아버지 정권의 전복과 그 죽음에 책임이 있는 나라에서 사는 것에 불편함을 느끼나요?

아옌데 그 반대예요. 저는 예전에는 없었던 연단을, 제가 큰소리로 말할 수 있는 멋진 연단을 갖게 된 느낌이에요. 베네수엘라에서도 제 생각을 크게 소리치고 다닐 수 있었겠지만 아무도 들으려 하지 않았을 겁니다. 전 여기서 특전을 누리는 셈이에요. 여러 대학에 가고, 미디어와 인터뷰를 하고, 독자들을 정말 자주 만나죠. 그리고 그 사람들에게 우리가 누구인지, 우리나라에서 무슨 일이 벌어졌는지 말할 기회가 있어요. 저는 두 문화를 연결하는 다리가 된 기분이에요. 한 발은 라틴아메리카에, 한 발은 여기 미국에 있지요. 저는 두 언어를 할 수 있어요. 두 문화 모두 이해할 수 있고요. 저는 평생 여행을 하며 살았습니다. 고국에서 일어난 일의 목격자로, 대변인으로, 특권을 누리는 셈이죠. 여기서는 많은 일을 할 수 있으니까요.

와크텔 현재 캘리포니아에 살고 있고, 가장 최근에 나온 『무한의 계획』은 미국을 배경으로 쓴 첫 소설이라고 들었습니다. 캘리포니아가 진정한 미국일까요?

아옌데 정말 좋은 질문이군요. 중서부나 뉴욕에 가도 같은 질문을 하시겠죠. 미국은 정말 큰 나라고 아주 다양하기 때문에 진정한 미국이 무엇인지 말하기 어려워요. 지구의 모든 인종이 여기 살고 있고, 온갖 언어가 들리고, 온갖 음식 냄새가 풍기고, 모든 음악의 모든 소리를 들을 수 있지요. 정말 대단한 곳이에요! 캘리포니아는 서부 중의 서부예요, 여기서 더 가면 태평양에 떨어지겠죠. 사람들은 나쁜 기억으로부터 달아나거나 허황된 유토피아를 찾아 떠날 때 서쪽으로 가는 경향이 있어요. 그러니 캘리포니아는 괴짜와 미치광이와 시인과 반역자와 멋진 생각과 햇살이 있는 곳이죠. 정말 멋진 곳이고, 미국의 일부예요. 6년 전 제가 미국으로 이주했을 때 담당 출판사들은 겁에 질렸어요. 이제 제가 뭐에 대해서 쓰겠냐는 거죠. 마술적 리얼리즘도, 초록색 머리카락을 가진 여자도 이제 없다고 말이에요. 그래서 제가 말했어요, 도대체 무슨 소리예요? 난 캘리포니아로 가는 거예요, 라고요. 사실 저는 캘리포니아보다 더 이상한 곳은 본 적이 없어요.

와크텔 당신 작품을 지배하는 주제를 생각했을 때, 저는 『무한의 계획』에서 캘리포니아를 오늘날에도 삶의 고뇌를 회피하기 위한 모든 공식이 증식하는 곳이라고 묘사한 부분을 보고 깜짝 놀랐습니다. 당신 소설의 배경이 되었던 곳들과는 다르게 느껴졌거든요.

아옌데 네. 하지만 그건 환상일 뿐이에요. 우린 고통을 피할 수 없어요. 삶의 위험을 피할 수 없습니다. 사람들은 그럴 수 있다고 생각하고, 캘리포니아 사람들은 영원히 젊고 영원히 아름답고 영원히 날씬할 수 있다고 생각하긴 하지만요. 콜레스테롤도 지방도 없이 유기농 닭고기만 먹으면서요. 사실 삶은 그런 게 아니에요. 조만간 우리는 죽음, 고통, 노년, 폭력, 패배처럼 터부시 되는 단어를 직면해야 합니다. 삶의 피할 수 없는 부분이죠.

와크텔 첫 소설 『영혼의 집』에서 증오와 향수를 극복했고, 두 번째 소설 『사랑과 그림자에 대하여』에서는 분노를 극복했다고 말했습니다. 그렇다면 『무한의 계획』에서 다루는 근본적인 감정은 무엇이었습니까?

아옌데 호기심, 그리고 사랑인 것 같아요. 미국에 오지 않았다면 이 책을 쓰지 않았을 텐데, 제가 미국에 온 건 어떤 남자와 사랑에 빠졌기 때문이거든요. 처음엔 무엇을 봐도 감탄했지요, 지금도 그렇지만요. 저는 생각했습니다. 어떻게 이 사람들은 이렇게 말도 안 되는 것들을 당연하게 받아들일까? 제가 사는 곳을 이해하려고 노력하다가 그것에 대해 써야겠다는 생각이 들었어요. 저에게는 글을 쓰는 것이 마음으로 느끼는 방법이니까요. 제가 악마를 쫓아내고 천사를 맞이하고 제 자신을 탐구하는 유일한 방법은 글쓰기입니다.

와크텔 당신의 글과 삶에서 사랑 다음으로 가장 강한 힘은 운명인 것 같습니다.

아옌데 저는 운명을 믿어요. 우리는 정해진 카드를 가지고 태어난다고 생각합니다. 왜 이 곳이나 저 곳에서, 이 인종이나 저 인종으로 태어날까요? 왜 아프게, 혹은 건강하게 태어날까요? 왜 남자, 또는 여자로 태어날까요? 그런 것들이 우리의 일대기를 결정해요. 우리가 바꿀 수 있는 것도 있고, 올바른 결정이나 틀린 결정을 내릴 수도 있고, 우리가 길을 선택하기도 하지만, 궁극적으로는 주어진 것이 많고 그게 바로 운명이지요.

제 인생 대부분이 제가 통제할 수 없는 사건에 의해 결정되었다는 느낌이 듭니다. 예를 들어 군사 쿠데타나 저희 부모님이 이혼하고 어머니가 외교관과 결혼했다는 사실이 제 성격과 인생, 그리고 제 아이들의 인생에서 아주 중요한 측면을 결정했지요. 그런 환경에서 제가 무엇을 할 수 있었을까요? 별로 없어요. 저는 선택할 것이 별로 없었어요. 그러므로 저는 글을 쓸 때, 그리고 삶을 살 때, 운명을 내면에서부터 느끼려고 애씁니다. 제 내면이 무슨 말을 하는지 알고 싶어요. 저는 종종 합리성이나 논리나 상식보다 본능에 따라서 선택을 합니다. 본능을 믿어요, 제 본능이나 꿈, 무의식이 운명이라는 부분과 파장을 맞춘다고 생각하기 때문이에요. 무척 남미 사람다운 말이라는 건 알지만, 그것을 정확한 언어로 설명할 수 있다면 큰 인상을 받을 거예요. 저는 남편을 만나자마자 본능을 믿고 이렇게 생각했어요, 음, 잃을 건 없잖아. 나는 마흔다섯 살이고, 잘 안 되면 돌아가면 돼. 난 이 남자가 좋고, 그가 내 운명의 일부인 것 같아. 그래서 저는 그의 집으로 들어갔어요.

와크텔 아주 멋진 문장이 있습니다. "어떤 것이 지금은 진실이 아니라 해도 다음 순간에는 진실이 될지도 모른다."

아옌데 네. 제 인생에서는 그랬습니다. 그런 일은 항상 일어나요. 저는 말을 하거나 글을 쓸 때 무척 조심하는데, 말을 잘못했다가 정말 현실이 될지도 모른다고 생각하기 때문입니다. 어떤 일이 일어나게 만들 수 있다는 것이 아니라 제가 그 말을 하면, 무의식적으로 그것에 대해 알게 되기 때문이지요. 저는 가끔 어떤 일에 너무 열정적으로 반응해서 다들 미쳤다고 하는 일을 해 버려요, 지금도 그런 순간을 살고 있죠. 전 알아요, 마음속으로 지금은 그것이 미친 짓이라는 것을 알지만 2년, 혹은 3, 4년 후에는 지금을 돌아보면서 그래, 이래서 내가 그때 그랬던 거야, 라고 말할 거예요. 전 지금 남편의 집에 들어갈 때 그것이 옳은 선택이었다는 것을 속으로 알고 있었어요.

　또 다른 예를 들어볼게요. 저는 단편집에서 진흙 더미에 갇힌 소녀 이야기를 썼습니다. 실제 있었던 일이에요. 1985년에 콜롬비아에서 화산 분출로 산사태가 나는 바람에 마을 전체가 진흙에 파묻혔는데, 오마이라 산체스라는 소녀가 4일 동안 진흙 더미에 갇혀 있다가 죽었습니다. 전 세계 방송국에서 그곳으로 달려갔으니 모두 텔레비전 화면으로 오마이라를 볼 수 있었지요. 하지만 물을 퍼내서 소녀를 구할 펌프를 공수할 수 없었습니다. 당시 저는 TV로 소녀의 얼굴을 보았는데, 왠지 모르지만 오마이라를 보자마자 그 아이와 연결된 느낌이 들었습니다. 오마이라 생각을 떨칠 수가 없었어요. 전 오마이라가 죽을 때까지 겪은 고통을 한 단계, 한 단계 전부 함께 했지요. 그 뒤로 몇 년 동안 책상에 오마이라의 사진을 올려 두었고, 오마이라는 나를 줄곧 따라다녔어요. 저는 항상 오마이라에게 물었죠, 메시지가 뭐니? 나에게 무슨 말을 하고 싶어? 뭐야? 네가 내 삶에서 왜 이렇게 소중한 거지? 그래서 『에바 루나 이야기』에서 「그리고 우리는 진흙으로 만들어졌다」를 써서 끔찍한 유령을 쫓아내기로 했지요. 저는 마음속에서 오마이라를 없앨 수가 없었어요. 그때도 전 왜 그 이야기를 썼는지, 왜 그 아이한테 홀렸는지 몰랐지요.

작년에 제 딸이 혼수상태에 빠졌고——딸은 1년 동안 혼수상태였습니다——결국 제 품에서 죽었습니다. 그때야 저는 오마이라에게서 왜 그렇게 큰 느낌을 받았는지 깨달았어요. 앞으로 다가올 일에 저를 대비시킨 거죠. 제 딸은 오마이라 산체스처럼 자기 몸에 갇혀 있었어요. 기나긴 고통 속에 갇혀 있었고, 저는 딸아이의 고통과 죽음을 목격했어요. 오마이라는 사랑을, 그리고 인내와 용기와 죽음의 존엄성을 저에게 가르쳐 주었습니다. 1992년 12월, 딸이 죽었을 때 저는 오마이라가 왜 그토록 중요했는지 깨달았어요. 이제는 오마이라의 메시지가 무엇이었는지 알아요. 그래서 저는 본능을 믿습니다.

와크텔 『무한의 계획』에서는 여러 환경에서 어머니들이 중요한 역할을 합니다. 진짜 어머니들과 양어머니들, 자기 아이를 버린 어머니들이지요. 이 소설에서 어머니라는 존재가 얼마나 중요한가요?

아옌데 아마도 제 어머니가 제게 중요했던 만큼일 거예요. 제 삶에서 가장 오래되고 가장 중요한 관계는 어머니와의 관계예요. 제가 어머니가 되었을 때 모든 게 바뀌었어요. 지는 개인이라는 관점에서 제 자신을 생각할 수가 없어요. 저는 집단의 일부이고, 그 집단은 제 아이들과 저, 그리고 지금은 제 손자들과 저예요. 그렇기 때문에 제 글에서 어머니들이 그토록 중요한 것 같습니다.

와크텔 당신은 어머니와 독특한 관계인 것 같습니다, 글과 관련해서도 말이지요. 소설가 이사벨 아옌데의 삶에서 어머니가 어떤 역할을 했는지 말해 주시겠어요?

아옌데 음, 우선 저는 아침마다 어머니에게 편지를 쓰고 어머니도 답장을 해요. 우리는 이렇게 편지를 끊임없이 주고받으면서 각자의 삶을 기록하죠. 저는 어떤 일이 생겼을 때 어머니에게 편지로 이야기를 해야지 그 일이 진짜 있었던 것 같은 느낌이에요. 지금처럼 이렇게 강연을 다닐 때도 비행기나 호텔에서 편지를 씁니다. 그렇지 않으면 제가 겪은 일들을 잊을 테니까요. 또 책을 끝냈을 때, 그러니까 끝냈다고 생각하면, 어머니에게 보내요. 어머니가 저의 유일한 편집자니까요. 원고를 우편으로 칠레에 보내면 어머니가 읽은 다음 빨간 펜을 들고 첫 비행기로 캘리포니아까지 옵니다. 그런 다음 둘이 식당에 틀어박혀서 싸워요. 최소 한 달 정도 싸우죠. 어머니가 떠날 때면 제가 쓴 600매 중에서 15매 정도밖에 남지 않아요. 그러면 저는 어머니의 통찰을 받아들여서 책을 다시 써야 합니다. 어머니 말을 그대로 따르는 건 아니지만 어머니는 아주 중요한 부분에, 언어라는 면에서 도움을 줘요. 저는 스페인어로 글을 쓰지만 영어를 쓰면서 살기 때문에 어휘가 많이 약해졌는데, 어머니가 그 부분을 도와줍니다. 어머니는 또 클리셰를 알아보는 눈이 있기 때문에 도움이 되죠. 반어적인 감각과 유머 감각이 뛰어나요. 어머니는 항상 저를 더 깊이, 깊이 밀어붙여요. 등장인물들에 대해서 더 알고 싶어 하죠, 복잡한 인물을 좋아하고요. 흑백으로 나뉘는 건 아무것도 없어요. 어머니는 회색의 모든 단계를 알고 싶어 해요. 저는 스페인어로 글을 쓰기 때문에 미국에서는 편집자를 구할 수 없으니 어머니가 있어서 다행이에요. 스페인어 출판사에는 미국과 같은 편집의 개념이 없지요. 책을 수락하거나 거절할 뿐, "저기, 40쪽에 섹스 신을 넣으면 어떨까요"라고 말하지 않아요. 집필에 참견하지 않습니다.

와크텔 어머니는 미국을 배경으로 하는 이번 소설에 대해서 뭐라고 했나요?

아옌데 제가 미쳤다고 생각했죠. 미국인이 칠레에 와서 몇 년 살고서 칠레에 대한 책을 쓴다고 상상해 보라고 말했어요. 칠레인들은 그 사람을 싫어할 거라고요. "이제 겨우 미국에 가 놓고 그 나라에 대한 책을 쓴다니, 대체 얼마나 오만한 거니!" 그래서 제가 말했죠, 엄마, 그게 칠레와 미국의 차이에요. 이 곳은 더 유연해요.

와크텔 어머니와 의견이 일치하지 않으면 어떻게 하나요?

아옌데 상황에 따라 달라요. 가끔 우리가 의견이 맞지 않는 건 제가 고집을 부려서 그렇습니다. 마음속으로는 엄마가 옳다는 것을 알지요. 예를 들어, 어머니가 단편을 읽고 이렇게 말하죠. 이 이야기가 좋아, 나쁘지 않아, 하지만 결말이 엉망이구나. 저는 엄마 말이 옳다는 걸 알아요. 어머니는 왜 결말이 마음에 들지 않는지 설명 못하지만, 그건 제가 해결해야 하는 부분이니까 그렇게 하죠. 또 엄마가 반대할 것이 뻔한 것들도 많아요. 예를 들어서, 제가 교황님을 반어적으로 표현하면 어머니는 분명 반대할 거예요. 하지만 저는 전혀 신경 쓰지 않아요. 엄마가 반대할 게 뻔하니까 섹스 신은 아예 안 보여 주죠.

와크텔 당신의 이야기는 종종 크나큰 열정과 강한 여성, 강한 성적 욕망을 다룹니다. 왜 그런 주제에 끌리나요?

아옌데 제가 이해하는 섹스는 궁극적이고 가장 완벽한 형태의 커뮤니케이션이에요. 누군가를 정말로 사랑할 경우에 말이지요. 섹스는 파트너와, 한 남자와만——레즈비언이라면 한 여자와만——하는 행위예요. 아이들이나 엄마, 친구와는 그런 커뮤니케이션을 할 수 없지요. 자신의 영혼 안으로 받아들이는 사람과만 하는 것입니다. 섹스는 그런 표현이에요. 그래서 저는 그게 좋습니다. 저는 색정적인 분위기나 그런 느낌을 만들어 내려고 애쓰지만, 아주 자세히 쓰지는 않아요. 폭력에 대해서 쓸 때도 마찬가지예요. 저는 공포스럽고 무서운 느낌을 내려고 애쓰지만 자세히 쓰지는 않아요. 저는 사실 고문 전문가예요, 뭐든지 설명할 수 있죠. 하지만 제 책에서는 자세히 쓰지 않습니다. 그 편이, 독자가 상상력으로 부족한 부분을 채우도록 놔두는 것이 훨씬 효과적이죠.

와크텔 당신은 이 소설뿐 아니라 모든 소설에서 놀라운 이야기들을 들려줍니다. 그래서 세헤라자데와 『천일야화』에 큰 감동을 받았다는 이야기가 전혀 놀랍지 않았습니다. 이야기꾼의 역할이 뭐라고 생각하십니까?

아옌데 이야기꾼은 이야기를 사냥하는 사람이라고 생각해요. 이야기를 만들어 내는 게 아니에요. 여기저기 돌아다니면서 사람들에게 그들의 삶에 대해서 묻는 겁니다. 그런 다음 그 이야기를, 사람들의 삶을 되풀이해서 들려줌으로써 결국 집단적인 꿈에, 집단적인 공포에 다가갑니다. 인류에게 이야기가 왜 필요할까요? 저는 가끔 그런 질문을 받습니다, 다음 밀레니엄에도 책이 존재하리라 생각하느냐고요. 그러면 전, 책이라는 형태는 사라질지도 모르지만, 다른 형태가 생길지도 모르지만, 이야기는 우리 영혼의 일부이므로 영원히 우리와 함께할 거라고 대답합니다. 제 생각에 이야기꾼의 역할은 이야기를 계속 반복하는 거예요, 듣는 사람들이 거기에서 진실의 입자를 찾아서 자기 삶을 밝힐 수 있도록 말이에요.

와크텔 스스로 구식 이야기꾼이라고 말하는데요. 현대적으로 절제하려고 노력해 봤지만 강간과 참수를 빼놓을 수 없었다고 했습니다. 왜 그런가요?

아옌데 모르겠습니다, 제 삶이 그랬기 때문일지도 몰라요. 저는 미니멀리즘 문학이, 아니 미니멀리즘이라면 뭐든지 다 싫어요. 저는 풍성한 것, 바로크적인 것, 극단적인 게 좋아요. 전 늘 극한으로 몰리며 살아 왔습니다. 무척 복잡하고 다양한 삶을 살아왔고 그래서 풍성함에 익숙해요. 그런 경험이 제 책에 드러나죠. 저에게는 단순하게, 절제하며, 반어적으로, 영국식으로 글을 쓰는 게 정말 힘들어요. 제 삶에서는 여러 가지 일들이 일어나요, 저 개인의 삶은 정말 드라마의 연속이죠. 제가 쓰는 이야기들이 직접 겪은 일은 아닐지 몰라도 제가 겪은 삶의 일부인 것만은 사실이에요. 저는 참 특이한 집안에서 태어났어요. 정말 제정신이 아닌 삼촌이 여러 명 있죠. 할머니는 천리안이었고, 평생 텔레파시를 실험했어요. 사실, 그게 칠레 전화 회사보다 훨씬 나았죠. 이런 가족이 있으면 상상의 나래를 펼칠 필요가 없어요. 마술적 리얼리즘이 바로 눈앞에 있으니까요.

와크텔 열다섯 살에 칠레로 돌아가 할아버지 댁에서 지낼 때 얼마나 풍성한 환경에서 살고 있는지 의식하고 있었습니까?

아옌데 네, 저는 가족과 제 주변에서 일어나는 일들을 항상 의식했어요. 또 제가 여러 층의 케이크 같은 사회에 살고 있다는 사실도 의식했지요. 같은 집안에 가족들에게 속한 부분이 있고 하인들에게 속한 또 다른 세계가 있고, 같은 집에 공존하는 두 세계 사이에 눈에 보이지 않는 경계가 있었어요. 우리는 같은 음식을 먹었지만 먹는 형태가 달랐습니다. 그래서 제 마음속에 뭔가 불편한 감정이 생겼지요. 저는 그것을 끝까지 극복하지 못했습니다. 저는 절대 어디에도 잘 어울리지 못할 것 같아요. 평생 어디에서도 잘 어울리지 못했고, 주변에서 일어나는 이상한 일들과 대조를 항상 의식했죠.

와크텔 사람들은 당신 작품에 대해서 말할 때 마술적 리얼리즘을 많이 언급합니다. 물론 본인도 마술적 리얼리즘이, 또 초현실이나 유령 같은 것들이 밀접한 관계가 있다고 생각하지요.

당신이 이야기하는 다른 차원이 실제 당신에게는 어떤 의미인가요?

아옌데 영혼이나 마술적인 요소들이 열정, 집착, 감정 —강렬한 감정 —신화, 전설, 역사와 자연의 압도적인 힘, 그리고 우리 삶에 분명히 존재하지만 우리가 무시하는 모든 것을 나타낸다는 생각이 종종 듭니다. 문학에서는 무척 좋은 장치이고, 그러한 요소가 들어갈 자리만 내어 주면 텍스트가 무척 풍요로워지죠. 하지만 『영혼의 집』에 나오는 집안의 유령들은 사실 그 가족의 열정이었어요. 영혼이라는 건 말하자면 농담 같은 거예요. 유령을 정말로 믿는 건 아니지만, 우리 삶을 통제하는 수많은 힘을, 알려지지 않은 힘을 믿습니다. 우리는 규칙을, 그 힘을 다루는 방법을 모르기 때문에 무시하죠. 하지만 그러한 힘은 분명히 존재합니다.

와크텔 유령이 일종의 농담이라는 생각이 재미있군요.

1993년 6월

피터 캐버너와 인터뷰 공동 준비

"좋은 이야기는 우리를 저절로 끌어들이고,
또 좋은 이야기는 도덕적인 이야기이기도 합니다.
비도덕적이면서 정말 좋은 이야기는 한 번도 본 적이 없어요.
우리 내면에 존재하는 무언가가
우리를 좋은 이야기로 인도한다고 생각합니다.
좋은 이야기를 만들어 내는 사람이 있다면 운이 좋은 것이지요."

치누아 아체베

치누아 아체베
Chinua Achebe

내가 처음 읽은 아프리카 흑인의 책은 치누아 아체베의 『모든 것이 산산이 부서지다』였다. 나는 이 책을 25년도 더 전에, 나이지리아 내전이 서서히 끝나갈 즈음에 읽었다. 이보 족이 나이지리아에서 이탈하여 세운 국가의 명칭이 비아프라이기 때문에 나이지리아 내전을 종종 비아프라 전쟁이라고도 한다. 내가 기억하기로는 그때부터 아프리카라고 하면 배가 부풀어 오른 채 굶어 죽어가는 아이들의 끔찍한 이미지가 떠오르게 되었다. 사상자가 무척 많았는데, 대부분 연합군이 반란군 점령 지역을 봉쇄하면서 굶어 죽은 이보 족 민간인들이었다.

『모든 것이 산산이 부서지다』는 19세기 후반 이보 족 사회를 있는 그대로 그리는 보기 드문 작품이다. 이 소설은 한 마을과 그 지도자에게 초점을 맞춤으로써 나이지리아의 식민주의 초기 경험과 영국의 통치를 보여 준다. 『모든 것이 산산이 부서지다』는 30개 언어로 번역되었고 연극, 라디오와 텔레비전 프로그램으로도 제작되었다. 이 소설은 아프리카인이 쓴 소설 최초로 영어를 쓰는 아프리카 중학교의 교재로 사용되었다. 내가 1960년대 후반에 처음 읽었을 때 『모든 것이 산산이 부서지다』는 사하라 이남 아프리카 지역에서 나온 최초의 영어 고전으로 인정받았고, 아체베는 "아프리카 영어 소설의 아버지"로 알려졌다.

아체베는 『모든 것이 산산이 부서지다』 이후 『더 이상 평안은 없다』(1960), 『신의 화살』(1964), 『민중의 사람』(1966)을 연달아 발표했다. 그러나 1967년에 비아프라 전쟁이 발발하자 이보 족이었던 아체베는 소설 집필을 중단했다. 1970년에 전쟁이 끝난 후에도 아체베는 시와 단편 소설, 에세이만 쓸 뿐 장편 소설은 쓰지 않았다. 그는 1980년대 초에 나이지리아 정치에 직접 참여하여 처음에는 민중구원당People's Redemption Party의 국가 부의장을, 그 후에는 출신 지역인 오기디 마을 연합의 대표를 맡았다. 1987년 치누아 아체베는 21년 만에 『사바나의 개미 언덕』이라는 암울한 정치 소설을 발표했고 영국 부커 상 후보에 올랐다.

나이지리아의 인구는 9천만 명 이상으로, 아프리카 최다 인구이다. 산유국인 나이지리아는 1960년에 영국으로부터 독립했지만 이후 36년 중 9년만 빼고 군사 정권의 지배를 받았다. 1993년 6월에는 대통령 선거가 무효로 선포되고 군부가 통치를 이어 갔다. 나이지리아는 최근에 소설가 겸 사회 운동가인

켄 사로-위와를 처형하고 노벨상 수상자 월레 소잉카를 사실상 추방하여 국제적인 주목을 받았다. 소잉카와 아체베 모두 나이지리아에서 인권 운동을 해왔다.

6년 전, 치누아 아체베는 나이지리아 고속도로에서 교통사고를 당해 중상을 입었다. 사고 당시 상황이 불분명했고 군대 차량이 관련되어 있었다고 전해졌다. 아체베는 6개월 동안 영국에서 수술과 치료를 받았지만 여전히 위독한 상태에서 미국으로 옮겨졌다. 사실 그의 엑스레이를 살펴본 미국 의사들은 아체베가 살아나지 못할 것이라고 생각했다.

그러나 현재 예순여섯 살인 아체베는 계속 글을 쓰며 학생들을 가르치고 있다. 아체베의 소설 『사바나의 개미 언덕』에서 이야기꾼은 이렇게 말한다. "전쟁을 알리는 북소리와 용맹한 전사들의 위업보다 더 오래 살아남는 것은 이야기밖에 없습니다… 이야기는 우리의 안내자입니다. 그것이 없으면 우리는 장님과 같습니다."

뉴욕 바드 대학에서 학생들을 가르치는 치누아 아체베를 뉴욕 애넌데일의 자택에서 만나 이야기를 나누었다.

* * *

와크텔 책을 무척 소중히 여기고 신문이나 종이를 모았던 아버지가 세상을 떠나자 가족들이 그가 평생 모은 종이로 모닥불을 피웠다는 이야기를 하신 적이 있습니다. 정말 놀라운 이미지인데요, 아버지가 모은 것이 모두 연기가 되어 날아가는 장면을 보면서 기분이 이상했습니까?

아체베 지금 생각해 보면, 네, 그랬습니다. 하지만 대단한 기록물은 아니었고, 낡은 교회 잡지 같은 것들이었어요. 우리 가족은 공간이 필요했습니다. 음, 저는 작가지만 종이를 별로 좋아하지 않아요. 책상에 종이가 쌓이면 항상 버립니다. 기질 문제죠. 하지만 당신 말이 맞습니다, 과거를 되돌아보니 간직할 수 있는 것은 간직해야 합니다. 하지만 이 세상에 종이가 너무 많다고 생각하는 것은 사실입니다.

와크텔 그렇다면 당신에게 아버지의 유산은 문학에 대한 사랑과 종이에 대한 반감이라고 할 수 있겠군요.

아체베 네, 맞습니다. 멋진 역설이죠.

와크텔 당신은 나이지리아 동부 마을의 기독교 선교사 부모님 밑에서 태어났고, "문화의 교차로에서 사는 삶"에 대해서 이야기했습니다. 기독교와 이보 족 전통이라는 두 가지 문화의 영향을 받았던 어린 시절이 어땠는지 이야기해 주시죠.

아체베 말로 표현하기는 쉽지 않습니다. 두 세계에 동시에 사는 것, 혹은 두 강이 합류하는 지점에서 사는 것과 같은데, 합류 지점은 결코 고요하지 않지요. 교차로는 인간만이 아니라 영혼도 많은 곳이기 때문에 좋습니다. 아주 강력한 곳이지요. 그것이 제가 전달하려던 생각입니다. 기독교는 많은 면에서 이상하고 새로웠지만 또 강력했는데, 전통적인 삶도 그렇습니다. 제가 어렸을 때는 기독교와 전통의 최초의 만남이 지난 후였습니다. 두 문화가 처음 만났을 때는 가끔 싸움도 일어났습니다, 진짜 전투 말이지요. 어쨌든 상황이 안정되었고, 과거와 미래를 조금씩 볼 수 있다는 장점이 있었지요. 그런 위치였습니다. 물론 기독교 집안, 선교사 집안이었던 저는 전통에 관심을 많이 가지면 안 되었습니다. 전통은 이교도적인 것으로 여겨졌고 저는 그런 것에 관심을 가지면 안 되었지만, 사실은 관심이 있었어요. 그러니 유리한 입장이었지요.

와크텔 교차로의 한쪽 길에서는 당신이 찬송가를 부르며 성경을 읽었고 한쪽 길에서는 삼촌 가족이 "이교에 눈이 멀어 우상에게 음식을 바쳤다"고 표현하신 적이 있습니다. 어린 시절에는 어느 쪽에 끌렸습니까?

아체베 제가 보면 안 되는 것에 끌렸지요. 금지되었기 때문에 매혹적이기도 했습니다. 하지만 옳고그름을 평가하는 것과는 다른 문제였습니다. 누가 물었다면 저는 기독교 신앙이 옳다고 말했을 겁니다. 하지만 다른 곳에서 무슨 일이 일어나고 있는지 궁금했습니다.

와크텔 지금 강하게 느껴지는 자극은 어느 쪽입니까?

아체베 전통입니다, 그쪽이 비주류니까요. 물론 저는 전통에 대해서 점차 배웠습니다. 사실 당시에 저는 전통에 노출되는 것 자체를 금지당했습니다, 저희 세대는 모두 그랬지요. 학교에서도 가르치지 않으니 제대로 이해할 수 없었습니다. 하지만 그 후 시간을 들여 여러 해 동안 살펴보게 되었고, 심오한 진실과 아주 귀중하고 심오한 중요성을 발견했습니다. 그래서 이제 저는 전통 종교의 관점에서 기독교를 바라보는 입장이 되었습니다.

와크텔 스스로 세 가지 언어 —이보어, 영어, 나이지리아 피진어 —를 한다고 설명하시겠습니까?

아체베 저를 그렇게 설명해 본 적은 없지만, 맞습니다. 나이지리아 피진어는 나이지리아인 모두가 습득하는 언어입니다. 어렸을 때 그 말을 쓰지는 않았어요. 나이지리아 피진어는 도시에서 쓰는 언어나 방언에 더 가까웠지만, 크면서 피진어를 접하고 습득하게 되었습니다.

와크텔 소설에서는 나이지리아 피진어를 많이 썼습니다. 당신의 소설에서 등장인물이 말하는 방식은 계급이나 교육 수준, 맥락 등 여러 가지에 따라 달라집니다. 얼마나 친한 관계냐에 따라서도 달라지지요. 의식적으로 그렇게 쓰는 건가요?

아체베 그렇기도 하고 아니기도 합니다. 저에게는 실제 삶과 비슷하게 쓰는 것이 무척 중요합니다. 제가 소설에서 이루고 싶은 것은 사건을 실제 삶에서 일어난 것처럼 정확히 그리는 것입니다. 그것이 리얼리즘이고, 저는 그것이 중요하다고 생각합니다. 그래야만 마술이든 뭐든 파고들 수 있지요.

와크텔 당신 소설에서는 이보 속담이 무척 중요하게 등장합니다. 어렸을 때부터 항상 속담에 공감했습니까?

아체베 네, 저는 이보 속담을 정말 좋아했습니다. 이보 족의 언어나 이미지는 정말 그림 같아서 항상 크게 감동했지요, 아직도 그렇고요. 간단한 예를 들어 볼까요. 영어에서는 "머리 하나보다는 두 개가 낫다"라고 말하지요. 이보 족은 "머리가 두 개면 눈이 네 개다"라고 합니다. 항상 어떤 그림을 만들어서 바로 이해시키죠. 그냥 더 나은 게 아니라 왜 더 나은지를 보여 주는 겁니다.

와크텔 첫 번째 소설에 "속담은 말을 곁들여 먹는 야자유다"라는 구절이 있습니다. 아주 생생한 이미지예요. 또 다른 구절도 있는데, 제 생각에는 당신의 여러 소설에 함축된 생각이 아닌가 싶습니다. 영어로 번역을 하면 "모든 이에게 합당한 몫을To every man his due"인데요. 이 말이 당신에게 어떤 의미인가요?

아체베 제가 이해하는 현실의 중심입니다. 이보 족에게는 무척 중요한 생각이기 때문에 아주 다양한 방법으로 말하지요. 그것은 세상이 아주 복잡하다는 뜻입니다. 우리는 그 복잡성을 의식해야 하고, 거기서 그치는 것이 아니라 모든 현실을 존중하고 그것을 인식하면서 행동해야 합니다. 모든 것을 존중하고 사랑해야 하는 것은 아니지만 전부 그 나름의 유효성을 가지고 있다는 사실을 인정해야 합니다. 그것이 바로 "모든 이에게 합당한 몫을"이라는 말의 의미입니다.

예를 들어서, 이보 족 어르신들이 회의를 하려고 모여 있는 장소에 들어간다고, 그곳에 아주 많은 사람들이 자리하고 있다고 생각해 봅시다. 그럴 때 올바른 예의는 한 사람 한 사람을 태어날 때 받은 이름이 아니라 그들이 선택한 이름과 직함으로 부르면서 악수를 하는 것입니다. 직함을 받은 사람들은 전부 새로운 이름을 짓는데, 다른 사람은 그 이름을 알아야 하고 그 사람을 만나면 그 이름으로 불러야 하지요. 자, 그것이 올바른 예의지만 사실은 불가능합니다! 모든 사람과 일일이 악수를 하면서 이름을 부르려면 하루 종일 걸립니다. 그러니까 전체를 향해 인사를 하면서 "모든 이에게 합당한 몫을"이라고 말하는 겁니다. 그것은 거기 있는 모든 사람들의 직함을 알고 있고 인정한다는 뜻입니다.

와크텔 당신의 첫 번째 소설 『모든 것이 산산이 부서지다』는 35년 전에 출판되었습니다. 3백만 부 이상 팔렸고 30개 언어로 번역되었지요. "아프리카 영어 문학의 아버지"라고 불리는 것은 어떤 기분인가요?

아체베 아, 신경 쓰지 않습니다. 전혀 신경 쓰지 않아요! 제가 그런 생각을 가지고 글을 쓰기 시작한 것은 아니니까요. 제 작품이 그렇게 중요해진다는 것은 아주 놀랍고 감사한 일이긴 하지요. 사실 출판사를 통해 들은 바로는 3백만 부가 아니라 8백만 부가 팔렸고, 아직도 널리 퍼져 나가는 중이라고 합니다. 요즘은 동아시아 지역에서 널리 퍼지고 있다고 하더군요. 저는 무척 기쁘고 물론 겸손한 마음이 듭니다. 제가 할 수 있는 말은 그게 답니다.

와크텔 소설가가 된 이유 중 하나는 당사자의 이야기를 하기 위해서라고 말씀하셨습니다. 나이지리아를 배경으로 한 조이스 캐리의 『미스터 존슨』이나 당시 콩고를 배경으로 한 조지프 콘래드의 『어둠의 심장』 같은 책을 처음 읽었을 때 어떤 기분이었는지 기억하십니까?

아체베 그 이야기를 하자면 아주 깁니다. 저는 어리고 주변 정세를 잘 모를 때 콘래드를 읽었기 때문에 나이가 어느 정도 있었다면 받았을 그런 충격을 받지는 않았습니다. 대학교에 가서, 이바단 대학 영문과에 들어가서 다시 읽었을 때에야 그 책의 내용을 깨달았지요. 조이스 캐리는 달랐어요. 그의 책은 더 나중에 나왔죠. 1940년대에 출판되었고, 저는 대학생 때 처음 읽었습니다. 저뿐만 아니라 반 전체의 반응이 아주 뚜렷했습니다.

다들 조이스 캐리가 말하는 내용이 마음에 들지 않았지요. 제 기억으로는 참 흥미로운 상황이었습니다. 교사는 모두 영국인이고 학생은 모두 나이지리아인이었는데, 교사들은 아주 뛰어난 책이라고 생각했거든. 사실 서구의 많은 사람들이 아직도 조이스 캐리의 책을 뛰어난 아프리카 소설이라고 말합니다. 그저 놀라울 뿐입니다. 같은 과 학생 중 한 명은 그 책에서 재미있는 부분은 존슨이 총에 맞는 부분밖에 없다고 말해서 선생님을 충격에 빠뜨렸지요. 아주 격렬한 반응이긴 하지만, 아프리카 사람들이 그처럼 무심한 인종주의를 맞닥뜨렸을 때 어떤 분노를 느끼는지 잘 전달하는 말이죠.

와크텔 『어둠의 심장』을 처음 읽었을 때는 너무 어려서 이해하지 못했다고 했는데요, 그 책을 읽으면서 스스로를 말로와 동일시했습니까?

아체베 독자는 작가가 동일시하기 바라는 사람과 동일시하게 되어 있지요, 소설은 그런 것입니다. 동일시에서 벗어날 만큼 강해질 때까지는 무슨 일이 일어나고 있는지 깨닫지 못합니다. 저는 이것이 『어둠의 심장』에서 인종주의를 보지 못하는 현대 서구 교수들의 문제라고 생각합니다. 아직도 형용사의 활용과 싸구려 감정에, 두려움과 고정 관념에 매혹되는 아이들처럼 그 책을 읽고 있는 겁니다. 문학적 경험이 쌓이면 그런 반응에서 벗어나야 합니다.

와크텔 "목소리의 전용轉用"이라는 주장을, 즉 아프리카 흑인만이 아프리카 흑인에 대해서 쓸 수 있다는 주장을 믿나요?

아체베 아니요. 누구든지 모든 곳에 대해서, 한 번도 가 보지 못한 곳에 대해서도 쓸 수 있다고 생각합니다. 카프카는 프라하를 떠난 적이 없지만 미국에 대해서 썼습니다. 하지만 좋은 작가라면 자신이 깊이 알지 못하는 곳에 대해서 어떤 이야기를 써야 하는지 압니다. 이야기가 감동을 주는 차원은 다양합니다. 어떤 장소의 전문가가 될 필요는 없지요.

와크텔 당신은 소위 말하는 "다녀온 사람"입니다. 이바단 대학뿐 아니라 런던에서도 공부를 했으니까요. 독립 직전의 나이지리아로 돌아올 때 어떤 희망과 기대를 안고 있었습니까?

아체베 사실 전 제대로 "다녀온 사람"이라고 할 수 없습니다. 런던의 BBC 학교에 다녔는데, 1년도 채 안 다녔어요. 그때 저는 일을 하고 있었습니다. 어린 학생이 아니었죠. 유럽에서 보낸 7개월은 중요한 경험이었지만 저의 어떤 부분을 형성하지는 않았습니다. 하지만 그 시기의 의미를 생각해 보면, 무척 흥분된 시간이었습니다. 독립을 4, 5년 앞두고 있었고, 독립의 분위기가 감돌았어요. 모두 행복하고 흥분했고, 희망적이고 낙관적이었지요. 드디어 우리가 다시 독립해서 역사를 주도하고 우리의 삶을 스스로 결정해 나갈 것이라는 낙관이었죠. 취한 듯한 순간이었습니다. 제가 런던에서 돌아오고 1년 쯤 후에 가나가 독립했습니다. 최초의 현대 아프리카 국가였지요. 정말 신나는 일이었습니다! 우리는 가나인이 아니라 나이지리아인이고 가나와 나이지리아는 주로 경쟁 관계였지만, 가나의 독립이 우리의 독립처럼 느껴졌어요. 나이지리아 사람들은 가나의 권력 이양 소식을 들으려고 새벽 1시 ─ 가나에서는 밤 12시죠 ─ 까지 깨어 있었어요. 정말 취한 듯한 느낌, 흥분되는 느낌이었죠.

와크텔 첫 소설 『모든 것이 산산이 부서지다』를 "회개, 돌아온 탕아에 대한 오마주"라고 표현하셨는데요, 무슨 뜻인가요?

아체베 제가 하고 싶었던 말은 우리가 기독교를 믿고 서구식 교육을 받고 대학교를 졸업했다 하더라도 정말로 서구에 속하는 것은 아니라는 겁니다. 우리는 잃어버린 것을 되찾고 우리 자신을 다시 정의해야 합니다. 바로 그것이 제가 글을 쓰는 목적이고 아프리카가 우리에게 요구하는 것이라고 생각합니다. 우리가 아프리카를 배신했으니까요. 예를 들어 제 아버지는 1세대 기독교로서 조상들의 믿음을 버렸습니다. 제가 이렇게 강하게 말하는 것은, 그래야만 제가 하려는 말이 명확해지기 때문입니다. 사실 우리가 기독교를 믿는다고 해서 삶이 끝나는 것은 아닙니다. 다른 문화에 친숙해진다든지 그런 장점도 있습니다. 하지만 우리는 기본적으로 우리 선조, 우리 조상이 수천 년에 걸쳐서 해온 것이 틀렸다고, 멀리서 온 다른 사람이 우리를 바로잡아 줄 수 있다고, 그가 길이요 진리요 생명이라고, 우리는 그동안 앞을 제대로 보지 못했다고 생각하도록 인도되었습니다. 참 모욕적인 일이지요. 우리는 우리의 이야기를 다시 하고 우리 자신을 다시 정의하면서 그런 배신을 바로잡고 있는 것입니다.

와크텔 하지만 제 생각에 『모든 것이 산산이 부서지다』가 그토록 큰 성공을 거둔 것은 옛 아프리카를 낭만화하지 않았기 때문입니다.

아체베 그렇습니다. 바로잡는 것과 미화하는 것은 다릅니다. 바로잡는다는 것은 모든 이에게 합당한 몫을 주는 것, 아시지요, 바로 그 인사말과 같습니다. 이것이 아프리카의 합당한 몫입니다. 아프리카의 역사상 그 어느 때에도 인간답지 못한 인간이 거주한 적은 없습니다. 그것은 정말 정확히 짚고 넘어가야 합니다. 아프리카에 합당한 몫을 돌려줘야지요. 자, 그렇게 말을 했으니, 그렇다고 모든 것이 완벽하지는 않았음을 인정해야 합니다. 완벽한 것은 원래 없습니다. 신께서는 세상을 완벽하게 만들지 않으셨어요. 이보 족은 창조를 조금 다르게 생각합니다. 신께서 환경을 어떻게 개선시킬지 인간과 끊임없이 대화를 나눈다고 생각하지요. 창조는 엿새 만에 끝난 게 아닙니다, 우리의 역할이 있습니다. 그러므로 우리는 모든 것이 완벽하지는 않다고, 사실 모든 것이 선하지도 않다고 인정합니다. 그렇다고 해서 아프리카가 인간이 사는 곳이 아니라는 뜻은 아닙니다.

와크텔 1958년부터 1966년까지 네 편의 소설을 발표했고, 독립 이후의 정치 풍자인 『민중의 사람』도 그 중 하나였습니다. 그런 다음 1960년대 후반에, 그러니까 1967년부터 1970년까지 비아프라 전쟁, 즉 나이지리아 내전이 일어났습니다. 당신에게는 이 전쟁이 일종의 분수령이었다고 들었습니다. 당시 어떤 일을 겪었는지 설명해 주시겠습니까?

아체베 우리가 독립했을 때 느꼈던 행복감으로, 우리가 새로운 사람이 되어서 우리 자신을 다시 만들어 낼 수 있다고 생각했던 때로 다시 돌아가 볼까요. 그런데 그 모든 희망과 약속이 내전이라는 재난으로 인해 무너진 것 같았습니다. 나이지리아인들은 내전을 겪으면서 서로 함정에 빠뜨렸고 수천 명, 수십만 명이 학살당했습니다. 2년 반이라는 짧은 기간에 백만 명 정도가 죽었지요. 우리가 계획하고 고대했던 모든 것을 빼앗긴 느낌이었고, 독립 자체가 사기 같았습니다. 정말 야만적인 전쟁이었어요. 그런 현실을 받아들이는 것조차 어려웠지요.

저는 전쟁에 무척 깊이 연루되었는데, 전장에 나갔다거나 그런 의미가 아니라 전쟁을 무척 가까이에서 느꼈다는 뜻입니다. 모두 전쟁을 가깝게 느꼈지요. 다들 친구와 친척, 집을 잃었습니다. 우리 모두 난민이 되었어요. 그래서 전쟁이 끝날 때쯤에는 우리가 독립을 하면서 스스로를 어떻게 다시 정의했는지 재평가해야 했습니다. 지나치게 낙관적이었을지도 모른다고, 더 면밀하게 들여다봤어야 한다는 사실을 깨달은 것이지요. 그래서 저는 계획했던 소설을 집어치웠습니다. 사실 제가 집어치운 게 아니라 소설이 써지려 하지를 않았지요. 저는 몇 년에 걸쳐서 생각했던 소설을 붙잡고 계속 씨름을 했지만 소설이 완성되려 하지를 않았어요. 저는 그럴 만하다고, 너무나 파괴적인 일이 벌어졌기 때문에 그냥 자리를 털고 일어나서 자, 이제 평소처럼 일을 하자, 라고 말할 수 없다는 사실을 깨달았습니다. 전쟁이 끝나고 비아프라 지도자와 나이지리아 지도자가 포옹하는 모습을 보면서 이제 다 끝났다고 생각하는 사람들도 있었습니다. 하지만 그건 사실이 아닙니다. 사람이 백만 명이나 죽었는데 고작 악수 한 번에 평상시로 돌아갈 수는 없습니다.

와크텔 당신 스스로도 치유가 필요하다는 느낌이 들었습니까?

아체베 네, 하지만 무엇을 어떻게 해야 할지 몰랐습니다. 전쟁 직후는 아니었지만 아무튼 나이지리아를 떠났던 것도 그래서였는데, 저는 전쟁 중에 제가 했던 역할이 너무나 널리 알려졌기 때문에 달아날 수 없다고 생각했습니다. 만약 무슨 처벌을 한다면 저도 처벌을 받는 것이 옳다고 생각했지요. 그래서 전쟁이 끝나고 2년 정도 기다렸고, 제가 떠나도 된다는 것이 분명해지자 4년 동안 나이지리아를 떠나 있었습니다.

와크텔 전쟁에서 무슨 역할을 했습니까?

아체베 저는 사실 여행자에 가까웠습니다. 미국과 유럽, 아프리카의 다른 지역을 다니면서 나이지리아에서 무슨 일이 일어나고 있는지 이야기했지요. 강연을 다녔지만 항상 싸움으로, 전쟁터로 돌아왔습니다. 가족이, 제 아내와 어린 세 아이가 있었으니까요. 제가 외교관 역할을 했다고 표현하는 사람도 있지만 그것은 좀 미화된 이야기입니다. 공식 직책은 없었으니까요. 저는 여기저기 돌아다니면서 무슨 일이 일어나고 있는지 설명하는 작가에 불과했습니다.

와크텔 당신은 초기 마지막 소설인 『민중의 사람』을 쓰고 나서 20년이 넘게 지나 1987년에 『사바나의 개미 언덕』을 발표했습니다. 『사바나의 개미 언덕』에 등장하는 시인은 행동과 생각의 갈림길에 놓여 있는 인물입니다. 시인은 학생들 앞에서 강연을 하다가 나라가 무엇을 해야 하느냐는 질문에 이렇게 대답하지요. "작가가 주는 것은 처방전이 아니라 두통입니다." 이 부분을 읽으면서 저는 시인이 바로 당신이라고 생각했습니다. 그런가요?

아체베 네, 당신 말이 맞는 것 같군요. 그 인물 전체가 저는 아니지만, 그 순간에는 말입니다. 제 등장인물 중에서 저와 완전히 똑같은 인물은 없습니다. 제가 반영되었을 수도 있고, 가끔 저와 비슷한 생각을 가질 수도 있습니다. 그 부분에서는, 네, 제가 그 상황이었다면 정확히 그렇게 말할 것입니다.

와크텔 행동이냐 생각이냐, 라는 딜레마는 당신이 평생 고민해온 문제인 것 같습니다. 1980년대에는 나이지리아 정치에 참여했고, 그런 다음 소설을 발표했지요. 이 문제에 있어서 아직도 오락가락 한다고 생각합니까?

아체베 네, 저 같은 사람은 어쩔 수 없이 시소처럼 오르락내리락하게 되는 것 같습니다. 정세가 잘 풀리지 않으면 너무 괴로워서 직접 뛰어들어 뭔가를 하려고 하죠. 그러다가 제가 가장 잘하는 것은 그러한 행동이 아니라는 사실을 깨닫습니다. 예를 들어서, 저는 정당 정치가 저에게는 정말 시간 낭비라는 사실을 깨달았습니다. 제가 정당 정치에 참여한 것은, 우리가 그동안 나쁜 지도자를 많이 거쳤지만 제가 지지하던 그 사람이 가장 덜 나쁘다는 사실을 알리고 싶었기 때문이었습니다. 사람들이 그 사실을 깨닫기를, 인정하기를 바랐습니다. 그 일도 어느 정도는 가치가 있습니다, 하지만 시간이 정말 많이 필요한 일이에요, 에너지도 소모되고요. 그러니 결국 이렇게 말하게 되죠, 아니, 나는 정말 내 책을 써야 해. 나이지리아처럼 절박한 상황에서는 그런 절박한 행동을 되풀이하게 됩니다.

와크텔 『사바나의 개미 언덕』은 어떤 의미에서 무척 정치적인 소설입니다. 캉간Kangan이라는 허구적인 나라가 배경이지만, 나이지리아를 비롯한 나라들과 크게 다르지 않다는 느낌이 드는데, 부패가 만연한 나라로 그려지지요. 조국을 그렇게 황량하게 그려서 배신했다는 비판을 받지는 않습니까?

아체베 가끔 그럴 때도 있습니다. 하지만 나이지리아인은 대체로 스스로에게 무척 비판적입니다. 아마 저를 배신자보다 진실한 목격자로, 선각자이자 예언자로 보는 사람이 더 많을 겁니다. 그렇지 않은 사람들도 있을 것이고, 지도자들 중에도 그런 사람들이 있겠지만, 확신하지는 못하겠습니다. 나이지리아인은 자기 잘못을 인정하는 경향이 있습니다. 그런 인식이 있는데도 잘 되지 않은 것이 놀랍지요.

와크텔 작가로서 진실을 말했기 때문에 개인적인 대가를 치러야 했다고 생각합니까?

아체베 아, 작은 것들은 있죠. 큰 대가를 치른 것은 아니기 때문에 굳이 말할 필요성도 느끼지 못하지만요. 예를 들어서, 비아프라 전쟁이 끝날 때 반대편이었던 사람, 연방 측의 무척 유력한 사람이 그런 말을 했습니다. 비아프라 사람을 전부 합친 것보다 제가 나이지리아에 더 많은 문제를 안겨 주었다고 말입니다. 물론 과장이었지만, 그런데도 저는 가벼운 대가만 치렀지요. 대역죄로 기소될 수도 있었는데 고작 여권을 압류당했다고 불평할 수는 없습니다. 저의 정치적 역할이 나이지리아에서 대체로 타당하고 중요한 것으로 받아들여졌다고 생각합니다.

와크텔 1990년에 나이지리아에서 끔찍한 자동차 사고를 당해서 수술도 받고 여러 달 동안 치료를 받아야 했습니다. 우연한 사고가 아니었다는 생각이 듭니까?

아체베 그런 가정에 따라서 수사를 하지는 않았지만 그런 생각이 들긴 했지요. 사고 직전에 몇 가지 이상한 일이 있었습니다. 하지만 우리는 운이 정말 좋았습니다. 그 정도로 끝난 게 다행이었지요. 그래서 그냥 거기서 끝냈습니다. 또 나이지리아 전역에서 사랑과 동정이 쏟아졌기 때문에 무슨 일이 있었는지 더 집요하게 캘 필요도 없었습니다.

와크텔 지금 몸 상태는 어떠신가요?

아체베 퇴원할 때와 크게 다르지 않습니다. 척추 골절로 하반신이 마비되었지요. 휠체어를 타고 있는데, 앞으로도 계속 그럴 것 같군요.

와크텔 『사바나의 개미 언덕』이라는 제목에서 개미 언덕은 강렬한 은유로, 희망의 상징으로 느껴집니다. 어떤 의미인지 말씀해 주시겠습니까?

아체베 개미 언덕은 희망, 약속을 나타내는데, 기억에 관한 은유라는 점이 가장 중요합니다. 사바나 초원은 보통⋯ 매년 건기에 불을 놓아서 풀을 모두 태웁니다. 그러고 나면 군데군데 점점이 흩어진 개미 언덕밖에 보이지 않지요. 비가 내려 풀이 다시 올라올 때까지 살아남는 것은 개미 언덕밖에 없습니다. 하지만 새로 난 풀은 재난이 일어났을 때 없었으니 그것에 대해서 아무것도 모릅니다. 지난해에 있었던 일을 알고 싶으면 개미 언덕에게 물어볼 수밖에 없지요, 개미 언덕만이 거기에 있었으니까요. 바로 그런 이미지입니다. 희망과 생존, 기억이죠. 자신이 누구인지도 모른 채 살아남는다는 것은 말이 되지 않으니까요. 중요한 이야기를 들어야 합니다. 개미 언덕이 바로 그 이야기를 가지고 있습니다. 풀이 현명하다면 무슨 일이 있었는지 개미 언덕에게 물을 것입니다. 그러면 이야기가 전해지는 것입니다.

와크텔 나딘 고디머는 당신이 도덕주의자이자 이상주의자라고 설명했지만, 지난 몇 년 동안 당신의 이상주의가 아주 큰 고난을 여러 번 겪었다는 생각이 듭니다. 이상주의는 어떻게 되었습니까?

아체베 아직 멀쩡하게 살아 있습니다. 이상주의가 사라지면 작가의 일은 의미가 없으니까요. 저는 세상을 향해서 절망을 이야기해야 한다고 생각하지 않습니다. 절망은 누가 더하지 않아도 충분히 많습니다. 우리 작가가 해야 할 역할이 있다면 낙관주의라고 생각합니다. 맹목적이거나 멍청한 낙관주의가 아니라 의미 있는 낙관주의, 세상이 완벽하지는 않지만 더 나아질 수는 있다는 생각에 가깝죠. 다시 말해서, 우리는 가만히 앉아서 모든 일이 잘 풀리기를 바라는 것은 아닙니다. 일이 잘 풀리게 만들기 위해서 각자 해야 할 역할이 있습니다. 저는 그것이 작가의 존재 이유라고 생각합니다.

와크텔 부모님은 기독교였지만 당신은 부모님의 신앙과 거리를 두어 왔습니다. 하지만 당신의 에세이를 읽으면서, 그리고 이야기를 나누다 보니 문학과 상상력에 비슷한 영적 가치를, 거의 종교적인 가치를 두고 있다는 느낌이 듭니다. 소설이 일종의 구원이라고, 혹은 구원이 될 수 있다고 말입니다.

아체베 네. 그러니 썩 멀리 가지는 않은 셈이죠. 나이지리아에는 이런 속담이 있습니다. 땅에서 날아올라 개미 언덕에 내려앉은 작은 새는 땅을 벗어났다고 생각하겠지만 사실은 그렇지 않다.

와크텔 소설이 우리를 구원할 수 있다고 사람들을 어떻게 설득합니까?

아체베 힘든 일은 아니라고 생각합니다. 좋은 이야기는 우리를 저절로 끌어들이고, 또 좋은 이야기는 도덕적인 이야기이기도 합니다. 비도덕적이면서 정말 좋은 이야기는 한 번도 본 적이 없어요. 우리 내면에 존재하는 무언가가 우리를 좋은 이야기로 인도한다고 생각합니다. 좋은 이야기를 만들어 내는 사람이 있다면 운이 좋은 것이지요. 제가 대단한 일을 한다고 주장하지는 못하겠습니다. 그냥 그렇지 않을까 생각하는 것뿐입니다. 사실은 알 수 없으니까요.

우리가 하는 일에는 목적이 있어야 한다고 생각합니다. 희망이 아예 없다면 그냥 잠이나 자고 술이나 마시면서 죽음을 기다리면 됩니다. 하지만 그러고 싶지 않잖아요. 왜일까요? 싸워야 한다고 말하는 무언가가 있기 때문입니다. 우리는 싸워야 하는 이유를 잘 모르면서도 싸웁니다. 가만히 앉아서 재난을 기다리는 것보다는 낫다고 생각하니까요. 그것이 제가 이해하는 삶의 의미입니다. 저라면 정말 그렇게 말하겠습니다. 우리는 싸운다고, 그리고 우리가 싸우기 때문에 그 싸움이 이야기로 전해지고, 또 다음 세대로 전해져야 한다고요. 싸움과 이야기, 저에게는 그 두 가지면 충분합니다.

와크텔 『사바나의 개미 언덕』에 나오는 표범과 거북이 이야기와 비슷하군요. 책에서는 두 번 반복됩니다. 처음에는 마을에서, 그런 다음에는 대학생들에게 들려주죠. 방금 말씀하신 것, 싸움 자체의 의미에 대한 이야기입니다. 싸웠다는 사실이 중요하다고, 그러면 자녀들도 부모가 싸웠다는 사실을 알게 될 거라고 말입니다. 표범과 거북이 이야기를 해주시겠습니까?

아체베 아주 짧은 이야기입니다. 표범이 거북이를 잡으러 다녔지만 아주 오랫동안 발견하지 못합니다. 그러던 어느 날 아무도 없는 길에서 거북이를 만난 표범이 이렇게 말합니다. "아하! 드디어 잡았군. 이제 죽을 준비를 해라." 거북이는 다 끝났다는 사실을 깨닫고 말합니다. "좋아, 하지만 부탁 하나만 해도 돼?" 그러자 표범이 말하죠. "음, 안 될 게 뭐야?" 거북이가 말했습니다. "나를 죽이기 전에 몇 가지 생각할 시간을 좀 주겠어?" 표범은 생각을 해 본 다음——별로 똑똑하지는 않죠——말했습니다. "음, 나쁠 건 없겠군. 시간을 좀 줄게." 그러자 거북이는 가만히 서서 생각을 하는 대신 아주 이상한 행동을 시작합니다. 땅을 긁어 사방으로 모래를 퍼뜨리는 거죠. 이상하게 여긴 표범이 말했습니다. "뭐 하는 거야? 왜 그래?" 거북이는 이렇게 말합니다. "이렇게 하면 내가 죽고 나서 이곳을 지나가는 사람들이 걸음을 멈추고 '여기서 누구 둘이 싸웠군. 적수를 만났나 봐'라고 말할 테니까."

와크텔 지난 20여 년 동안 미국을 오가며 생활했습니다. 스스로 망명자라고 생각합니까?

아체베 아니, 그렇지 않습니다. 저는 그런 사치를 누릴 여유가 없습니다. 사실 전 항상 돌아갈 계획을 세우고 있습니다. 지금은 사고 이후 3년째 미국에 머물고 있는데, 아직 치료할 것이 많지만 고국으로 돌아갈 일정을 잡고 있습니다. 저에게는 고향으로 돌아가는 것이 무척 중요합니다. 고국의 사람들도 제가 돌아오길 바라고 있고요.

와크텔 얼마 전에 쿠데타가 일어났는데도요?

아체베 쿠데타 때문에 그럴지도 모르지요. 상황이 너무 나쁘니까요.

와크텔 상황이 나쁘기 때문에 더욱 고향으로 돌아가야 한다는 생각이 듭니까?

아체베 네. 사실 사람들이 저에게 전화나 편지로 언제 돌아오는지 묻습니다. 저는 나이지리아에서 일어나는 일에 무척 깊이 연관되어 있고, 앞으로도 계속 그러길 바랍니다.

와크텔 나이지리아에 대해서 더 많이 쓰려면 그곳으로 돌아가야 할까요?

아체베 그렇다고 생각합니다. 그게 제일 급한 문제는 아니지만요. 저는 쓰고 싶은 소설을 쓸 만큼 나이지리아에 대해서 충분히 알고 있습니다. 이번 주에 어떤 정치적 사건이 있었는지는 모를 수도 있지만 저에게 그런 것이 필요하지는 않습니다. 그런 주제적인 지식이 필요했던 적은 한 번도 없습니다. 당분간 작업을 계속 하기 위해서 필요한 정보와 지식은 충분히 남아 있습니다. 저에게 필요한 것은 그곳에 있음으로써 영적으로 연결되어 있다는 느낌을 받는 것이지요.

와크텔 문학의 가능성에 대해서 희망적으로 생각하는 것은 알겠습니다. 나이지리아에 대해서도 역시 희망적입니까?

아체베 어려운 질문이군요. 저는 늘 다시 태어난다고 해도 나이지리아인이 되고 싶다고 여러 번 말했습니다. 하지만 이상한 일이 점점 많아질수록 내가 너무 긍정적으로 말한 게 아닐까 생각하게 됩니다. 저는 아직도 우리가 해낼 수 있을지도 모른다고 생각합니다. 너무나 많은 시간과 돈, 사람을 낭비했지만, 그래도 희망을 버리지 않았습니다. 믿음보다는 희망이지요. 우리가 해내지 못하더라도 다른 타협을 하겠지요. 국가란 하나로 정의되고 불리는 영토 또는 지역일 뿐입니다. 그곳 사람들이 같은 정의定意 안에서 함께 살기를 진심으로 원하지 않으면 다른 방법을 찾을 수도 있습니다. 저는 나이지리아가 하나의 국가가 될 수 있을지 적어도 한 번 더 기회를 줘야 한다고 생각합니다.

1994년 1월

래리 스캔런과 인터뷰 공동 준비

"몸이 마비되어서 육체적 기능이
갑자기 제한된 사람이라면 누구나 그렇듯이,
일상생활에서 인내와 관용이 훨씬 더 커진 느낌이 듭니다.
저는 성취 지향적인 유형이었던 적이 없지만
훨씬 더 차분해졌고, 그래서 글쓰기에도 좋은 영향을 미쳤습니다.
병은 저를 더 나은 목격자로,
제가 보는 현실을 옮겨 쓰는 더 나은 필사자로 만들어 주었습니다."

레
이
놀
즈

프
라
이
스

레이놀즈 프라이스
Reynolds Price

레이놀즈 프라이스는 남부 작가 ── 윌리엄 포크너, 플래너리 오코너, 카슨 매컬러스, 유도라 웰티 ── 전통 속에서 등장했다. 사실 아직 학생이었던 프라이스에게 첫 단편을 출판하라고 격려한 사람은 바로 유도라 웰티였다. 프라이스는 조세핀 험프리스와 앤 타일러 등 남부 작가들을 가르치기도 했다.

레이놀즈 프라이스는 1933년에 노스캐롤라이나의 메이컨에서 태어났다. 그는 여행을 많이 다녔고 로즈 장학금을 받으며 옥스퍼드에서 공부했지만 거의 평생 고향과 멀지 않은 곳에서 살았다. 프라이스는 노스캐롤라이나 더램의 듀크 대학에서 학부 과정을 마쳤고, 듀크 대학에서 학생들을 가르친 지 30년이 넘었다. 현재 그는 듀크 대학 영문학과의 석좌 교수다.

프라이스의 가장 유명한 작품은 각각 상을 수상한 장편 소설 두 편이다. 1962년에 출판된 첫 번째 장편 소설 『오래오래 행복하게』는 포크너 상을 받았고 한 번도 절판된 적이 없다. 『케이트 바이덴』은 미국 비평가협회상을 받았다. 두 소설 모두 남부 시골을 무대로 불안에 시달리고 무언가를 갈망하는 강한 성격의 여성이 등장한다. 사실 프라이스는 자기 작품이 "풍성하고… 강력한 여성 인물을 제시한다"는 점이 마음에 든다고 말한다.

현대 소설을 생각할 때 '인자함'이 제일 먼저 떠오르는 것은 아니지만, 인자함이라고 하면 레이놀즈 프라이스가 생각난다. 그의 소설에서는 낯선 사람들이 관대함을 보여 주고, 놀라울 정도로 심오하고 친밀한 관계를 맺고 유지한다. 10년 전 척추암 진단을 받았던 경험을 회상하는 레이놀즈 프라이스의 회고록『아주 새로운 삶』(1994)을 읽었을 때에도 '인자함'이 가장 먼저 떠올랐다. 의사는 프라이스의 남동생에게 레이놀즈 프라이스가 "6개월 후에 하반신이 마비되고, 또 6개월 후에는 사지가 마비되고, 그로부터 6개월 후에는 죽을 것"이라고 말했다. 프라이스는 고통과 두려움을 솔직하고 용감하게 설명하고, 궁극적으로는 상태가 안정되면서 희망을 이야기한다. 그는 자서전에 "병과 치유"라는 부제를 붙였고, 이제 자신을 "앉아 있는 자라는 새로운 존재"라고 말한다.

레이놀즈 프라이스는 장편 소설뿐 아니라 단편 소설, 시, 희곡, 에세이도 쓰고 학생들도 가르친다. 프라이스는 30여 권의 책을 펴냈고, 〈대원 *The Great Circle*〉 삼부작 ── 『지구의 표면』(1975),『광원』(1981),『휴식의 약속』(1995) ── 은 한 가족의 90

년을 그린다.

우리는 뉴욕 CBC 스튜디오에서 이야기를 나누었다. 레이놀즈 프라이스는 약속한 시간보다 일찍 도착했고, 나는 인터뷰 준비를 하는 동안 프라이스가 여러 사람들과 담소를 나누며 그들을 매료시키는 모습을 볼 수 있었다.

* * *

와크텔 최초의 기억에 대해서 쓰신 적이 있는데, 보기 드물게 이른 나이였습니다. 아직 아기일 때, 겨우 몇 개월 때의 한 장면인데요. 설명해 주시겠습니까?

프라이스 생후 6개월 정도 되었을 땐데, 저는 햇빛을 받으며 누워 있었습니다. 아마 노스캐롤라이나의 여름이었던 것 같은데, 저는 기저귀만 차고 일광욕을 하고 있었어요. 1930년대에는 일광욕이 아이들에게 좋다고 생각했지요. 우리는 시골에 살았고 집주인 가족이 염소를 키웠는데, 풀을 뜯던 염소가 갑자기 다가오더니 기저귀 한 귀퉁이를 먹기 시작했어요. 염소의 종소리가 들리고 태양과 풀 냄새가 느껴졌습니다, 그런 기억이에요. 겁이 났던 기억은 없어요, 확실히 겁을 먹진 않았습니다. 염소가 다가오는 것을 보고 어머니가 달려 나와서 구해 주셨죠.

와크텔 이 경험이 특히 기억에 남는 이유는 무엇일까요?

프라이스 왜 그 기억이 남아 있는지 정말 모르겠습니다. 당시 부모님은 여기저기 돌아다니면서 작은 방을 빌려서 살았습니다. 대공황 시절이라 미국인들 대부분 그랬듯 아버지가 직장을 구하기 힘들었기 때문이었죠.

와크텔 『케이트 바이덴』의 케이트는 담요 위에 누워 있었던 기억을 가지고 있는데, 당신의 첫 기억에서 나온 건가요?

프라이스 네, 그렇습니다. 저는 듀크 대학 영문과에서 신입생을 가르칠 때 첫 번째 작문 숙제로 항상 최초의 기억을 최대한 정확하고 진실하게 묘사하라는 과제를 내 주었습니다. 내용이 열 단어밖에 안 된다 해도 말입니다. 대부분 서너 살 때의 기억이었는데, 저보다 더 어렸을 때의 기억을 가진 학생이 딱 한 명 있었어요. 앤 타일러라는 열여섯 살짜리 학생이었는데, 아주 유명한 소설가가 되었지요. 아마 삼사 개월 정도 되었을 때 요람에 누워 있었던 기억이었을 겁니다.

와크텔 당신은 기억에 대한 글, 기억과 꿈에 대한 글을 많이 쓰는데요, 기억과 꿈을 선물이라고, 크나큰 자원이라고 할 수 있을까요?

프라이스 종종 그렇다는 느낌이 듭니다. 저는 말이 안 되는 꿈을, 너덜너덜하고 뒤죽박죽이고 삼류 초현실주의 같은 꿈을 다른 사람들만큼 많이 꿉니다. 특히 지난 15년 정도 꿈을 많이 꾸었는데, 적어도 제게는 무의식이 하는 이야기처럼 느껴졌고, 또 충고나 경고를 듣기도 했습니다. 창세기의 요셉만큼은 아니겠지만, 저는 몇몇 꿈을 아주 진지하게 받아들입니다.

와크텔 생애 초기로, 생후 6개월을 약간 넘긴 시점으로 돌아가 보죠. 노스캐롤라이나 시골에서 보낸 어린 시절은 당신 글의 아주 풍부한 토양이 되었습니다. 어떤 곳에서 자랐는지 설명해 주시겠습니까?

프라이스 저는 1933년에, 남북전쟁이라는 재난이 끝난 지 70년 도 채 되지 않았을 때 태어났습니다. 다들 잘 기억하지 못하지만, 남북전쟁에서 미국 시민 60만 명이 죽었고 남부 중에서도 제가 자란 북남부가 전쟁 말기에 가장 큰 고난을 겪었지요. 제가 태어났을 때에도 남부는 상대적으로 가난했습니다. 제가 태어난 노스캐롤라이나의 시골 지역은 목화와 담배 농업을 주로 했습니다. 인구의 70퍼센트 정도가 아프리카계 미국인이었고, 대부분이 농장 일이나 집안일을 했지요. 남북전쟁 이전의 남부와 이후 남부의 기록을 보면 정말 많은 면에서 좋으면서도 끔찍했습니다. 1930년대 초반에 제가 살던 남부는 옛 시절의 남부와 거의 비슷했습니다. 제가 어렸을 때 흑인은 엄밀히 말해서 자유로운 미국 시민이었지만 많은 면에서 노예로 취급받고 있었습니다.

와크텔 당신은 "열렬한 관찰자이자 목격자"로 태어났다고, 세상을 열심히 관찰하시던 부모님에게서 그런 성향을 물려받았다고 말했습니다.

프라이스 네. 부모님은 서로 방식이 무척 달랐지만 세상을 끊임없이 관찰하는 목격자, 세상을 훔쳐보는 첩자였습니다. 아버지는 불안했기 때문에 더 조심스러웠습니다. 늘 세상이 자신에게 뭔가 끔찍한 짓을 저지르려 한다고 생각했지요. 어머니는 어렸을 때 부모님을 잃고 평생 고아라고 생각하면서 살았지만 훨씬 더 낙천적이었습니다. 어머니는 이 세상 자체가 멋진 희극이나 비극 같은 볼거리라는 재미있는 감각을 가지고 있었지요. 어머니가 가장 흥미를 느끼며 열심히 지켜본 것은 『허영의 시장』 같은 부분, 즉 바보와 시골뜨기의 세상이었습니다. 어머니는 무척 친절한 사람이었지만 인간의 수많은 행동에서 본질적으로 희극적인 부분을 감지했던 것 같아요.

와크텔 부모님에 대한 글에서 약 8년 동안 외아들이었기 때문에 부모님과 당신, 세 명의 결혼생활이나 마찬가지였다고 썼습니다. 무척 강렬한 이미지인데요.

프라이스 정말 강렬한 이미지이고, 제가 어른이 된 다음 어린 시절에 억지로 끼워 넣은 결론이 아니라고 절대적으로 확신합니다. 우리 세 사람은 깨뜨릴 수 없는 삼각형이고 제가 부모님과 맺고 있는 관계가 두 분이 맺고 있는 관계와 똑같다는 생각이 네다섯 살 즈음부터 들기 시작했습니다. 저는 성적인 끝

림에 대해서 전혀 몰랐고 저와 부모님의 관계에는 두 분 관계의 성적인 면이 빠져 있다는 인식을 못했지만——정말 다행이죠——셋이 같은 구명 보트에 타고 있다는 느낌, 서로에게 무척 큰 책임이 있다는 강한 느낌을 받았습니다. 부모님도 비슷한 느낌을 가지고 있었다고 생각하는데, 제가 특별한 아이라서가 아니라 제가 아이였기 때문이었습니다. 제가 태어나면서 부모님의 삶은 크게 바뀌었습니다. 아버지는 꽤 심한 알코올중독자였는데, 제가 태어났던 서른세 살 즈음에는 문제가 조금 심각했습니다. 어머니가 저를 낳을 때 산고가 너무 심해서 저나 어머니, 혹은 둘 다 죽을 수도 있는 상황이었지요. 그때 아버지가 밖으로 나가서 신과 거래를 했습니다, 저도 살고 어머니도 살면 술을 끊겠다고 말입니다. 어머니와 저 모두 살았고, 아버지는 남은 평생 술을 입에도 대지 않았습니다.

와크텔 부모님과의 유대감이 그토록 강했으니 아주 든든했을 것 같습니다. 특히——당신 자신의 설명에 따르면——아주 외로운 아이였으니까요. 하지만 그런 유대감이 깨지면 어떻게 되지요? 어떻게 부모님과 떨어졌습니까? 언제 그 삼각형에서 벗어났습니까?

프라이스 때가 되자 가족과 떨어져 집을 나오는 것이 크게 어렵지 않았고, 부모님은 타고난 인자함이 있었던 것 같습니다. 제 부모님은 어떤 의미에서도, 심리적으로든 정신적으로든, 복잡한 사람이 아니었고——부모님은 그런 분야가 존재한다는 것 자체도 몰랐지요——인품이 아주 좋고 인간적인 성격을 타고 났기 때문에 저나 여덟 살 아래의 남동생에게 절대 기대지 않았습니다. 자식을 사실상 부모의 몸 외부의 또 다른 장기로 생각하는 사람들이 많지만 저희 부모님은 그런 식으로 우리에게 의존하지 않았습니다. 그래서 저는 부모님의 결혼 생활에 제가 밀접하게 관련되어 있다고 느꼈지만 집을 떠나 대학에 갈 때에도 별 문제는 없었습니다. 향수병에 걸리거나 늦은 밤 익숙한 목소리를 들으려고 절박한 마음으로 집에 전화를 걸거나 한 기억이 없어요. 부모님은 제가 다니던 대학에서 겨우 40킬로 떨어진 곳에 살았지만, 몇 주 또는 몇 달 동안 부모님을 보지 못할 때도 많았고, 그 때문에 힘들었던 적은 별로 없습니다.

와크텔 부모님 역시 열정적인 이야기꾼이었다고 들었습니다. 그것이 세상을 보는 당신의 관점에 어떤 영향을 끼쳤습니까?

프라이스 우선, 무척 즐거웠지만 저를 좀 망치기도 했습니다. 모든 사람이 우리 부모님처럼 재미있고 이야기를 잘할 거라고 기대했으니까요. 알고 보니 절대 그렇지 않더군요, 세상에는 지루한 사람이 정말 많아요. 구체적으로 말할 수는 없지만, 부모님의 영향이 컸던 것은 틀림없습니다. 인간의 삶은 내러티브, 즉 이야기이고 우리 각자가 하나하나의 행동으로 그 이야기를 만들어 간다고, 그 이야기를 통제하는 것은 그 삶의 주인이기도 하지만 다른 것 —신, 운명, 물질적 운명, 유전적 운명, 뭐라 부르든 마찬가지입니다— 역시 이야기를 통제한다고 생각하게 되었죠. 저는 제 삶뿐만 아니라 이 행성의 삶이, 우주의 삶이 곧 이야기라고 믿으며 자랐습니다. 창조주라고 부를 수밖에 없는 존재가 들려주는 이야기 말입니다. 세상이 창조되었다는 생각은 제가 세상을 보는 관점의 기본입니다.

와크텔 어마어마한 이야기꾼이 들려주는 어마어마한 이야기이군요.

프라이스 네, 어마어마한 이야기꾼이 들려주는 어마어마한 이야기죠. 창조주가 아마 자신에게 들려주는 이야기겠지요.

와크텔 스스로를 이야기꾼이라고, 또 주변 사람들이 당신에게 이야기를 들려주고 있다고 생각했군요. 그런 생각이 더욱 중요한 무언가를 나타낸다고 말할 수도 있을까요?

프라이스 저는 가족이나 친구들을 보면서 이야기를 잘하는 사람이 인기도 많고 사랑을 많이 받는다는 사실을 인식하고 있었습니다. 아이들이 대부분 그렇듯이 저는 사랑받고 인정받는 게 좋았습니다. 아버지가 기분 좋을 때 사람들을 모아 이야기를 들려주고, 사람들 사이에서 웃음이 터져 나오면서 따뜻한 분위기가 되는 것을 보면서 그 좋은 기술을 아버지에게서 배울 수 있겠다고 깨달았습니다. 그래서 배웠다고 생각합니다.

와크텔 이야기하는 것을 조금 더 발전시켜 작가가 되기로 한 것은 언제입니까?

프라이스 저는 노스캐롤라이나 공립학교 8학년이었던 열세 살 때 평생 글을 쓰는 것을 심각하게 생각하기 시작했습니다. 그런 다음 고등학생이 되어서, 그러니까 열일곱 살쯤에 확고하게 결정했지요. 당시 정말 멋진 영어 선생님이 있었는데, 제가 그때까지 쓴 얼마 안 되는 글을 읽고 격려해 주었고 평생 글을 쓸 수도 있다는 생각을 심어 주었습니다.

와크텔 『케이트 바이덴』은 일인칭 시점의 소설인데, "내 어머니의 감정적인 자서전"이라고 말했습니다. 무슨 뜻인가요?

프라이스 아까 말씀드린 것처럼 저희 어머니는 아주 어렸을 때 부모님을 잃었는데요 — 다섯 살 때 어머니를, 열두 살 때 아버지를 잃었습니다 — 정말 다행히도 열여덟 살 많은 어머니의 언니, 즉 제 이모가 어머니를 키웠습니다. 이모는 당시 결혼을 해서 아이도 있었지요. 외할머니와 외할아버지가 돌아가신 후 어머니가 살던 집으로 이모가 돌아와서 어머니와 그 위의 이모를 키웠어요. 어머니는 사실 자기 연민이 거의 없었지만 제 생각에는 아주 어렸을 때부터 스스로 고아라고, 의도적인 것은 아니지만 버려졌다고, 너무 이른 나이에 부모님께 버려진 사람이라고 생각했던 것 같습니다. 저는 어렸을 때 늘 그 사실에 매료되었습니다. 아이들은 부모님이 사라질 수 있다는 생각과 일종의 애증 관계를 맺고 있으니까요. 가끔 제가 학교에서 돌아오면 어머니는 우울한 표정으로 소파에 누워 있었는데, 저는 "무슨 일이에요?"라고 물었지만 사실은 뭐가 잘못되었는지 어느 정도 알고 있었지요. 어머니는 우리 어머니가 돌아가신 날이야, 또는 우리 아버지가 돌아가신 날이야, 라고 말했죠. 어머니가 우울한 이유는 약간 빅토리아 시대적인 상실감, 아주 진실하고 심오한 상실감이었습니다. 1980년대 초에 갑자기 어떤 목소리, 여자의 목소리가, 제 어머니와 무척 닮은 목소리가 떠올랐고, 저는 그 목소리가 자기 이야기를 하도록 내버려 두고 싶었습니다. 그래서 글의 종착지가 어디일지, 플롯이 어떻게 될지 전혀 모른 채 이야기에 빠져들었고, 제가 케이트 바이덴이라고 이름 붙인 이 여성이 어떤 사람인지 추론하면서 그녀가 이야기를 하게 놔두었습니다. 그녀가 만들어 낸 이야기, 책의 몸통이 된 이야기는 제 어머니의 일생과 전혀 비슷하지 않았지만, 저는 케이트의 마음과 케이트의 정신, 그녀의 감정, 그녀의 능력, 약간 감정적이고 활발한 성격이 어머니에게서 왔다고 생각합니다.

와크텔 어머니가 고아라는 이야기를 듣자 당신의 소설에 상실과 버려짐이, 혹은 잃어버리거나 버려질지도 모른다는 두려움이 많다는 생각이 들었습니다. 홀로 내버려져서 어둠 속에 남겨질까봐 두려워하는 아이라는 이미지가 떠올랐지요. 어떤 점에서 부재의 두려움에 매료됩니까?

프라이스 우선, 저는 그것이 인간의 보편적인 감정이라고 생각합니다. 어렸을 때 우리 모두가 느끼는 가장 암울한 두려움은 부모님이 어떤 식으로든 사라질지도 모른다는 생각입니다. 절대적으로 가장 암울한 두려움은 부모님이 우리를 별로 사랑하지 않아서 일부러 버릴지도 모른다는 생각이지요. 제 경우에는 어머니의 두려움을 가까이에서 지켜보면서 그런 두려움이 형성된 면도 있습니다. 제 나이 스물한 살 때 폐암에 걸린 아버지를 돌보면서 더욱 깊은 영향을 받게 되었을지도 모르지요. 정말 빠른 죽음이었습니다. 아버지는 폐암이라는 사실을 알고 2주 만에 돌아가셨습니다. 하지만 그 2주일 동안 저는 작은 병실에 갇혀 지내면서 아버지와 정말 돈독한 관계를 맺었습니다. 아버지는 어머니를 무척 사랑하셨지만 누구보다도 제가 곁에 있기를 바라시는 것 같았습니다. 그 경험으로 저는——서유럽이나 아메리카 대륙의 많은 사람들보다 훨씬 이른 시기에——인간의 삶이 얼마나 덧없는지 깨달았습니다. 운을 절대 예측할 수 없다는 것을, 우리가 지금 소중히 여기거나 즐기는 것을 언제까지 계속 누릴 수 있을지 예측할 수 없다는 것을 깨달았지요.

와크텔 당신이 비교적 젊은 나이에 부모님을 잃은 것이 중요한 영향을 끼쳤다고 말한 적이 있습니다. 아버지는 당신이 스물한 살 때, 어머니는 당신이 서른두 살 때 돌아가셨지요. 그 일이 부모님에 대해서 쓸 때 어떤 관점을, 혹은 어떤 자유를 주었나요?

프라이스 네, 그랬습니다. 물론 부모님이 젊은 나이에 돌아가셔서, 또는 제가 비교적 어릴 때 돌아가셔서 잘됐다는 뜻은 아니지만, 부모님이 일찍 돌아가시면서 ──저는 또 두 분이 평생 담배를 엄청나게 피웠기 때문에 돌아가셨다고 생각하는데요──제 앞길을 열어 주었다고 생각합니다. 부모님이 서서히 나이 들면서 약해지고, 또 종종 정신이 무너지는 슬픈 모습을 지켜보는 우울하고 힘든 경험을 하는 사람이 많은데, 저는 그런 경험이 없는 사람이 되었지요. 부모님은 사실상 인생의 황금기에 돌아가셨고, 제 기억 속의 두 분은 강하고 서로 사랑하는 사람들, 제가 크나큰 감사의 빛을 진 사람들입니다.

와크텔 당신은 소설에서 아이와 부모의 관계, 그리고 기억의 역할을 탐구합니다. 최근 「그의 마지막 어머니」라는 단편을 발표했는데, 거기서 남자 아이는 환영을, 얼마 전에 돌아가신 어머니의 유령을 봅니다. 하지만 아이가 태어나기 전의 어머니이기 때문에 아이는 자기 경험에서 어머니의 기억을 찾아야 합니다.

프라이스 어떻게 그런 상상을 하게 되었는지 잘 모르겠어요. 아주 어렸을 때, 학교에 입학했던 여섯 살도 되기 전부터 작은 상자 속에 든 사진들에 무척 매료되긴 했습니다. 아직 십대였던 부모님이 처음 만나서 서로 찍어 준 사진과 다른 가족들의 사진이었지요. 제가 아는 것보다 젊어 보이는 부모님이 정말 좋았습니다. 자기가 태어나기 전의 젊은 엄마를 갑자기 인식하게 된다는 이야기가 거기서 나왔을지도 모르죠. 저는 제가 태어나기 전 부모님의 모습이 어땠을지, 어떤 사람이었을지 항상 생각했습니다.

와크텔 당신의 소설에는 항상 죽은 자들이 등장한다는 생각이 들었습니다. 「골든 차일드」라는 단편에서는 화자가 태어나기도 전에 죽은 소녀가 무척 중요한 존재가 됩니다.

프라이스 그녀는 제 사촌, 그러니까 외삼촌의 딸이었는데요, 우리 가족은 늘 꼬마 프랜시스라고 불렀습니다. 절대 그냥 프랜시스라고 부르지 않았죠. 꼬마라는 말이 어울리는 나이까지밖에 살지 못했습니다. 꼬마 프랜시스는 1930년대 초에 골수염에 감염되었는데, 당시에는 골수염을 치료할 항생제가 없었고, 결국 뇌수막염으로 발전해서 끔찍하게 죽었습니다. 부모님은 어린 제가 있는 자리에서 그것이 얼마나 끔찍한 죽음이었는지 이야기했습니다. 서구에서 어린 자녀들과 나이 많은 친척이 격리된 것은 고작 3, 40년밖에 되지 않았습니다. 저는 다양한 나이의 친척들을 접하며 자랐지요. 제가 듀크 대학에서 가르친 학생들은 부모님보다 나이 많은 사람을 별로 겪어 보지 못했지만, 저는 어렸을 때 1840년대에 태어난 사람들도 알았습니다.

와크텔 하지만 그 이야기에서 당신은 알지도 **못했던** 사람에게 사로잡혔는데요.

프라이스 꼬마 프랜시스는 좀처럼 잊을 수 없는 인물이었습니다. 모든 아이들은 인간이 영원히 살 수 없다는 사실을 언젠가 배우는데, 저는 꼬마 프랜시스가 마지막에 겪은 끔찍한 고통과 죽음에 대해서 부모님이 하시는 이야기를 들으며 그 사실을 배웠던 것 같습니다. 저는 삶이라는 것이 무척 허약한 것이며 바로 다음 순간에도 계속된다는 보장이 없기 때문에 최선을 다해서 삶을 사랑해야 한다는 사실을 배웠습니다. 제가 처음 참석했던 가족의 장례식이 기억나지는 않지만, 아마 1861년에 태어나셨던 저희 할머니의 장례식이었을 겁니다. 할머니는 제가 네 살 때쯤 돌아가셨지요. 할머니의 장례식에 대해서 아주 희미한 기억이 있어요. 아마 제가 처음으로 겪은 죽음이었을 텐데, 누가 나를 안아올려 관 속에 누워 있는 할머니를 보여 주었던 기억이 납니다. 무섭지는 않았고 그저 뭔가를 하나 더 배우는 느낌이었어요.

와크텔 이제 유령 이야기를 할 때인 것 같군요. 당신의 소설에는 딴 세상 같은 요소가, 다른 차원이 있습니다.

프라이스 저는 유령이라고 부를 만한 것을 본 적이 없습니다. 어머니는 1965년 5월 어느 날 오후에 갑작스러운 뇌출혈로 자신이 죽을 줄 몰랐지만, 그날 아침에 이웃 사람에게 이런 이야기를 했다고 합니다. 전날 밤에 혼자서 ——아버지는 그보다 11년 먼저 돌아가셨습니다 —— 소파에 누워 「자니 카슨 쇼」를, 텔레비전 쇼를 보다가 잠들었다가 몇 시간 뒤에 일어나 앉았는데, 갑자기 아버지가 소파 바로 옆 안락의자에 앉아 있더랍니다. 어머니는 잠이 깨서 자리에서 일어나 거실과 식당에 갔다가 아래층 욕실에 갔는데, 그때 아버지가 의자에 계속 앉아 있었다는 사실을 불현듯 깨달았다고 합니다. 그래서 아주 침착하게 왔던 길을 되돌아갔지만 소파에 가 보니 아버지는 사라지고 없었대요. 어머니는 다음 날 오후 다섯 시쯤 전화 통화를 하다가 뇌의 큰 혈관이 터졌습니다. 바로 혼수상태에 빠졌고, 한밤중에 돌아가셨지요. 몇 년 후에 알게 되었는데, 어머니가 겪은 이야기가 유령을 만나는 가장 흔한 유형이라고 합니다. 사랑했던 사람이 돌아와서 사랑하는 사람을 죽음으로 이끄는 거지요. 저는 어머니의 이웃에게 그 이야기를 듣고 깜짝 놀랐고, 그 직후에 쓴 소설 『사랑과 일』의 결말을 그렇게 맺었습니다.

하지만 인간이 그런 형태로 돌아온다고 믿는지 묻는다면, 믿지 않는 것은 아니라고만 말해야겠군요. 돌아오지 않는다는 명제를 증명할 수 없다고 생각합니다. 저는 지금까지 그곳에 있을 리 없는 사람을, 죽었거나 아주 멀리 떨어져 있는 사람을 정말로 눈앞에서 만난 적이 있다고 절대적으로 확신하는 사람을 두세 명 정도 만났는데, 모두 제 정신이었죠. 그러므로 저는 그것이 인간의 수수께끼 중 하나라고, 저는 아주 진지하게 생각한다고 말하겠습니다. 그 복잡한 원리를 설명할 수 있다고 생각하지는 않지만요.

와크텔 당신은 미지의 존재와 아주 밀접한 관계를 맺었다고, 그리고 환영이 당신에게 강한 영향을 미쳤다고 말했습니다.

프라이스 네, 그렇습니다. 저는 환영이라고 부를 만한 것을 딱 한 번 경험했고, 암 투병 경험에 대한 최근 책에 썼습니다. 하지만 아주 어린 시절, 그러니까 다섯 살 즈음부터 느꼈던 강렬한 경험이 기억납니다. 대부분 혼자 있을 때였는데, 점차 그것이 미지의 존재에 대한 통찰이라는 느낌이 들었습니다. 엄청나게 아름답고 엄청나게 끔찍한 이 우주를 만들어서 우리를 그 안에 넣은 창조주에 대한 통찰 말입니다. 최초의 경험은 다섯 살 때쯤이었습니다. 저는 바깥에서 소나무에 칼을 꽂은 다음 영화에서 인디언들이 하는 것처럼 칼날을 물었습니다. 그런데 갑자기 창조된 세상 자체가, 자연 전체가, 그리고 그 안에 존재하는 제가 서로 완전하게 연결된 하나의 거대한 유기체라는 느낌이 들었습니다. 여러 해 뒤에 알게 되었지만, 워즈워스도 어렸을 때 비슷한 환영을 보았다고 하더군요. 워즈워스는 비현실적인 느낌이, 세상이 비물질적이라는 느낌이 너무 강렬하게 들어서 등굣길에 마구 달려가 나무가 실체가 없는 환영이 아니라는 것을 확인하려고 나무줄기를 끌어안곤 했습니다.

와크텔 현실에 굳건하게 뿌리를 내리고 있는 당신 소설에도 비범한 것과 관련된 요소가 있습니다. 낯선 사람들이 강력하고 예상치 못한 관계를 맺는 것 말입니다.

프라이스 저는 사실 방랑자였던 적이 없습니다. 영국 옥스퍼드에 살면서 대학원을 다녔던 4년을 제외하면 노스캐롤라이나를 길게 벗어난 적이 없지요. 그렇지만 저는 적대적인 세상 — 아니, 온순한 세상도 마찬가지죠 — 에서 홀로 두려움에 떠는 순례자에게 매력을 느낍니다. 제 작품에 그런 주제가 무척 자주 등장하는 것 같군요. 하지만 너무 열심히 생각하면 그런 면이 사라질까봐 깊이 생각하지는 않습니다.

와크텔 당신 소설에서는 낯선 사람들이 친구나 연인보다 훨씬 더 쉽게 관계를 맺는 것 같다고 주장할 수도 있을 겁니다.

프라이스 저는 그런 경우가 실제로 낳다고 생각합니다. 버스나 기차, 비행기에서 모르는 사람과 20센티미터 정도 간격을 두고 앉아 있을 때 우리가 던진 별것 아닌 질문에 어마어마한 고백이 뒤따르는 경험이 누구나 있다고 생각합니다. 결혼 생활이 정말 불행하다거나, 딸이 얼마 전에 백혈병으로 죽었다거나, 아내나 남편이 있는데 처음으로 바람을 피웠다는 이야기를 털어놓죠. 우리의 일상은 무척 지루합니다. 특히 저는 이제 휠체어 신세를 지고 있기 때문에 자주 지루해져요. 하지만 예를 들면 미국 남서부 사막을 나는 비행기 안이나 뭐 그런 익명의 환경에서 전혀 모르는 사람이 저에게 어떤 이야기를 털어놓으면 거기에서 정말 매혹적이고 가끔은 써먹을 만한 것을 발견합니다.

와크텔 당신은 종종 남부 작가로 불립니다. 환원적 의미에서 그러한 꼬리표를 거부한다는 것을 저도 알고 있지만, 당신의 글에 남부라는 장소가 강렬하게 등장하는 것은 사실이지요. 당신은 노스캐롤라이나의 고향이 "내가 완벽한 목소리를 갖는 곳"이라 표현하기도 했습니다.

프라이스 그게 사실이라고 생각합니다. 저는 평생 특정한 장소에 뿌리를 내리고 살았다는 사실이 참 기쁩니다. 오늘날 수많은 미국 젊은이들이 그렇듯이 뿌리 없는 삶을 살면 어떤 인간이 되는지 저는 잘 모르겠어요. 무척 걱정스러운 일이라고 생각합니다. 앞서 말한 것처럼 자기 부모보다 나이 많은 사람을 알지 못한다는 점만 생각해도 그런 삶이 어느 정도 파급력을 갖는다고 생각합니다. 저는 안정적인 어린 시절이라는 크나큰 선물을 받았지요. 우리 가족은 작은 반경 내에서 자주 이사를 다녔습니다. 부모님의 고향에서 160킬로미터 이상 떨어져 본 적이 없었고, 따라서 친척들과 늘 가까이 지냈지요. 저는 대학원을 졸업하고 돌아와 1958년에 듀크 대학에서 학생들을 가르치기 시작하면서 노스캐롤라이나 더램 외곽의 호숫가에 작은 집을 빌렸습니다. 저는 그 집에서 6년을 살았고, 어떤 사람들이 호수 맞은편에 집을 짓자 1965년에 그 집을 샀습니다. 현재 저는 거의 30년째 같은 지붕 아래에서 살고 있습니다. 제 생각에는 이상적인 생활 방식 같아요. 어쨌든 작가로서는 그렇죠.

와크텔 아까 남북전쟁이 별로 오래된 일이 아니라고 하셨는데,

남북전쟁을 기억하는 사람은 항상 남부 작가라는 생각이 들었습니다.

프라이스 남부 작가가 항상 남북전쟁을 기억하는 것은, 우리가 전쟁에서 패배했기 때문입니다. 저는 승자가 항상 패자보다 빨리 잊는다고 생각합니다. 패자가 훨씬 더 많은 고통을 겪기 때문이지요. 현재 남부는 다른 지역에서 자란 사람들에게 침입당하고 있습니다. 제가 어렸을 때 양키라는 말에는 남부에서 태어나고 자라지 않은 사람이라는 뜻밖에 없었습니다. 양키는 반드시 적대적인 사람이라기보다 우리와 달라서 재미있는 사람, 말투가 웃긴 사람이었지요. 남부 시골과 소도시에서는 아직도 많은 사람들이 그 단어를 그런 뜻으로 씁니다. 저는 규모가 꽤 큰 대도시 지역에 살고 있는데, 세계에서 박사학위를 가진 사람이 많은 곳 중 하나로 꼽힙니다. 그러니 제가 사는 세계가 제가 자란 세계만큼 남부적이지는 않지요. 하지만 시골로 내려가서 바로 옆집에 가 보면 이웃 남자나 그의 아내가 제가 어린 시절에 봤던 제일 나이 많은 사람들처럼 생각하고 말하는 것을 볼 수 있습니다. 옛 남부 전통을 만나는 방법이 하나 있는데, 주간州間 고속도로에서 중간에 내려서 진짜 토박이와 이야기를 해보는 거예요.

와크텔 남부 소설의 특징을 묻는다면 뭐라고 대답하겠습니까?

프라이스 미국 문학에서 가장 뛰어나다고 대답하겠습니다. 이전 세대를, 윌리엄 포크너와 캐서린 앤 포터, 로버트 펜 워런, 유도라 웰티, 테네시 윌리엄스, 카슨 매컬러스 세대를 보면, 20년 전만 해도 남부 문학 전통이 점점 사라지고 있는 것처럼 보였을 겁니다. 하지만 우리는 지난 15년에서 20년 사이에 남부 문학의 부활을 목격했습니다. 놀랍고 멋진 일이지요. 스스로 남부인이라고 생각하는 젊고 뛰어난 소설가, 시인, 극작가들이 많이 나왔습니다.

와크텔 남부 작가들이 공동으로 관심을 갖거나 심취하는 주제가 있을까요? 아니면 다들 제각각 뛰어난 것인가요?

프라이스 남부 작가는 미국 문학에서 가족이라는 개념에 집착하는 몇 안 되는 흐름——아프리카계 미국 문학, 미국 유대인 소설, 남부 문학——중 하나입니다. 뉴욕 소설이나 LA 소설 같은 미국 대도시 문학에서는 가족이 그렇게 심오한 의미를 갖지 않는데, 그 사람들은 주간 고속도로를 달리면서, 자동차를 타고 돌아다니면서 살기 때문입니다. 그러므로 저는 우선 남부인이란 가족에 집착하는 사람이라고 말하고 싶고요, 두 번째로 남부인은 다른 사람들에게는 절대로 없는 것, 적어도 북아메리카 대륙에서는 누구도 갖고 있지 않은 경험을 가지고 있다고 말하겠습니다. 그것은 바로 어린 시절 내내 아프리카계 미국인들과 감정적으로 강렬하고 밀접한 접촉을 하는 것입니다. 어떤 미국인도 우리 남부인과 공유하지 않는 경험이자 축복이죠.

와크텔 그러한 경험이 당신의 글에 어떤 영향을 미쳤다고 생각합니까?

프라이스 저는 어린 시절에 흑인들이 제게 솔직한 모습을 드러냈다고 굳게 믿기 때문에 아프리카계 미국인에 대한 글도 씁니다. 누구도 아이에게 사랑이나 애정을 속일 수 없지요. 제가 어렸을 때 수많은 흑인 여성과 몇몇 흑인 남성이 저에게 강렬하고 진정한 사랑을 주고 돌봐 주었습니다. 저는 그 경험으로 인해서 다른 사람에게는 흔치 않은 어떤 통찰을 얻었다고 생각합니다. 물론 남부 연합에 소속되어 있던 미국 남부 주에서 흑인과 백인의 관계는 복잡하고 끔찍한 면도 있었습니다. 하지만 북아메리카 대륙에서 남부인들만이 아프리카계 미국인들과 일상적으로 밀접한 관계를 맺어왔다는 사실은 변하지 않습니다. 밀접하다는 말의 여러 가지 뜻 모두에서 말입니다. 남부의 아프리카계 미국인들은 사슬에 묶인 채 아메리카 대륙으로 끌려온 사람들의 후손, 계승자입니다.

와크텔 회고록 『아주 새로운 삶』은 10년 전 당신을 덮쳐 휠체어 신세를 지게 만든 끔찍한 병에 대한 이야기입니다. 무슨 일이 있었는지 설명해 주시겠습니까?

프라이스 정확히 10년 전이었습니다. 동료 교수들과 함께 대학 캠퍼스를 걷고 있었는데, 한 사람이 "왜 오른발로 자꾸 땅을 쿵쿵 치는 겁니까?"라고 말했지요. 전 "아닌데요"라고 대답했죠.

그러자 동료가 말했습니다. "아니, 그러고 있어요. 들어 봐요!" 저는 그제야 제가 오른발을 이상하게 내딛고 있다는 사실을 깨달았습니다. 내딛는다기보다 오른발을 버리는 것처럼 툭툭 떨어뜨리고 있었지요. 그 후 몇 주 동안 제가 직선으로 걷지 못할 뿐 아니라 여러 가지 면에서 걸음걸이가 이상해지고 있다는 사실을 서서히 깨달았습니다. 저는 사실을 부인하면서 운동이 부족한 쉰한 살이라서 그런 거라고 스스로에게 말했죠. 하지만 한 달이 지나자 심각한 문제가 있음을 인정할 수밖에 없었고, 그래서 세계적으로 뛰어난 듀크 대학 병원에 직접 찾아갔습니다. 며칠 후 척추 가운데에서 거대한 악성 종양이 발견되었지요. 연필 정도 두께에 길이가 25센티미터 정도 되는 종양이 척추 신경 가운데 복잡하게 자리를 잡고 있었기 때문에 1984년에 처음 수술을 받았지만 완전히 제거하지 못했습니다. 대략 10퍼센트 정도를 제거했다는데, 종양이 척추의 중요 신경들과 얽혀 있어서 그보다 더 많이 제거하다가는 죽을 수도 있었습니다. 그런 다음 상처가 아물도록 한 달 가량 기다린 후 최대치의 방사선 치료를 받았습니다. 수술 말고는 방사선 치료밖에 방법이 없었지요. 방사선 치료를 받으면서 다리가 급속히 마비되었는데, 치료 때문이라는 것이 거의 확실했습니다.

방사선 치료 덕분에 종양은 거의 2년 동안 성장을 멈추었지만 더욱 심각한 종양이 재발했고, 저는 환영을 비롯한 끔찍한 증상을 겪기 시작했습니다. 하지만 그 즈음 초음파 레이저 메스 기술이 완성되어서 주치의가 1986년에 제 종양을 제거할 수 있었습니다. 그 이후로 매년 MRI를 찍고 있는데, 아직 재발은 하지 않았어요. 하지만 다들 알고 있듯이 암을 이긴 사람들은 절대 완치되었다고 말하지 않습니다, 지금 이 순간에는 회복한 상태라고만 말하죠, 저도 그런 느낌입니다. 하지만 처음에 1년에서 1년 반밖에 못 산다는 진단을 받았으니 정말 많은 시간을 선물받은 셈입니다.

와크텔 당신의 지난 10년간의 삶에는 당신 소설에 흐르는 주제 ── 가족과 우정, 고통과 상실, 기억과 꿈, 사람들 사이의 놀라운 관계, 인자함의 순간까지 ── 가 가득하지만, 직접 겪어야 했던 현실입니다. 『아주 새로운 세상』의 마지막 부분에서 지난 몇 년의 삶이 그 전 오십 몇 년의 삶보다 나았다고 말했습니다. 어떻게 더 나았죠?

프라이스 큰 면에서도 그렇게 작은 면에서도 그렇고, 또 말하기 힘들지만 개인적인 면에서도 그렇습니다. 하지만 크게 보면, 몸이 마비되어서 육체적 기능이 갑자기 제한된 사람이라면 누구나 그렇듯이, 일상생활에서 인내와 관용이 훨씬 더 커진 느낌이 듭니다. 저는 성취 지향적인 유형이었던 적이 없지만 훨씬 더 차분해졌고, 그래서 글쓰기에도 좋은 영향을 미쳤습니다. 병은 저를 더 나은 목격자로, 제가 보는 현실을 옮겨 쓰는 더 나은 필사자로 만들어 주었습니다.

또 모든 사람들이 바라는 것—사랑받는다는 것—이 증명되었으니 아주 큰 이점이 있었습니다. 예이츠의 유명한 시에 나오는 젊은 여성의 말처럼 우리는 모두 예를 들면 노란 머리 때문이 아니라 우리 자체로 사랑받고 싶어 하지요. 제 머리는 검정색이었고 지금은 하얗게 변했지만, 저는 역시 저라는 존재 자체로 사랑을 받는지 알고 싶었습니다. 대학 제자들부터 저보다 나이 많은 사람들까지 정말 다양한 나이의 욕심 모르는 친구들이 그것을 증명해 주었지요. 또 저를 치료해 준 전문가들의 놀라운 의료 기술의 수혜자이기도 했습니다. 책에서 분명히 밝혔듯이 칭송을 표현할 말이 없습니다. 제가 견뎌야 했던 극히 일부 의사들에 대해서 깊은 유감과 쓰디쓴 비난을 표현할 말은 있지만요.

와크텔 한 가지 확실한 것은 지난 10년이 당신에게 무척 생산적인 기간이었다는 사실입니다.

프라이스 저는 두 배, 때로는 세 배의 속도로 일하고 있습니다.

와크텔 말씀하신 것처럼 이전의 책과는 달라졌는데, "나이만의 문제는 아닙"니다. 왜 그럴까요?

프라이스 더 자유롭게 쓴 것 같습니다. 자격이나 불확실성에 별로 얽매이지 않으면서 썼으니까요. 확신을 가지고 차분한 상태에서 쓴 책입니다. 그런 상태가 글 자체에는 좋았다고 생각합니다. 말 그대로 산문 자체에 좋았다는 말입니다.

와크텔 삶이 더 좋아졌다는 말로 들리는군요. 그러니까, 책에서 설명하신 그 모든 고통과 고뇌를 생각하면 이해하기 힘들지만―

프라이스 약간 동양적인 태도가, 힌두교도 같은 자세가 되었는지도 모릅니다. 저에게 너무나 소중해 보였던 수많은 것들이, 육체적 기술과 육체적 능력이, 사실은 제 삶에 방해가 되었음을 깨달았거든요. 십자가의 성 요한은 창조된 것들에 대한 갈망을 버려야만 영원의 얼굴이 보인다고 말합니다. 제가 지복직관至福直觀을 보았다는 말은 아닙니다. 아주 중요하다고 생각했지만 사실 알고 보니 전혀 무의미하고 삶에 전혀 필요 없었던 수많은 것들을 포기하는 법을 배웠다는 뜻입니다.

　좀 바보같이 들리겠지만, 저에게는 그것이 진실입니다. 다른 사람에게 그렇게 생각하라고 말하지는 않겠지만, 저는 10년 전으로 돌아가서 그 힘든 일을 되돌릴 기회를 준다 해도 아주 복잡하고 어렵지만 무척 생산적이고 승리를 가져다준 지난 10년을 선택할 것입니다.

1994년 5월

샌드라 라비노비치와 인터뷰 공동 준비

"저에게 언어는 자유입니다.
뭔가를 표현할 수 있는 말을 발견하는 순간
그것은 앞뒤가 맞는 생각이 되고,
더 이상 감정이나 경험에 얽매이지 않습니다.
설명할 수 있고, 말할 수 있고,
내 안에서 꺼내서 다른 누군가에게 줄 수 있지요.
그것은 해방의 경험이에요."

지넷 윈터슨

지넷 윈터슨
Jeanette Winterson

나는 몇 년 전 지넷 윈터슨의 첫 소설 『오렌지만이 과일은 아니다』를 펼쳤을 때 소리 내어 웃었다. 진지한 척하면서도 재기 넘치는 문체에 독특한 내용을 합친 그 책은 복음주의 가정에서 자란 고아의 성장 소설이었다. "아버지는 레슬링을 즐겨 보았고, 어머니는 레슬링 하기를 좋아했다. 상대는 중요하지 않았다." 어머니는 화자가 전도사가, 성인^{聖人}이, 순수함의 본보기가 되기를 원한다. 주인공은 어머니가 속한 "잃어버린 자들의 교회"에서 전도를 하지만 다른 교회 신자인 어느 여자와 사랑에 빠지고, 그녀의 삶은 전혀 다른 방향으로 흘러간다.

『오렌지만이 과일은 아니다』의 주인공은 이름이 지넷이고, 윈터슨의 삶과 분명 비슷한 점들이 있다. 지넷 윈터슨은 랭커셔에서 자랐고, 입양아였으며, 오순절 복음주의를 믿는 부모의 외동딸이었다. 그녀는 여덟 살에 설교문을 썼고, 전도를 하지 않았던 때가 기억나지 않는다고 밝혔다. 윈터슨은 열다섯 살에 다른 여자 아이와 깊은 관계를 맺었고 집을 떠났으며, 나중에 옥스퍼드에서 영문학 학위를 받았다.

『오렌지만이 과일은 아니다』를 출판했을 때 지넷 윈터슨은 겨우 스물여섯 살이었다. 이 책은 영국에서 가장 뛰어난 첫 소설에 수여하는 휘트브레드 상을 받았고, 텔레비전 드라마와 장편 영화로 만들어졌다. 윈터슨은 각본으로도 상을 받았다. 윈터슨의 두 번째 소설 『열정』은 존 르웰린 리스 기념상을 받았다. 『열정』은 나폴레옹 군대의 요리사에 대한 이야기로, 그는 아름다운 베네치아 여성과 사랑에 빠진다. 여자는 남자 옷을 입고 다니는 양성애자로, 발가락 사이에 물갈퀴를 달고 태어났다. 윈터슨은 곧 17세기 영국을 배경으로 하는 역사 판타지 소설 『처녀딱지 떼기』를 발표했다. 이 책에는 개 여인Dog Woman이라는 기괴한 거인과 열두 명의 춤추는 공주가 등장한다. 『처녀딱지 떼기』는 미국문예아카데미로부터 E.M.포스터 상을 받았다. 그러나 1992년에 발표한 소설 『육체에 새겨지다』는 지넷 윈터슨에게 명성뿐만 아니라 악명까지 안겨 주었다. 윈터슨은 현대 런던을 배경으로 한 사랑 이야기에 사랑하는 이의 몸 내부를 병적으로 추적하는 모니크 위티그의 『레즈비언의 육체』에 대한 오마주를 넣었다. 『육체에 새겨지다』는 16개 언어로 번역되었다.

1993년에 문학 잡지 『그란타』는 영국의 뛰어난 젊은 소설가에 윈터슨을 포함시켰다. 윈터슨은 살아 있는 가장 위대한 작가가 누구라고 생각하는지 질문을 받자 『선데이 타임스』의 의견에 동의하며 이렇게 썼다. "현재 영어로 작품을 쓰는 사람들 중에서 나만큼 풍성하고, 열정이 깊고, 언어에 충실한 사람은 없다." 윈터슨은 영국에서 가장 눈에 띄는 작가이자 "가장 겸손하지 못한 위대한 작가"로 여겨진다. 헨델과 피카소, 사포의 목소리를 엮은 윈터슨의 소설 『예술과 거짓말』(1994)이 나오자 평론가들이 맹렬히 달려들었다. 윈터슨은 이렇게 썼다. "실험자에게는 힘든 시기이다. 도전은 신나고 시샘을 살 만하다. 투쟁은 수직적이다." 윈터슨은 에세이집 『예술 작품: 황홀경과 후안무치에 대한 에세이들』(1995)로 공격했다.

지넷 윈터슨은 1959년에 태어났다. 그녀는 늘 야심만만하고 파괴적이며 상상력이 뛰어난 작가였다. 윈터슨은 이렇게 말했다. "어떤 면에서는 항상 내가 세상을 바꿀 수 있다는 말을 들으며 자란 것이 문제입니다. 어렸을 때 그런 이야기를 들으면 평생 그 말을 믿게 되지요." 우리는 런던 CBC 스튜디오에서 이야기를 나누었다.

* * *

와크텔 당신 소설 『예술과 거짓말』에 이런 문장이 나옵니다. "자서전이라는 것은 없다, 예술과 거짓말이 있을 뿐이다." 무슨 뜻인가요?

윈터슨 작품보다 작가의 삶이 지나치게 강조된다는 뜻입니다. 흥미롭거나 힘들거나 트라우마로 가득하거나 환상적인 삶은 누구나 살 수 있지만 그런 삶이 모두 책으로 번역되어서 전 세계의 많은 사람들에게 말을 걸지는 않지요. 삶을 책으로 번역하는 것은 예술 그 자체, 작가의 기술과 창의력과 작품입니다. 문학 작품 속으로 들어가는 가장 좋은 방법은 정문으로 들어가는 거예요. 즉, 책을 펼쳐서 읽는 거죠.

와크텔 저는 물론 예술에 대해서 주로 이야기를 나눌 생각이지만, 당신의 삶에 대해서도 약산은 이야기하고 싶습니다. 당신은 오순절 복음주의 가정에 외동딸로 입양되어서 랭커셔에서 자랐고, 어느 순간에는 전도사가 되었습니다. 어린 시절 환경에 대해서 이야기해 주시겠습니까?

윈터슨 저는 그 이야기는 더 이상 하지 않기로 굳게 결심했어요, 제 자신의 삶은 전혀 중요하지 않은 것 같아서요. 저는 죽을 거고, 잊힐 겁니다. 제가 쓴 책은 남을지도 모르지만, 남지 않을 수도 있지요.

와크텔 하지만 당신이 어린 시절을 보낸 방식이, 예를 들어서 설교자가 되는 것, 사명감을 갖는 것, 언어와 언어가 갖는 힘을 숭상하는 것 등이 예술에 접근하는 방식에 영향을 끼친 것 같아서 관심이 갑니다.

윈터슨 다른 사람을 설득해서 나와 같은 사고방식으로 끌어들여야 하는 환경에서 자라는 것은 물론 아주 유용한 훈련이었습니다. 설득의 기술, 구식 수사학이죠. 저는 언어를, 말과 글을 어떻게 다뤄야 하는지 배웠고, 설득하는 법을 배웠습니다. 그게 바로 전도사가 하는 일입니다, 전도사의 정체죠. 성공한 전도사란 청중에게 그들이 틀렸고 자신이 옳다고 설득시킬 수 있는 사람입니다. 예술가들 역시 그렇게 하려고 하죠, 정말 비슷한 면이 있어요. 다만 예술가는 더 높은 목적을 위해서, 하느님을 위해서가 아니라 예술 자체를 위해서, 예술 자체로 그렇게 합니다. 표정을 보면 그 사람이 설득당하고 있는지 아닌지 알 수 있고, 그것이 글을 쓰는 방식에 반영되지요. 청중을 상상하는 것이 아닙니다. 무엇이 나에게 유리한 쪽으로 균형을 기울일지 상상할 수 있느냐는 것입니다. 어떻게 하면 사람들이 침입에 대비해서 세워둔 장애물을 피해서 그 밑으로 파고들 수 있는지 생각하는 겁니다.

와크텔 당신은 언어에 대한 특별한 열정이 있는 것 같습니다. 『예술과 거짓말』에 아주 잘 드러나죠. "당신은 내 말을 통해서 나를 알게 될 것이다"라는 구절이 나오고, 또 "날개 달린 말", "변덕스러운 말"에 대해서 이야기합니다. 모두 언어와 관련된 이미지예요. 언어가 당신에게 영감을 주는 이유는 무엇입니까?

그런 열정이 어디에서 비롯되었는지 아시나요?

윈터슨 아마 성경에서 왔을 거예요. 저는 성경 안에서 길러졌습니다. 전 감히 누구보다도, 대부분의 현대인보다 성경을 잘 안다고 말할 수 있어요. 성경은 정말 잘 쓴 책입니다. 말하는 방식, 우화와 이야기, 소설이 모두 담겨 있고, 무척 강렬하고 아주 개인적으로 다가가죠. 저에게 언어는 자유입니다. 뭔가를 표현할 수 있는 말을 발견하는 순간 그것은 앞뒤가 맞는 생각이 되고, 더 이상 감정이나 경험에 얽매이지 않습니다. 설명할 수 있고, 말할 수 있고, 내 안에서 꺼내서 다른 누군가에게 줄 수 있지요. 그것은 해방의 경험이에요. 언어를 쓰지 않는 법을 배우는 사람이 점점 더 많아져서 걱정스럽습니다. 사람들은 텔레비전 미디어의 진부한 표현에 굴복하면서 어휘력을 축소시키고 있어요. 인간은 여러 세기에 걸쳐서 언어라는 멋진 도구를 아주 예리하고 정교하게 만들었는데, 이제 그 도구의 사용법이 줄어들고 있습니다. 저는 언어를 거친 것으로, 쇼핑 목록에나 쓰는 말로, 단순한 정보의 교환으로 축소시키고 싶지 않습니다. 저는 언어를 미묘하고 감정적이고 지적이며 사람을 자유롭게 하는 것으로 만들고 싶어요. 언어는 원래 그런 것이고, 그렇게 될 수 있습니다.

와크텔 언어의 힘뿐만 아니라 그 한계까지도 완전히 의식하면서 칭송하는 것이 마음에 듭니다. T.S. 엘리엇의 "저는 말을 이용해서 당신에게 이야기해야 합니다"라는 구절이 떠올랐습니다. 당신의 책에는 이런 구절도 있습니다. "나에 대해서 무엇이 알려질 수 있을까? 내가 한 말? 내가 한 행동? 내가 쓴 글? 그 중 무엇이 진실일까?" 당신은 언어의 교묘한 책략과 그 한계를 아주 잘 의식하고 있습니다.

윈터슨 네, 언어는 인위적입니다. 하지만 인간이 가장 심오하고 어려운 감정을 소통하기 위해 찾아낸 방법 중 가장 좋은 것이지요. 그것이 바로 시의 영역, 진정한 소설의 영역입니다. 시와 소설은 인간의 마음 표면에서 깊은 곳으로 뿌리를 내리며 파고들어서, 그렇지 않았다면 들리지도 말해지지도 않은 채 그 깊은 곳에 잠겨 있었을 요소들을 끌어냅니다. 언어는 그렇게 할 수 있어요. 저는 언어를 밀고 나가는 것이 작가의 의무라고 생각합니다. 언어가 발전하지 않는다면, 성장하지 않는다면, 사람들이 언어 전통을 생각하면서도 지금까지와는 다른 독특한 방식으로 이용하지 않는다면, 언어는 위축되기 시작할 테니까요.

와크텔 전통적으로 봤을 때 언어 자체를 강조하는 것이 산문보다 운문의 영역이었다고 생각합니까? 그러한 전통에 맞서야 한다고 느낍니까?

윈터슨 저는 많은 변화가 일어나는 중이라고 생각합니다. 예술 형식은 항상 변해야 합니다. 19세기까지 영국의 지배적인 예술 형식은 서사시였습니다. 그런 다음 19세기가 되면서, 특히

1840년대부터 소설이 훨씬 더 중요해지기 시작했습니다. 소설은 본질적으로 19세기의 산물이었고, 20세기 초에 모더니즘의 도전을 받았습니다. 오스카 와일드는 빅토리아 시대의 끔찍한 리얼리즘을 없애고 장식적이면서 인공적이고, 기이하고, 자의식이 강한 소설로 돌아가려는 노력을 시작했고, 물론 모더니스트들이 이러한 노력을 이어받았습니다. 하지만 모더니즘의 실험은 제2차 세계대전과 함께 멈춰 버렸고, 제 생각에는 1967년에 엔젤라 카터 같은 작가가 등장할 때까지 40년대 후반, 50년대, 60년대의 문학은 너무 따분했어요. 카터는 언어를 마법처럼, 창의적으로 쓸 준비가 되어 있었습니다. 다른 것을 위한 수단이 아니라 언어 그 자체를 위한 것으로 쓸 준비가 된 사람이었죠. 저는 이제 모더니즘의 실험을 다시 시작할 때가 되었다고 생각합니다.

와크텔 일부 비평가들은 당신의 글이 "모더니즘의 실험"으로 돌아간다는 점에서 구식이라고 말하기도 합니다.

윈터슨 저는 평론가들이 19세기 소설을 생생하고 유행에 맞고 중요한 것처럼 이야기하는 게 참 이상하다고 생각합니다. 사실 그것은 19세기의 개념일 뿐, 이제 완전히 쫓겨났는데 말이에요. 예술은 멈출 수 없습니다. 우리는 예술을 장황한 모습 그대로 화석으로 만들거나 역사의 어느 순간을 가져와서 그것을 다른 어떤 순간보다 더 선호하면서, 아 그래, 원래 이렇게 해야 되는 거야, 라고 말할 수 없습니다. 19세기 소설을 읽고 싶으면 읽을 것이 아주 많아요, 복제된 소설을 살 게 아니라 진짜 19세기 소설을 읽을 수도 있지요. 개인적으로 저는 복제 가구를 혐오해요, 차라리 살아 있는 디자이너가 만든 가구를 갖겠어요. 마찬가지로 저는 소설의 유형과 전통을 인정하면서도 계속 실험하는 작가의 작품을 읽는 게 더 좋습니다.

와크텔 첫 소설부터 최신 소설까지 당신의 작품은 서사라는 기존 개념에서, 즉 이야기에서 점점 더 자유로워지고 있습니다. 왜 그럴까요?

윈터슨 그것이 바로 제가 추구하는 실험입니다. 그것만이 유일한 실험이라고 말하는 것은 아니에요. 모두 그런 실험을 해야 한다는 뜻이 아닙니다. 하지만 그것이 제가 할 수 있는 것, 제가 기여할 수 있는 것입니다. 그래서 저는 능력이 되는 대로 그런 실험을 하고 있지요. 저의 도전은 인물과 상황과 장소를 이용해서 ─ 어떻게 이용하든, 얼마나 기이하게 이용하든 ─ 시와 같은 밀도와 정밀도, 정확성을 표현하는 것입니다. 짧은 시보다 더 많은 것을 이야기할 수 있는 소설이라는 큰 캔버스에서 감정적 가능성과 섞는 거죠. 저는 시와 소설을 통합해서 다른 예술 형식을, 아주 다른 픽션을 만들어 낼 수 있는지 노력하는 것이 중요하다고 생각합니다.

와크텔 그러면 이야기는 어떻게 될까요?

윈터슨 책을 독자에게 만족스럽게 전달하는 방법이 분명히 있을 겁니다. 하지만 저는 독자가 전반적으로 평론가보다 더 복잡하다고 생각해요. 독자는 뛰어넘을 수 있어요, 상상력을 통해서 훌쩍 뛰어넘죠. 구조가 든든하고 탄탄하면 아무리 이상하고 유별난 이야기도 따라갈 수 있습니다. 독자는 작가와 함께 정말 불가능해 보이는 곳까지도 기어올라갈 것입니다. 독자가 작가를 믿는다면, 언어가 독자에게 발 디딜 곳과 손 잡을 곳을 정확히 알려 준다면 말입니다. 그것이 제가 독자에게 원하는 것입니다. 독자가 저와 함께 산에 오르기를 바랍니다. 테마 공원을 걸어 다니는 것이 아니에요. 누구도 가 본 적 없는 위험한 산이고, 제가 먼저 올라가 본 다음에 독자가 따라오도록 격려하면서 다시 함께, 그리고 안전하게 여행을 하고 싶습니다.

와크텔 당신은 인간이 두 가지 점에서 다른 동물들과 구분된다고 말했습니다. 언어의 가능성과 과거에 대한 관심이죠. 당신은 몇몇 소설에서 역사를 아주 생생하게 이용했으니, 과거에 대한 관심에 대해서 조금 더 이야기를 나누고 싶습니다. 『열정』은 부분적으로 나폴레옹 전쟁 중에 일어난 이야기이고, 『처녀딱지 떼기』는 부분적으로 17세기 크롬웰 치하의 영국을 배경으로 합니다.

윈터슨 연대기적 시대에 왜 얽매여야 하는지 저는 모르겠어요. 우리가 아는 한, 우주는 시대에 얽매이지 않습니다. 우리가 아는 한, 시대는 우리가 만든 또 하나의 구조에 불과하지요. 시계를 숭배하는 것, 과거와 현재와 미래가 고분고분하게 나란히 줄지어 가면서 절대 위치를 바꾸지 않는다고 생각하는 것이 말입니다. 우리는 삶이 그렇지 않다는 사실을 알아요. 인간은 상상을 통해서 앞으로도 뒤로도 갈 수 있고, 우리 육체에서 벗어날 수도 있으니까요. 저는 그것이 정말로 육체를 벗어나는 경험이라고 생각합니다. 주술사나 뉴에이지 히피들만이 할 수 있는 게 아니에요. 우리 모두가 살아가면서 종종 겪는 경험입니다. 그것이 시계 같은 지루한 현실보다 훨씬 더 정직한 현실처럼 느껴지기 때문에 저는 그것을 픽션에 도입하고 싶어요.

와크텔 『예술과 거짓말』의 제사는 당신의 소설 세계로 우리를 초대합니다. "예술 작품의 본질은 진짜 세상의 일부나 복사본이 되는 게 아니라 세상 그 자체가 되는 것이다"라는 인용문인데요. 이 소설에서 우리가 어떤 세계로 들어가기를 바랍니까?

윈터슨 『예술과 거짓말』은 정신 세계 깊숙이 들어가는 여행의 경험이고, 책의 등장인물들은 거리나 우리의 삶에서 만날 수 있는 물리적 의미의 등장인물이 아닙니다. 이 책의 등장인물들은 의식이에요. 그들은 우리 자신에 대해서 이야기하는 방법, 실제의 우리가 아니라 우리가 어떤 모습이 될 수 있는지에 대해서 이야기하는 방법입니다. 『예술과 거짓말』의 세상이 낯설다는 것은 저도 알지만, 그것은 무척 감정적인 세상, 우리가 당연하게 여기면서 어쩌면 인생의 짐처럼 끌고 다니는 습관과 자기만족을 자세히 살펴보고 벗겨내는 세상입니다. 제가 칭송하는 세상은 항상 새로운 공간을 찾을 수 있고, 어지럽지 않고, 우리의 힘을 빼놓는 것을, 우리에게 필요 없는 것들을 버릴 수 있는 세상입니다. 이 책에는 우리가 늘 이야기했던 중력으로부터의 자유가 있습니다. 신성화된 공간이죠. 그곳에 들어갔다 나와서 무엇을 할지는 당신에게 달려 있습니다. 하지만 어쨌든 이 책은 현대적인 삶의 어지러운 잡동사니를 한 쪽으로 치우고 시간을, 무한한 시간을 줍니다. 이 책을 읽는 데 네 시간이 걸릴 수도 있지만, 사실은 평생이 걸립니다. 이 책을 읽으면서 하는 여행은 시계와 상관없어요. 그것은 내적인 여행이고, 우리는 시간과 공간, 장소를 넘어서 여행을 합니다.

와크텔 왜 신성화된 공간이죠?

윈터슨 관련된 모든 것들이 모두 제거된 곳이니까요. 그곳은 그 자체이고, 일관적이고, 자기실현적이고, 그 안에서만 출구를 찾을 수 있습니다. 모든 예술 작품이 그래야만 합니다. 예술 작품은 닫힌 세상이어야 합니다. 그 안으로 들어가면 그곳이 일관적이고 질서정연하다는 사실을 발견할 수 있어야 하고, 나중에 다시 들어갔을 때 처음에는 발견하지 못했던 것을 발견할 수 있어야 합니다. 하지만 대성당 같은 면도 있지요. 쉴 수 있고, 깊이 생각할 수 있고, 에너지를 얻을 수 있는 곳입니다. 그곳에서 나갈 때도 나중에 다시 오면 그대로 남아 있으리라 확신할 수 있는 곳이죠. 모든 예술은 신성화된 공간을 나타냅니다.

와크텔 저는 당신의 작품을 읽으면서 휴식을 떠올리지는 않을 것 같아요. 위로 치솟거나, 자극적이거나, 불편하다는 생각은 들겠지만 당신의 작품을 생각할 때 휴식이 제일 먼저 떠오르지는 않습니다.

윈터슨 그것은 당신이 대성당에서 무엇을 원하느냐에 달려 있습니다. 저의 대성당에는 성가대와 오케스트라가 있지만, 타자로서의 평화, 다름의 평화, 자신을 둘러싼 환경을 벗어날 때마다 느끼는 평화가 있습니다. 자신으로부터의 해방이죠. 우리는 휴가를 가거나 집에서 벗어날 필요가 있습니다. 견딜 수 없는 긴장의 순간을 해소하기 위해서 말입니다. 저는 제 책이 그 견딜 수 없는 긴장의 순간을 해소해 주기를 바랍니다. 제 작품 속에서는 독자가 어떤 식으로든, 어쩌면 자신이 지고 있다는 것을 알아채지도 못하는 짐에서 해방되기를 바랍니다.

와크텔 『예술과 거짓말』에는 헨델, 피카소, 사포라는 인물의 독백이 등장하여 서로 엮입니다. 어떻게 해서 등장인물들에게 예술가의 이름을 붙이게 되었나요? 그 이름들이 당신에게 어떤 울림을 갖습니까?

윈터슨 저에게는 이름을 붙이는 것이 중요합니다, 그리고 우리는 책을 읽어나가면서 그 이름들이 누군가의 진짜 이름이라는 사실을 깨닫게 되는데, 저는 이런 게임을 좋아합니다. 왜냐면, 우리의 정체성은 뭐죠? 우리에게 주어진 이름인가요? 우리가 직접 선택한 이름일까요? 등장인물들은 모두 그것에 대해 생각해야 합니다. 저는 작가에게 어떤 자유가 허락된다고 생각합니다. 저는 가톨릭 사제를, 종양 외과의사를 헨델이라고 부르고 싶었습니다, 헨델은 저에게 가장 중요한 작곡가이고, 제 인물에게 헨델의 형식성을, 그 수학적 정확성과 고요한 아름다움을 주고 싶었기 때문입니다. 제가 헨델의 음악에서 발견하는 상실감도 있고요. 하지만 궁극적으로는 승리의 느낌을 주고 싶었지요. 또 저는 젊고 이름 없는 여성을 피카소라고 부르는 뻔뻔함이 마음에 들었습니다. 적절하다고 생각했어요. 이 여자는 그림을 그리고 싶어 합니다. 그리게 해야죠! 천재로 만드는 거예요. 안 될 이유가 어디 있겠어요?

와크텔 사포는요?

윈터슨 사포는 존재할 수도, 존재하지 않을 수도 있습니다. 사포는 오래 전에 죽은 시인인 동시에 한 사람인데, 우리는 그녀의 수수께끼 같은 힘에 대해서 절대 알아내지 못합니다. 사포는 자신의 말과 추론, 그리고 감정적인 힘을 통해서 이 책을 하나로 묶고, 결국 이를 통해 책을 적절한 결말로 이끌어서 끝을 냅니다. 저는 시인 사포에 대해서 이야기를 하고 싶었고, 우리가 성性에 대해서, 또 성과 작가에 대해서 가지고 있는 생각에 도전하고 싶었습니다, 사포는 아직까지도 위대한 시인보다 최고의 레즈비언으로 더 유명합니다.

와크텔 하지만 당신의 책에서 사포가 나타내는 것은 이른바 최고의 레즈비언인데요.

윈터슨 네, 그렇습니다. 사포는 위험하고 다른 성 정체성을 보여줍니다. 분명히 저는 그렇게 하고 싶었습니다. 저는 절대 직설적이고 재미있는 오락 작품은 쓰지 않을 거예요. 제 책에는 그런 멋진 왜곡이 있어야 합니다.

와크텔 제일 처음 등장하는 목소리인 헨델은 무척 매력적인 인물입니다. 말씀하신 것처럼 사제였고, 지금은 유명한 종양 외과의, 유방암 전문가이고, 나중에 알게 되지만 그 자신도 무척 드문 수술을 받았습니다. 그 전통에 대해서, 가톨릭교회에서 카스트라토가 되는 관습에 대해서 이야기해 주실 수 있나요? 왜 그것에 흥미를 느꼈습니까?

윈터슨 정말 재미있는 이야기입니다. 19세기까지는 성적 차이와 성적 적합성에 대한 갈등이 훨씬 적었어요. 예를 들어 19세기까지는 오페라에서 남장여자나 여장남자가 흔했습니다. 남자가 여자 역할을 맡아 노래를 하고 여자가 남자 역할을 맡아서 노래했어요. 작곡가 ─ 특히 헨델 ─는 남녀를 떠나서 원하는 목소리를 선택했습니다. 헨델은 보통 유명한 가수를 위해 곡을 쓰고 무슨 역할이든 자기가 원하는 역할을 시켰습니다. 따라서 청중은 무대 위에서 다른 성별의 역할을 맡는 가수들을 익숙하게 보았지요, 셰익스피어 극에서 남자가 여자 옷을 입거나 여자가 남자 옷을 입는 것에 우리가 익숙한 것처럼 말입니다. 현대적이지는 않죠. 19세기 들어서야 사람들이 갑자기, 세상에 그러면 안 돼, 정말 역겨워!라고 생각했죠. 물론 1911년에 스트라우스가 「장미의 기사」에 남녀복장을 바꿔 입는 역할들을 등장시키지요. 하지만 19세기에는 그렇지 않아요. 19세기에는 보드빌*, 보드빌 캠프도 있고, 팬터마임도 있지만, 남자 옷을 입은 여자인지 여자 옷을 입은 남자인지 분명히 밝혀야 합니다. 그게 진짜라고 믿거나 당혹하면 안 돼요, 그냥 농담이죠. 저는 우리 내면에서 우리가 느끼면 안 되는 욕망을 발견할 때의 당혹스러움을 되살리고 싶었습니다. 카사노바의 일기에 참 멋진 말이 나와요. "그를 포함하여 욕정이 넘치는 수많은 이성애자 남자들은 무대 위의 카스트라토를 볼 때마다 이 매혹적이고 망가진 존재와 앞뒤 가리지 않고 사랑에 빠졌다." 물론 그것은 금지된 것에 대한 감정을 말하는데, 그것이 바로 예술의 역할이기도 합니다, 금지된 곳에 데리고 들어가서 솔직히 어떤 느낌이

---

* 노래와 춤이 섞인 대중적인 희가극으로, 19세기 후반에서 20세기 초까지 유행했다.

드는지 묻는 것 말이죠. 느끼면 안 되는 감정이겠죠. 아주 불편할 거예요. 퀴어문화도 비슷하게 작용하고 있습니다. 이제 레즈비언들은 저 남자 정말 섹시한 것 같아, 같은 말을 두려워하지 않고 합니다. 좋은 현상이지요. 이성애든 동성애든 성적 정체성이라는 딱딱한 개념을 부수고 있으니까요. 물론 우리가 처음으로 그런 상태가 된 것은 아니에요. 19세기에 우리를 위한다며 짓밟아 없앴던 것으로 돌아가고 있는 것뿐이지요. 저는 19세기를 별로 좋아하지 않습니다.

와크텔 그렇습니다. 저에게 당신 작품에서 눈에 띄는 특징을 꼽으라고 한다면 언어에 대한 매혹과 성별의 경계를 허무는 것이라고 하겠어요.

윈터슨 저는 우리가 자신의 성적 정체성을 넘어설 필요가 있다고 생각합니다. 스스로를 풀어 줄 필요가 있어요. 저는 그런 과정에 관심이 있습니다. 우리가 하나의 삶에 얼마나 많은 감정을 넣을 수 있는지, 한 작품에 얼마나 많은 감정을 넣을 수 있는지 보고 싶어요. 중요한 건 감정입니다. 저에게는 감정을 제한하는 것이 위험하고 무의미해 보입니다. 그래서 저는 독자들이 전에 느껴 보지 못한 감정을 느끼고 닫혀 있던 감정의 영역을 탐험하면 좋겠어요. 저는 그런 면에 매혹됩니다. 하지만 언어에 대해서 말하자면, 제가 언어와 사랑에 빠지지 않았다면 무슨 자격으로 여기에 앉아서 당신과 이야기를 나누고 있겠어요? 무슨 자격으로 글을 쓰겠어요? 그건 단순한 직업 이상입니다. 삶이고, 소명이고, 저에게는 모든 것입니다. 저는 그런 면에서 제 자신을 충족시켜야 하고, 또 제 스스로를 충족시킴으로써 독자들에게 가능한 한 최고의 작품을 줄 수 있기를 바랍니다.

와크텔 하루에 다섯 시간씩 책을 읽는다고 들었는데요. 어떤 책을 읽으십니까?

윈터슨 저는 다양한 책을 읽는데, 별로 유명하지 않은 작품을 많이 읽어요. 지금은 초서를 읽고 있는데, 버지니아 울프와 로버트 그레이브스도 다시 읽고 있습니다. 저는 그 사람들을, 지금은 죽고 없는 그 친구들의 일부를 느껴요. 그들의 작품이 제 작품에 큰 영향을 줍니다. 물론 그래야만 하죠. 그건 연결 고리예요. 영어로 책을 쓴 모든 작가를 완전히 흡수하지 않으면 저 스스로를 영어 작가라고 부를 수 없습니다. 영어는 정말 멋진 언어이고, 작가로서 영어를 모른다는 것은 최고형을 내려야 하는 죄입니다. 지옥이 있다면 아마 그런 사람들이 가는 곳일 거예요. 스스로 작가라면서 영문학을 하나도 모르는 사람들 말이에요. 그래서 저는 영문학에 항상 푹 빠져 있어야 한다고 느낍니다. 그리고 기술적인 문제도 그런 식으로 해결하죠. 문제가 생겨도 거의 항상 도와 줄 사람을 찾을 수 있어요. 물론 그들은 죽었지만 책은 아직 살아 있으니 상관없어요.

와크텔 『예술과 거짓말』을 보면 19세기뿐만 아니라 20세기 후반도 싫어하는 것 같습니다. 특히 현재의 런던은 아주 황량하고 우울한 풍경으로 다가옵니다.

윈터슨 음, 그렇습니다. 저는 맞서 싸워야 한다고 생각합니다. 우리는 사회의 붕괴에 맞서 싸워야 합니다. 영국만이 아니라 세계 여러 곳에서 사회가 무너지고 있고, 우리가 싸우지 않는 한 반드시 붕괴될 거예요. 그러면 반동과 돈과 권력의 힘이 모든 것을 차지하겠죠. 저는 그런 식으로 살고 싶지 않아요. 예술은 사람들을 멈추게 할 수 있으니 변화를 가져올 수 있다고 생각합니다. 예술은 이렇게 말합니다. 겉모습만 보고 판단하지 말라고, 이런 걸 좇을 필요는 없다고, 스스로 생각하면 된다고요. 예술은 일종의 자신감을 줍니다. 우리는 모두 무력함을 느끼고, 너무 많은 일들이 있기 때문에 아무것도 못할 것 같다고 생각합니다. 저는 그런 냉담과 무력감을 끊고 사람들을 집결시키는 지점이 되고 싶어요. 의지할 곳 없는 사람들이 외칠 슬로건을 주고 싶습니다.

와크텔 소설에 의사로 등장하는 헨델은 지쳤고 환멸감을 느낍니다. 스스로를 "체스판의 나이트"라고 말하기도 하지요. 헨델을 계속 쫓아다니는 의문은──그리고 정도는 다양하지만 우리 모두를 쫓아다니는 의문은──'어떻게 살아야 하는가?'라는 것입니다. 이 질문에 답이 있을까요?

윈터슨 답은 사람마다 다를 것이고, 분명 쉽게 얻을 수는 없습니다. 평생 걸쳐서 찾아야 하는 답이죠. 그 질문에 답하는 것이 바로 우리가 이 세상에서 해야 하는 일 같습니다. 처음에는 우리 각자의 삶에 대해서, 그 다음에는 공동체로서 말입니다. 제가 책에서 답을 주지는 않습니다, 그렇게 역겨운 짓은 하지 않을 거예요. 하지만 저는 그런 질문을 던져야 한다고 생각해요. 사람들이 그것에 대해 생각하면서 스스로 그런 질문을 던지는 것은 좋은 일이죠. 저는 이런 질문을 던질 때 필요한 답을 찾을 수 있다고, 평생이 걸린다 해도 노력하면 찾을 수 있다고 믿습니다. 이 책에는 많은 노력이 나와요. 간단하지 않습니다, 쉬운 해결책을 제시하지 않죠.

와크텔 『예술과 거짓말』에서 예술의 본질, 그리고 예술과 진리의 관계는 무척 성가신 문제입니다. 책에서 헨델은 실제 삶과 상상 속의 삶 중 무엇을 믿어야 하느냐고 묻습니다. 당신은 또한 "발명하다invent"라는 단어의 의미에 대해서 이야기하면서 원래 "우연히 떠오르다"라는 뜻이라고, "고안하다", "설계하다", "만들어 내다"가 아니라 "이미 존재하는 것을 발견하다"라는 뜻이라고 설명합니다.

윈터슨 네, "발명하다"라는 단어는 라틴어 "인베니레invenire"에서 나왔는데, 인베니레는 "우연히 떠오르다"는 뜻입니다. 여기서 우리는 플라톤의 사상을 떠올리게 되지요. 우리는 끊임없이 기억한다는 사상 말입니다. 인간의 평생은 기억하는 것, 우리가 누구이고 무엇이 될 수 있는지, 우리가 뒤에 남겨졌음을 기억하는 것입니다. 플라톤 식으로 말하자면 정신의 영광을 기억하는 것이지요.

와크텔 그것이 예술가로서 혹은 작가로서의 당신에게 어떻게 적용됩니까? 이미 존재하는 것을 발견해야 한다고 생각하나요? 저는 당신의 책이 발명이라고 생각하는데요.

윈터슨 예술이라는 건 항상 돌아가서 이미 존재하는 것을 발견하는 것입니다. 예술가는 일종의 준설기 같은 것이니까요. 그물을 늘어뜨린 다음 진흙에서, 모래에서, 알아볼 수 없는 것, 잊혀진 것, 오랫동안 쓰지 않고 버려진 것을 끌어올려야 합니다. 그런 것들을 끌어올려서 씻어내고 바라본 다음 그것들이 말을 할 수 있도록, 자리를 차지할 수 있도록 현재에 돌려 놓아야 합니다. 저는 작가의 일이 끌어올리고 씻는 이중의 작업이라고 생각하지만, 또 재창조하는 일이기도 하다고 생각합니다. 항상 우리 시대에 맞는 것을, 그 자체로 새로운 것을 제공한다는 점에서요.

와크텔 『예술과 거짓말』에서 당신은 희망의 불빛에 대해서 말하고 있습니다. 하지만 수많은 고뇌가 등장하지요. 헨델만이 아니고, 어린 시절에 받은 학대를 극복하려고 애쓰는 피카소만도 아닙니다. 『예술과 거짓말』은 사실 거의 맨 마지막까지 무자비할 정도로 비관적이라고 느껴집니다.

윈터슨 저는 전혀 비관적이라고 생각하지 않습니다. 등장하는 모든 사람들이 자신에게 맞는 구원을 발견하니까요. 피카소는 사랑도 없고, 폭력적이고, 특권을 누리던 어린 시절에서 벗어나 스스로 치유하는 법을 배웁니다. 스스로를 치유하는 법을 배우는 것이야말로 우리가 할 수 있는 가장 중요한 일 같아요. 그 순간 정말 자립할 수 있으니까요. 다른 사람이 마음대로 상처를 준다 해도 이제 스스로를 치유할 도구가 있기 때문에 상관없죠. 피카소는 자신을 치유하는 방법을 찾아내요, 그것이 중요합니다. 헨델과 사포 모두 일생일대의 결단을 내리는데, 진부한 결단이 아니라 책이 시작할 때보다 한 발 더 나아가게 만드는 결단입니다. 저는 미국인들이 "결말"이라고 부르는 것에는 관심이 없습니다. 멋있게 마무리 짓고 싶지 않아요. 저는 모호하고 열린 결말로 내버려 두고 싶습니다. 아마 마지막 장이 끝난 다음에도 이야기가 계속되고 있다는 느낌이 들기 때문이겠지요. 제 책은 전부 그렇습니다. 책이 끝날 때 항상 또 다른 여정이 시작되죠. 『육체에 새겨지다』도 마찬가지예요. 마지막 문단은 이렇게 시작하죠.

"여기서 이야기가 시작된다…."

와크텔 『예술과 거짓말』은 "너무 늦지 않았다"라는 무척 희망적인 말로 끝납니다. 희망은 어디에서 오나요?

윈터슨 저는 억누를 수 없을 정도로 희망적입니다. 또한 억누를 수 없을 만큼 행복하죠. 하지만 그렇다고 자기도취적이거나 무관심하다는 뜻은 아니에요. 저는 결국 인간의 좋은 면, 고결한 면, 뛰어난 면이 사소하고 비열하고 부정한 면을 이길 것이라고 믿어야 합니다. 그렇게 믿지 않으면 지금 당장 목을 베고 노력을 그만두는 게 낫겠죠. 작가는 자신의 언어가 사람들에게 계속 말을 걸 것이라고, 그렇게 말을 걸 가치가 있는 사람이 존재한다고 믿어야 하니까요. 연속성을 믿어야 합니다. 과거를 돌아보면서 그런 책들이 씌여서, 그런 책이 존재해서, 지금 당신이 그 책을 읽을 수 있어서 다행이라고, 거기에 뭔가를 덧붙이고 싶다고 생각한다면 특히 그렇게 믿어야 합니다.

1994년 9월

샌드라 라비노비치와 인터뷰 공동 준비

"강에서 헤엄을 치고 있을 때 이야기가 저를 찾아왔습니다.
초원을 걷고 있을 때도 찾아왔죠.
그냥 그렇게 찾아왔어요.
그럴 때 제가 해야 할 일은 받아들이는 거예요.
당신이 세상에 내놓아야 하는 이야기가
당신을 찾아오게 되어 있어요."

앨리스 워커

앨리스 워커
Alice Walker

소설가이자 시인, 에세이스트인 앨리스 워커는 인기가 무척 많은 아프리카계 미국인 여성 작가이다. 워커는 1944년 2월 9일에 조지아 이튼턴에서 소작농의 여덟째 아이로 태어났다. 어린 시절에 다쳐서 오른쪽 눈이 보이지 않게 된 앨리스 워커는 그 덕분에 장애인 장학생으로 애틀랜타에 위치한 엘리트 흑인 여자 대학에 다닐 수 있었다. 2년 후 워커는 뉴잉글랜드의 엘리트 백인 여자 대학인 새라로렌스로 전학했고, 그곳에서 출판에 적합한 시와 단편 소설을 쓰기 시작했다.

　1960년대 후반에 워커는 미시시피의 인권 운동에 활발하게 참여했고, 백인 인권 변호사와 결혼해서 딸을 하나 낳았다. 그녀는 1970년대에 장편 소설 『그레인지 코플랜드의 세 번째 인생』과 『머리디언』, 단편집 『사랑과 고통』과 『착한 여자는 억누를 수 없다』로 명성을 쌓았다. 흑인 여성의 삶에 대한 워커의 솔직하고 혹독한 글은 획기적인 작품으로 절찬을 받았다. 아프리카계 미국인 시인 준 조던은 "지금까지 작품을 출판한 작가들 중에서 가장 중요하고, 슬픔으로 가득하고, 우아하고, 솔직한 작가"라고 말했다.

그러나 정말 획기적인 사건은 1983년에 앨리스 워커의 소설 『컬러 퍼플』이 퓰리처상과 아메리칸 북 어워드를 모두 수상한 것이었다. 가난하고 학대받는 남부 여인 실리에 대한 서간체 소설 『컬러 퍼플』은 깜짝 베스트셀러였고, 스티븐 스필버그 감독과 우피 골드버그 주연의 영화로 만들어졌다. 1966년에 워커는 『컬러 퍼플』의 각본과 영화에 대한 생각을 책으로 출판하기도 했다.

『컬러 퍼플』은 실리가 신에게 쓴 편지와 아프리카에 선교사로 간 실리의 여동생 네티가 쓴 편지로 이루어져 있다. 아프리카에 대한 관심은 앨리스 워커의 다음 두 소설로 이어졌다. 남아프리카 작가 J. M. 쿠체는 『내 친지의 예배당』을 가리켜 "신화적 환상, 수정주의 역사, 모범적인 전기와 설교의 혼합물"이라고 설명했다. 1992년에 발표한 『은밀한 기쁨을 간직하며』는 여성의 성기를 절제하는 관습을 비난한 책이었다.

앨리스 워커는 역경을 극복하는 영웅적인 여자들에 대한 소설을 쓸 뿐만 아니라 용감한 소설과 정치 활동을 통해 독자들에게 그런 여자가 되었다. 지난 15년 동안 워커는 캘리포니아에 북부에 살았다. 우리는 샌프란시스코에서 만나 이야기를 나누었다.

* * *

와크텔 당신은 스스로의 배경에 대해 미국 남부에서 흑인으로 가난하게 자랐다고 설명하면서, 누구도, 어떤 작가도 그보다 더 유리한 유산을 바랄 수는 없다고 말했습니다. 무슨 뜻입니까?

워커 빈곤에 대해서 말한 것이 아니었습니다. 풍요로운 경치와 사람들, 공동체, 그리고 무척 흥미롭고 든든한 부모님이 있었다는 뜻이지요. 저희 부모님도 고생을 했고 문제가 있었지만 전반적으로는 감탄할 만한 사람들이었습니다.

와크텔 어떤 환경에서 자랐는지 설명해 주시겠습니까?

워커 저는 시골에서 살다가 열세 살에 시내로 이사를 했는데, 사실 시내 자체가 시골이었습니다. 정말 작았거든요. 지금 우리 가족이 살았던 작은 집들을 전부 떠올려 보았는데, 어느 집에서도 사람은 하나도 안 보였어요. 어떤 창문을 내다보아도 나무와 하늘만 보이고 온갖 시냇물 소리가 들렸지요. 사실 저는 종종 그런 풍경을 간절히 바랍니다.

와크텔 당신 부모님과 조부모님은 소작농이었습니다. 당신은 8남매의 막내였고요. 고향이 어떤 느낌이었는지 기억하나요?

워커 조지아의 전형적인 남부 마을이었어요. 여러 면에서 고립되어 있었고요. 물론 절대적인 아파르트헤이트가 있었는데, 남아프리카 공화국에서처럼 단순히 인종간의 분리만을 의미하지는 않았어요. 백인은 가장 좋은 것을 다 가져가고 유색 인종은 거의 아무것도 갖지 못한다는 뜻이었습니다. 의료 서비스도, 치과 서비스도, 전부 거의 받지 못한다는 뜻이었죠. 생활을 영위하는 데 필요한 것의 알짜는 백인들이 가져가고 유색인들이 겨우 살아갈 만큼만 남겨 둔다는 것이었습니다.

와크텔 당신은 아버지에 대해서, 복잡하고 때로는 어려운 부녀 관계에 대해서 썼습니다. 당신 아버지는 1930년대에 조지아 이튼턴에서 최초로 투표를 한 흑인들 중 한 명이었지요. 아버지에 대해서 더 말해 주시겠습니까?

워커 저희 아버지는 자식이 여덟 명이었는데, 위의 넷은 아버지가 아직 전성기였을 때 낳았어요. 그때는 건강하고 힘이 셌고 낙관적이었죠. 아버지는 말하자면 투표권을 얻으면 자신과 자식들에게 모든 것이 절대적으로, 영구적으로 바뀔 것이라고 믿었어요. 그때는 정말 다른 사람이었죠. 아버지는 실제로 공동체 활동을 하면서 우리 마을 최초의 학교들을 꾸리고 제가 처음 만난 선생님을 포함하여 최초의 선생님들을 고용하는 일을 책임졌어요. 하지만 제가 예닐곱 살쯤 되었을 때 아버지는 환멸에 빠지고 건강도 나빠지기 시작했습니다. 제가 아는 아버지는 언니오빠들이 아는 아버지와 전혀 달랐어요.

와크텔 어떤 식으로요?

워커 아, 쉽게 화를 내고 뭐든 잘 안 믿으려 했죠. 아버지는 환상에서 깨어났어요, 평생 노력했지만 성과가 거의 없었으니 약간 신랄해졌죠.

와크텔 당신의 단편에 등장하는 어떤 인물은 리처드 라이트의 아버지에 대한 글을 읽고 큰 인상을 받습니다. 그 인물에게 리처드 라이트의 아버지는 절대로 열리려 하지 않는 문, 주먹처럼 꽉 닫힌 문을 상징하지요. 그 이야기가 소설이라는 것은 알지만, 저에게는 무척 절실하게 느껴졌습니다.

워커 사실 그렇습니다. 저만 그런 게 아니에요. 너무나 많은 사람들에게 일어나는 일입니다. 부모님들은 자신이 환멸을 느낄 때 자식들을 차단해 버린다는 것을, 사실은 자식들에게 크나큰 상처를 주고 있다는 것을 깨닫지 못할 때가 많습니다.

와크텔 아버지에 대한 에세이에서 아버지와 비슷한 점이 많다고, 신체적인 특징만이 아니라 다른 것들도 물려받았다고 말했습니다. 어떤 것이 있을까요?

워커 저는 맛있는 음식과 요리를 좋아하는 점이 아버지를 닮았어요. 아이 돌보기를 좋아하는 것도 닮았죠. 특히 제가 태어나기 전 몇 년 동안은 어머니보다 아버지가 주로 자식들을 돌봤던 것 같아요. 아버지는 아이들을 돌보고 요리하는 것을 어머니보다 훨씬 더 좋아했어요. 또 저처럼 음악을 사랑하셨죠. 음악을 까다롭게 고르거나 하는 사람은 아니었고, 음악 자체를 좋아했어요.

와크텔 당신은 이렇게 썼습니다. "내가 아버지와의 관계에서 가장 아쉬운 점은 아버지가 돌아가신 후에야 우리 관계가 나아졌다는 사실이다." 어떻게 된 거죠?

워커 저는 평생 가장 절망적인 순간을 겪으면서 순전히 의지로, 어떤 일에 육체와 정신을 바치는 것만으로 사회와 정치 체계를 바꾸는 것이 얼마나 어려운 일인지 이해하게 되었습니다. 당시 저는 결혼 생활에서도 어려움을 겪고 있었어요. 자식인 우리가 부모님을 점차 이해하기 시작하는 인생의 힘든 통과의례였죠. 그럴 때면 우리는 부모님의 어려움을 어느 정도 이해하게 됩니다. 저는 아버지에게 더 공감할 수 있게 되었어요. 늘 아버지를 무척 사랑했으니까 그건 멋진 일이었죠. 하지만 우리는 정말 많이 싸웠고, 게다가 아버지는 무척 성차별적이었어요. 저에게 그건 끝없는 싸움을 의미했죠. 하지만 저는 아버지를 정말 사랑하고 정말 존경했어요. 저는 항상 아버지가 정말 아름답다고 생각했고, 그래서 제 영혼에 아버지를 담게 되었죠.

와크텔 아버지가 아주 중요한 것을 가르쳐 주었다고 하셨습니다. 사람들은 진실을 듣고 기뻐하니까 굳이 거짓말을 할 필요가 없다고요.

워커 아버지가 정확히 그렇게 표현했을 것 같지는 않아요. 진실을 말해야 한다는 것을 무척 어른스럽게 표현한 말이니까요. 어떻게 된 거냐면, 제가 서너 살 때 병을 하나 깨뜨렸는데, 언니 오빠들이 많았기 때문에 다른 사람이 깼다고 말할 수도 있고 그냥 미끄러졌다고 말할 수도 있었어요. 제 기억에 따르면 아버지가 저에게 병을 깼냐고 물었고, 저는 아버지를 보면서 이렇게 생각했어요. 아빠는 내가 정말 사랑하는 사람이야, 내가 이걸 깨뜨리지 않았다면 좋아하셨을 텐데. 그런데 또 아버지는 너무 기대에 찬 눈빛으로 저를 보고 있었기 때문에 아빠의 기대에 부응해서 진실을 말해야겠다는 생각도 들었어요. 기대에 부응하는 것이야말로 정말 기분이 좋았으니까요. 그래서 제가 말했어요, "네, 제가 병을 깨뜨렸어요." 그러자 아버지는 소란을 피우지도 않고, 제 엉덩이를 때리지도 않고, 저를 향해서 정말 믿을 수 없는 사랑을 빛내셨죠. 아버지는 그렇게 해서 저에게 진실을 말해야 한다고, 진실을 말하면 어떤 것이 가능한지 가르쳐 주셨어요. 진실을 말하면 스스로 거짓의 감옥에서 벗어날 수 있을 뿐 아니라 듣는 사람 역시 아버지처럼 마음을 열고 기뻐할 수 있지요.

와크텔 어머니에게서도 큰 영향을 받았는데, 어머니가 들려준 이야기들 때문이라고요.

워커 아뇨, 식물을 정말 잘 가꾸었다는 점에서 영향을 받았어요.

어머니는 정말 창의적으로 텃밭은 가꾸었고 땅을 일구며 사는 삶과 뗄 수 없는 사람이었어요. 부분적으로는 엄마가 농장에서 자랐고 평생 농장에서 살았기 때문이죠. 엄마는 식물을 재배하고 동물을 키우는 것에 대해서 모르는 게 없었고, 저는 어머니의 지혜와 지식에, 그리고 땅을 일구면서 먹고살 때 느낄 수 있는 편안함에 취하고 매료되었습니다. 땅을 일구어 먹고사는 법을 보고 배우는 것은 정말 큰 선물 같아요. 이야기의 재능도 큰 선물이지만 그것보다는 부차적인 것 같습니다.

와크텔 땅을 일구며 먹고사는 법을 배우는 것 말이지요. 하지만 그것을 정말 내 것으로 만들려면 어느 정도 시간이 걸리지 않을까요? 평생 걸쳐서 배워야 하는 일인 것 같은데요.

워커 네, 저도 평생이 걸린다고 생각해요. 절대 배우지 못하는 사람도 있어요. 그렇죠. 지금 지구를 보세요! 하지만 땅을 일구며 먹고사는 법을 실제로 알고, 땅을 해치지 않으면서 그렇게 하는 사람들이 있습니다. 어머니가 제게 그런 것을 보여 주었어요.

와크텔 당신은 여덟 살 때 사고로 한쪽 눈의 시력을 잃었습니다. 저는 그 이야기를 읽고 짐 해리슨이라는 작가가 생각났습니다. 그도 비슷한 나이에 한쪽 눈을 잃었지요(일곱 살이었습니다). 짐 해리슨은 그 사건으로 인해서 세상의 불확실성을 어렴풋이 느꼈다고, 땅을 덮고 있는 껍데기는 아주 얇고, 언제든지 그 밑으로 떨어질 수 있다고 말했습니다. 당신은 그 사건에서 어떤 영향을 받았습니까?

워커 우선, 완전한 사고는 아니었어요. 오빠가 저에게 비비탄 총을 쏘았거든요. 하지만 저는 껍데기가 얇든 아니든 우리 모두 땅 밑으로 떨어진다고 생각합니다. 그것이 우리 모두의 결말이고, 그렇게 나쁜 일은 아니에요. 저는 그 사건으로 인해서 제가 상처받은 사람들과 유대감을 느끼게 되었다고 생각합니다. 상처 입은 사람들과 공감하고 인내심을 가지고 그들을 대할 수 있게 되었죠. 또 세상이 얼마나 상처 입었는지, 땅 자체가 얼마나 상처 입었는지 깨닫게 되었다고 생각합니다. 모든 재난에는 많은 교훈이 담겨 있습니다. 가끔은 당황스러울 수도 있지만 포기하지 않고 배워 두면 아주 유용합니다.

와크텔 작가로서의 사명감이 굉장히 강한 것 같은데, 어떻게 해서 글을 쓰게 되었는지 듣고 싶습니다. 글쓰기가 배출구뿐만이 아니라 도구가 될 수 있다는 사실을 어떻게, 또는 언제 깨달았습니까?

워커 "도구"라고 하니 펜과 타자기가 생각나는군요. 도구는 그런 것들이죠. 저는 글을 쓰는 것이 바구니를 만드는 것처럼 창조적인 행위라고 생각합니다. 사실 저는 제가 하는 일을 그렇게 봐요. 세상에 존재하지 않았던 것을 딱 이런 형태로 만들어 내는 것이죠. 저는 제 일을 하는 동안 무척 집중하고 몰입하면서 기쁨을 느끼고, 제가 만들어 낸 것을 받는 사람에게도 그런 느낌을 전하고 싶습니다.

와크텔 제가 말하는 도구는 반드시 기계적인 의미가 아니라 변화의 도구라는 뜻입니다. 언젠가 접합된 부분이 어긋나거나 균형이 맞지 않는 것을 보면 균형을 맞추기 위해 노력하도록 배웠다고 말씀하셨지요.

워커 그것이 바로 이야기가 하는 일이지요. 그런 의미에서 모든 이야기는 도구예요. 이야기가 아무리 쓸쓸해 보여도, 신화가 아무리 심오해도, 이야기를 듣고 거기서 공감을 느끼면 균형을 찾게 되니까요.

와크텔 당신은 에세이에서 아주 놀라운 말을 했습니다. "글이 나를 죄로부터, 폭력이라는 불편함으로부터 구원했다"고요.

워커 저는 이 세상에, 그리고 제 내부에 끔찍할 만큼 많은 분노가 있다고, 그것을 파괴적이 아니라 창조적으로 이용할 필요가 있다고 생각합니다. 기본적으로 폭력은 쓸모없는 것이라고 생각해요, 폭력으로는 아무것도 해결할 수 없죠. 폭력을 일으킬수록 더욱 많은 폭력을 당하게 됩니다. 그러니 정말 불편하죠. 거짓말과 비슷해요. 내가 무엇에 대해서 거짓말을 했는지, 어떻게 거짓말을 했는지 끊임없이 기억해야 합니다. 폭력의 경우에는 왜 내가 폭력을 행사했는지, 그 지저분한 결과를 어떻게 처리

해야 하는지, 그리고 나중에는 어떻게 책임에서 벗어날 수 있는지 알아내려고 항상 노력해야 하죠. 뭔가를 만들어 내는 것이, 이야기를 하는 게 훨씬 낫습니다.

와크텔 출판되지 않은 당신의 첫 단편 소설 제목이 「어느 미국 여자의 자살」이고 출판된 두 번째 단편은 「죽음을 이겨낸 사랑」이라는 이야기를 어딘가에서 읽었을 때 그와 비슷한 생각을 했습니다. 그때 당신은 스무 살, 스물한 살이었지요. 제목에 지나친 무게를 두고 싶지는 않지만, 무슨 일이 있었길래 "미국 여자의 자살"에서 "죽음을 이겨낸 사랑"으로 바뀌었을까요?

워커 음, 그냥 인생이 그렇죠. 시간이 지나자 해결책으로서의 자살이라는 생각이 시시해지고 삶에 대한 사랑이 이겼어요. 자살을 하면 우리는 뒤로 빠지게 되지만 이 멋진 땅을 떠나서 그리워하게 되겠지요. 삶의 사소한 것들을 그리워하게 될 거라는 생각이 들었어요. 얼마 전에 친구가 시골로 찾아오면서 오렌지를 몇 개 가지고 와서 그릇에 담아 두었지요. 저는 그 옆을 지날 때마다 향기를 맡다가 결국 걸음을 멈추고 그릇에 얼굴을 파묻고 향기를 맡으면서 친구에게 말했어요. "있잖아, 내가 죽으면 이 향기가 그리울 거야." 어린 시절의 오렌지가 떠올랐어요. 오렌지 하나가 방 전체를 향긋하게 만들었는데, 정말 멋졌거든요. 향기가 나는 작은 태양을 방에 놔둔 것 같았지요. 그런 기본적인 것들이에요. 오렌지 향기, 산들바람, 정말 차가운 시냇물에 들어갔을 때의 느낌. 세상에 정말 말도 안 되는 일이, 불가능할 것 같은 일이 일어나고 있다 해도 오렌지와 시냇물과 산들바람도 있으니까요.

와크텔 당신은 장단편 소설에서 흑인 여성을 미국의 가장 위대한 영웅으로 그렸습니다. 어떻게 해서 흑인 여성을 칭송하겠다고 결심하게 되었습니까?

워커 아, 절대적인 사랑이죠. 제 어머니부터 1학년 때 선생님, 그리고 저를 가르쳤던 모든 선생님들—정말 멋진 선생님이 많았습니다—을 보면서 저는 그런 여자들이 정말 위대하다는 사실을 알게 되있는데, 아무도 알아주시 않을 뿐만 아니라 끊임없이 억압받는 것을 보고 놀랐습니다. 제가 그런 사람들을 볼 때 마음속에서 느껴지는 것은 달랐어요. 제가 보는 여자들은 가족을 돌보고 공동체를 계속 굴러가게 하려고 애쓰는 사람이었습니다. 어머니가 교회 일을 얼마나 익숙하게 꾸렸는지 기억나요. 어머니는 하녀 일을 해서 버는 얼마 안 되는 돈으로 싼 카펫을 사서 교회 연단에 깔고, 교회 의자 천을 갈고, 커튼을 빨았어요. 하지만 어머니가 이 모든 일을 하는데도 어머니에게 교회 모임에서 한 마디 하지 않겠냐고 묻는 사람은 아무도 없었죠.

와크텔 최근에 나온 소설『내 친지의 예배당』에 등장하는 리지는 여러 번의 전생을 회상하면서 이렇게 말합니다. "나는 수많은 생을 되풀이하는 내내 억압을 알았다." 그리고 억압의 근원을 하나하나 열거한 다음──이야기를 읽어 보면 꼭 그렇지만은 않지만──"나는 항상 흑인 여자였다"라고 말합니다. 그리고 "그것은 행운이었다"라고 말하지요. 왜 행운이죠?

워커 리지는 자신의 모습을 있는 그대로 사랑했기 때문입니다. 삶에서 크나큰 기쁨은 자신의 모습에, 자신이라는 사람에게 만족하는 것입니다. 그보다 더 큰 기쁨은 없어요. 장미로 태어나서 내가 장미라는 것을 알고 튤립이 아니라 장미라서 기뻐하는 것과 같습니다, 리지가 하는 말은 바로 그런 뜻입니다. 그러나 우리 인류는 이 땅에서 오랫동안 살아 왔기 때문에 모든 존재였고, 리지는 그 사실을 인정해야 합니다. 리지는 백인을, 혹은 백인 남자를 정말 싫어하지만 백인 남자 역시 리지라는 사람의 일부임을 인정해야 합니다. 결국 리지가 하는 말은 바로 그런 뜻입니다.

와크텔 당신이 그린 가장 충격적인 남부 흑인 여성은 가장 유명한 작품 『컬러 퍼플』에 등장하는 실리입니다. 실리의 목소리를 어떻게 찾았는지 말씀해 주시겠어요?

워커 수많은 흑인 여성들, 제 윗세대의 흑인 여성들에게서 찾았는데, 특히 저의 새할머니였던 레이철 할머니에게 큰 영향을 받았습니다. 레이철 할머니가 실리처럼 그렇게 간결하고 생생한 말투를 썼지요. 할머니의 말투는 정말 그 사람 그대로였어요. 레이철 할머니가 커튼 뒤에서 이야기를 하는 것을 들으면 할머니를 한 번도 본 적 없는 사람도 할머니가 어떤 사람인지 그려 볼 수 있었을 거예요. 할머니는 자기 목소리에 무척 충실했습니다. 저는 그것이 항상 흥미로웠어요. 레이철 할머니도 심하게 학대당하고 맞았지만 끝까지 너그러운 사람이었거든요. 저는 자라면서 그런 인자함과 친절함을 볼 수 있었어요. 저는 또 레이철 할머니를 억압했던 사람들——할머니의 남편뿐만이 아니라 더 큰 사회의 백인들——도 볼 수 있었어요. 그들이 할머니를 전혀 보지 않는다는 사실을 알 수 있었지요.

와크텔 어떻게 해서 실리의 목소리에서 『컬러 퍼플』의 이야기가 떠올랐습니까?

워커 강에서 헤엄을 치고 있을 때 이야기가 저를 찾아왔습니다. 초원을 걷고 있을 때도 찾아왔죠. 그냥 그렇게 찾아왔어요. 그럴 때 제가 해야 할 일은 받아들이는 거예요. 당신이 세상에 내놓아야 하는 이야기가 당신을 찾아오게 되어 있어요.

와크텔 『컬러 퍼플』은 당신 작품 중에서 비평에서나 대중적으로나 가장 큰 성공을 거두었고, 문학 수업뿐 아니라 사회학과 역사 수업에서도 가르치고 있습니다. 그 이유를 아십니까?

워커 사람들을 웃게 만들고 신에 대해서 생각하게 만들기 때문이 아닐까요. 저는 『컬러 퍼플』이 신학적인 작품이라고, 많은 사람들이 공감할 수 있는 소설이라고 생각합니다. 그 책은 한 번도 질문을 던져 본 적이 없는 사람도 질문을 던지게 만들지요. 실리 같은 사람이 그런 질문을—우리는 왜 여기에 있을까? 지금 무슨 일이 벌어지고 있는 걸까? 당신은 누구인가? 신이 있다면, 신은 무엇인가?—던지는 것은 누구도 들어 보지 못했을 겁니다.

와크텔 『컬러 퍼플』이 사람들을 웃게 한다고 말씀하셨지만, 실리가 살아온 이야기를 늘어놓으면서 아버지를 비롯해 여러 남자들에게 어떻게 학대당했는지 말할 때는 아주 가혹하고 우울합니다. 사실 이 작품은 남자들을 너무 냉담하게 그린다고, 특히 흑인 남자들이 흑인 여자들을 무자비하게 대한다고 비판을 받았습니다.

워커 저는 나쁜 평을 많이 받았어요. 하지만 일부 비평에 대해서는 공감하기 힘들었는데, 작품에 있지도 않은 것에 대해 말하는 것처럼 느껴졌기 때문입니다. 책을 굳이 읽어 보지도 않았다는 비평가들이 많았어요. 읽지도 않고 그냥 말하는 거죠. 그렇다면 제가 할 수 있는 것이 별로 없습니다. 제 작품 대부분이 그렇듯이 『컬러 퍼플』에 등장하는 남자들도 변화하고 성장하고 발전해서 더 좋은 연인이 된다고 생각해요, 아주 대단한 일이죠.

와크텔 당시에—10년이 약간 넘었습니다—당신은 흑인 남자가 자기 아내와 가족을 잔인하게 대하는 것이 미국의 비극 중 하나라고 말함으로써 금기를 깨뜨리는 것처럼 보였습니다. 소설을 통해서만이 아니라 인터뷰에서도 그런 말을 했었지요. 흑인 남자들이 자신이 받는 억압은 인식하게 되었지만 자신이 흑인 여성을 억압한다는 사실을 모른다고 말입니다.

워커 그런 식으로 표현하는 것은 환원적입니다. 페미니스트인 저는 전 세계의 모든 성차별적 억압을 인식할 수 있으니까요. 흑인 공동체 내의 억압에 대해서 쓴 것은 제가 흑인 공동체에 속해 있기 때문입니다. 그렇다고 해서 흑인 남자가 더 폭력적이거나, 더 파괴적이거나, 더 유해하다고 따로 떼어 말하는 것은 아닙니다. 우리는 아프리카계 미국 남자, 아메리카 원주민 남자, 중국계 미국인 남자, 일본계 미국인 남자, 모든 남자들이 인종주의 때문에 고통을 받았으니 각자 공동체 내의 성차별에 대해서 더 예민하기를 바라겠지만, 사실은 그렇지 않습니다.

와크텔 당신이 흑인 남성만 따로 지목한다는 뜻은 아니었습니다. 금기를 깨뜨리려면 어느 정도 용기가 필요했겠다는 생각이 들었어요. 공동체 내에서 아무도 언급하지 않는 부분이니까요.

워커 사랑은 말을 해야 한다는 뜻입니다. 거기서 비롯된 거예요. 저는 수많은 폭력을 목격했고, 그 문제에 대해서 이야기를 하지 않으면 폭력이 사라지지 않고 계속 더 커지기만 한다는 사실을 깨달았어요. 실제로도 그랬고요.

와크텔 『컬러 퍼플』은 상도 받고 인기가 많았지만 금서로 지정하려는 시도가 있었습니다. 당신은 어머니조차 공격적인 언어 때문에 소설의 시작 부분에 반대했다고 말한 적이 있지요. 이 책을 쓸 당시 그런 반응을 예상했나요?

워커 신경 쓰지 않았어요. 책을 쓰면서 정말 행복했고, 매일 책 속의 인물들과 함께 하면서 너무나 큰 기쁨을 느꼈습니다. 사람들이 그 책의 등장인물을 보면서 저와 같은 느낌을 받기를, 제일 나쁜 사람도 삶에서 안정을 찾을 수 있다는 사실을 이해하기 바랐습니다. 저는 항상 그 책을 선물이라고 생각했습니다, 사람들이 좋아하기를 바랐죠. 하지만 그것이 어떻게 받아들여질지 깊이 생각하지는 않았습니다.

와크텔 『내 친지의 예배당』은 모험적이고 비전통적인 소설인데, 당신은 "지난 50만 년에 관한 이야기"라고 설명했습니다. 어떤 의도였습니까?

워커 제 자신과 제가 사랑하는 사람들을 모두 포함하는 역사 history에 대해서, "여자의 역사herstory"에 대해서 이야기하고 싶었어요. 대부분의 사람들이 배우는 역사는 거의 모든 사람들을 빼놓은 채 기술됩니다. 특히 지난 20년 이전의 역사는 더욱 그렇지요. 저는 신에 대한 생각을 다른 방법으로 말할 수 있음을 보여 주고 싶었습니다. 우리에 대해서 이야기하는 수많은 방식이 항상 존재했다고, 다른 의견을 가진 사람들이 항상 있었다고 말입니다. 그래서 아주 넓은 범위가, 긴 세월이 필요했어요, 그래야 과거로 돌아가서 시초를 볼 수 있으니까요, 말하자면 과거로 돌아가서 가난하고 억압받고 착취당하기 이전의 아프리카를, 아프리카 사람들이 아프리카 대륙을 가지고 있던 때를 보는 거죠. 또 식민 역사를, 특히 영국 식민 역사와 영국이 아프리카를 비롯한 여러 대륙을 어떻게 착취했는지 연구하고 싶었습니다.

와크텔 리지는 중요한 인물이며 다른 삶을 여러 번 삽니다. 리지에 대해서 이야기해 주시겠습니까?

워커 리지는 영원히 살아 왔고 원할 때마다 환생을 하는 존재인데, 그녀가 '할'이라는 사람으로 인식하는 영혼과 함께 환생을 합니다, 리지와 할은 너무나 오랫동안 함께했기 때문에 사실 서로 대체할 수 있을 정도죠. 저는 그 부분에 흥미를 느꼈습니다. 남자와 여자, 남성과 여성은 서로 완전히 별개라고 생각하는 경우가 많은데, 사실 제가 사람들을 볼 때는 남자와 여자가 하나인 것 같아요. 우리는 사실 하나인데, 사회가 우리를 전혀 달라 보이게 만드는 역할을 강요하는 거죠. 우린 서로 다르지 않아요. 리지와 할의 관계는 그런 생각을 나타냅니다.

와크텔 현대의 흑인 남성인 수엘로는 리지에게서 무엇을 배우나요?

워커 수엘로는 리지와 할에게 견디는 법을, 사랑을 가장 우선으로 여기면서 그것을 지키기 위해서 싸우는 법을 배웁니다. 또 긴장을 풀고, 요리를 하고, 그것을 먹고, 인생을 즐기는 법을, 자신이 걷는 땅을 바라보면서 걷는 법을 배웁니다. 그것을 위해 살아 있음을 깨닫는 거죠. 그는 또 함께해서 정말 다행인 여자를 존중하는 법을 배웁니다.

와크텔 잠시 단편 소설에 대해서 이야기를 하고 싶습니다. 당신이 지적했듯이 단편 소설은 당신 자신의 경험과 당신 삶의 단계들을 담고 있습니다. 단편집을 통해서 옛날에 쓴 단편을 다시 보면 어떤 기분이 듭니까?

워커 저는 그 소설들이 아직도 좋고, 제가 그것들을 썼다는 사실이 무척 기뻐요. 쓸 당시에는 겁이 났던 것들도요. 제 단편이 감정적인 시기를, 정신적인 시간을, 이 나라의 흑인들, 특히 여자들의 싸움을 기록한다고 생각하기 때문이죠. 단편을 다시 읽으니 오늘날 사회를 이렇게 만든 씨앗을 보는 것 같아요.

와크텔 당신은 단편을 이야기할 때 금지된 것에 대해 글을 쓰는 재미를 언급합니다. 단편을 쓸 때 무슨 생각을 했습니까?

워커 제 작품은 대부분 완전히 금기시되던 것들에 대한 내용이에요. 아내 구타, 아동 추행뿐만이 아니라 여성 성기 절제, 다른 인종 간의 사랑… 그 모든 것 말입니다. 지금까지 아무도 한 적

없는 이야기를 쓰면서 사람들이 비춰 볼 거울을 만들고 있다고 생각하니 무척 신이 났습니다. 예술은 우리에게 거울을 제공하지만, 적대적인 거울은 아니에요. 우리를 판단하는 느낌은 아니지요.

와크텔 당신은 첫 단편집에 등장하는 여자들은 이 세상에 자기 자리가 있음을 깨닫지 못하지만 두 번째 작품집에 나오는 여자들은 자신이 속한 곳을 찾고 있거나 이미 찾았다고 말했습니다. 당신의 주인공들은 어떻게 발전했습니까? 지금이라면 그들의 삶을 어떻게 그리겠습니까?

워커 두 번째 책에 나오는 여자들은 아마 그대로일 거예요. 그들은 억누를 수 없겠죠. 두 번째 책의 주인공들은 여러 가지 질병과 싸우는 우리와 비슷할 겁니다. 제 친구들 중에는 유방절제술을 받은 친구도 있고 에이즈로 죽은 친구도 있고 자식을 잃은 친구도 있습니다. 그러나 우리는 끔찍한 공포 속에서 살고 있지만, 제 주인공들은 자신을 잃지 않는 여자들입니다. 물러나지 않아요. 그 여자들은 나는 무엇무엇이 아니다, 라고 말하는 게 아니라 아 그래, 내가 바로 그거야, 나는 이 상태를 즐길 거야, 라고 말합니다.

와크텔 『내 친지의 예배당』에 나오는 남부의 전통 인사가 생각나는군요. "다 같은 잔치의 손님 아닌가."

워커 인생은 정말 그러니까요. 우리 모두 다 같은 잔치에 참석하고 있는데 가난과 억압의 노예이기 때문에 잔치에 참석하고 있다는 사실조차 모르는 사람이 많다니 참 유감스러워요. 하지만 햇빛과 땅과 연결될 수 있다면 우리가 같은 잔치에 참석하고 있다는 사실을 쉽게 알 수 있어요. 그건, 인생은, 자신에게 달려 있어요.

1995년 3월

샌드라 라비노비치와 인터뷰 공동 준비

"머릿속에 든 것으로 세상을 채우면서
여러 가지로 상상을 하는 거죠.
하지만 또한 여러 가지 유형의 상상으로,
세상을 생각하는 여러 가지 방식으로
폭력에 맞서는 방법에 대한 책이기도 합니다."

아
미
타
브 고
시

아미타브 고시

Amitav Ghosh

말로만 듣던 작품을 만났는데 유창하고, 박식하고, 인정 많은 목소리가 들리면 대단한 발견을 했다는 생각이 들면서 내 일이 정말 즐거워진다. 아미타브 고시의 『고대의 땅에서』가 바로 그런 작품이었다.

　『고대의 땅에서』는 설명하기 쉬운 책이 아니다. 책 띠지에 출판사가 실은 선전문구조차도 그 사실을 인정한다. "『고대의 땅에서』는 여행기의 탈을 쓴 전복적인 역사, 뛰어난 혼종 작품이다." 이 말은 아미타브 고시가 이집트 알렉산드리아 근처 마을에서 사회인류학자로 참여한 현장 연구에 대한 설명이기도 하다. 당시 고시는 20대 초반의 옥스퍼드 장학생이었다. 아미타브 고시는 현대 이집트 시골의 삶뿐만 아니라 12세기의 편지 여백에 남겨진 메모에도 호기심을 느꼈다. 메모에는 인도 남서쪽 해안의 항구도시 망갈로르에서 유대인 상인 밑에서 일했던 인도인 노예를 언급하고 있었다. 고시는 이 12세기 인도 노예에 대해 무슨 자료든 찾아보기로 결심했다.

아미타브 고시는 자신의 이집트 체류기를 들려주는 동시에 인도인 노예가 겪는 중세의 무역 세계를 재구성하여 멋진 문화와 역사 연구 이야기로 엮어 낸다. 두 갈래의 이야기는 20세기 후반뿐 아니라 역사적으로도 중동 지역과 아시아에 뿌리 없는 망명의 삶이 많았다는 고시의 생각을 잘 드러낸다.

이러한 주제는 역시 떠돌아다니며 지내는 아미타브 고시와 잘 맞는다. 고시는 1956년에 콜카타에서 태어났다. 그의 가족은 현재 방글라데시가 된 동파키스탄 다카 출신이다. 아미타브 고시는 인도와 방글라데시에서 자랐고 스리랑카에서도 살았다. 그는 뉴델리, 옥스퍼드, 알렉산드리아에서 공부했다. 아미타브 고시는 인도와 미국에서 학생들을 가르쳤으며, 지금은 뉴욕에 살고 있다.

아미타브 고시가 글을 쓰는 방식에는 독특하고 매력적인 인간미가 있다. 논픽션『고대의 땅에서』든, 인디라 간디의 암살 이후 발생한 1984년 폭동에 대해서『뉴요커』에 발표한 글이든, 소설『이성의 원』,『새도우 라인스』,『콜카타 염색체』든 모두 그렇다. 고시는 실제든 상상이든 등장인물을 존중하며 글을 쓴다.『뉴욕 타임스』비평가는 고시에 대해 이렇게 썼다. "작가의 목소리는 힘이 있지만 가장 좋은 의미에서 겸손하다. 목소리는 오로지 이야기만을 위해서 사용되며, 그가 만들어 내는 인물들의 삶에 지적인 빛을 드리운다."

* * *

와크텔 당신의 작품에서는 실제든 상상이든, 자연적이든 인공적이든, 정치적이든 사회적이든, 변경과 경계가 무척 두드러집니다. 그 이유를 아십니까?

고시 아마 제가 평생 수많은 경계를 넘나들어야 했기 때문이겠지요. 하지만 현대 인간의 삶에서 경계가 무척 제약적이라는 이유도 있을 것입니다. 경계는 사람을 구속하지요. 경계는 자아의, 집단적 자아의 확장에 가깝습니다. 우리는 벽에 그려진 한 나라의 지도를 보는 것에 익숙해집니다. 그러면 그 지도와 동일시하기 시작합니다. 지도는 우리가 어디 있는지, 우리가 누구인지, 또는 우리가 어디에 살고 있는지, 우주에서 우리의 자리가 어디인지 보여 주기 시작하죠. 아주 여러 해 전에 인도 지도를 처음 봤을 때가 생각납니다. 카슈미르에 실제통제선이라는 분계선이 하나 그려져 있었는데, 정말 큰 충격이었습니다. 제가 알던 세상을 재정의하는 것이나 마찬가지였습니다.

와크텔 당신이 넘어야 했던 경계들에 대해서 이야기해 주시겠습니까? 콜카타에서 태어났지만 가족은 현재 방글라데시가 된 동파키스탄 출신이지요.

고시 네, 방글라데시 출신인 아버지의 가족은 1850년대에 인도로 이주해서 동부의 비하르라는 지역에 정착했습니다. 역시 방글라데시 출신인 어머니 가족은 그보다 훨씬 뒤에 인도로 이주했어요. 하지만 두 집안 모두 고향과 무척 가깝게 지냈고 인도와 지금은 방글라데시가 된 고향을 끊임없이 오갔습니다. 저와 같은 배경을 가진 사람——콜카타 전체 인구의 약 반이라는 뜻입니다——은 누구나 자신이 속한 곳에 대해서 그렇게 분산된 개념을 가지고 자랐을 것입니다. 저는 인도 북부에서 학교를 다녔는데, 가족이 항상 살았던 오래된 도시나 마을을, 가족이 오랫동안 살았던 집을 곧 고향이라고 말하는 친구들이 많아서 큰 충격을 받았습니다. 우리 마을과 우리 고향은 국경 너머에 있었기 때문에 저는 절대 그렇게 말할 수 없었습니다. 그러한 이탈은 남아시아의 많은 사람이 경험한 것이고, 한 해 한 해 지날수록 점점 더 많은 사람들이 경험하는 것입니다. 이러한 이탈은 인도 아대륙의 분할 때문이지만, 1950년대 이후 수천만 명이 계속 겪어 온 과정이기도 합니다. 기술적인 문제로 일어난 이탈도 많았습니다. 남아시아에서는 댐이나 거대한 공장 같은 것들 때문에 많은 사람이 이주해야 했습니다.

와크텔 하지만 당신은 특이한 경험을 했습니다. 아버지가 인도 외교사절단에 들어갔을 때 당신이 살던 마을은 아니지만 조상들이 살았던 다카로 돌아갈 기회가 있었으니까요.

고시 그래요, 맞습니다. 사실 그건 매우 특이한 경험이었어요.

제가 네 살인가 다섯 살 때 부모님이 방글라데시 다카로 이주하셨는데, 이미 인도 시민이었지요. 우리는 외교관 공동체에서 자랐지만, 사실은 고향에, 우리 조상의 기억이 존재하는 곳에 살았던 것입니다. 하지만 우리는 거기서 외국인으로, 인도에서 건너온 사람으로 살았습니다. 그러니 확실히 위치가 바뀌었다는 감각이 생겼지요.

와크텔 외부인이 보는 인도의 이미지는 식민주의에 너무나 물들어 있기 때문에 아직도 가끔 인도에서의 삶을 정확히 파악하기가 어렵습니다. 당신도 식민주의에 의해 재창조된 문화 출신이라는 것이 아직 어리둥절하다고 말했습니다. 조금 더 이야기해 볼까요?

고시 인도에서도 지역에 따라 식민주의의 영향이 다양하다는 사실을 기억해야 합니다. 제가 살던 벵갈, 특히 콜카타 시는 식민주의의 영향을 가장 많이 받은 지역이었습니다. 식민지 접촉은 300년 이상 거슬러 올라갑니다. 영국이 사실 콜카타라는 도시를 만든 셈이죠. 영국이 들어오기 전에는 마을 두어 개밖에 없었거든요. 따라서 벵갈은 몇 백 년에 걸친 식민주의의 영향이 없었다면 어떤 모습이었을지 생각하는 것이 거의 불가능합니다. 정말 전혀 달랐을 겁니다. 상상할 수 있다면 말입니다.

와크텔 그러한 이탈의 느낌이 당신 작품에도 있습니다. 두 번째 소설 『새도우 라인스』는 두 부분으로 나뉩니다. 첫 번째 부분은

"떠남"이고 두 번째 부분은 "귀향"입니다. 이 책에서 무엇을 탐구하고 싶었습니까?

고시 인도에서는 벵갈과 펀자브 출신의 모든 작가가 분할에 대한 소설을 써야 한다고 항상 말하는데, 그 책은 어떤 의미에서 저의 분할 소설이라고 할 수 있을 겁니다. 저는 항상 인도의 분열에 대한 책을 쓰고 싶었는데, 그것은 사실 삼각 분열이었습니다. 인도와 파키스탄의 분열만이 아니라 인도와 파키스탄, 영국의 분열이었죠. 사실은 연결이 끊어졌다는 생각에 불과했습니다. 그러한 연결은 다른 방식으로 재창조될 뿐, 결코 끊어지지 않으니까. 저에게 『섀도우 라인스』는 또한 폭력 ——종교적 폭력과 정치적 폭력——에 대한 책, 시민 사회에서 종교적 폭력이 일어나는 방식과 그러한 폭력이 주들 사이의 전쟁으로 전환되는 방식에 대한 책이었습니다. 따라서 책은 대부분 폭동과 전쟁의 차이에 대해서 이야기합니다. 사람들 사이의 폭동과 주들 사이의 전쟁, 그리고 이러한 폭력이 우리에게 무엇을 의미하는지 살펴보는 것이지요.

와크텔 흥미롭군요. 『섀도우 라인스』는 분할에 대한 책, 인도와 영국의 연결에 대한 책이면서, 상상을 이용하는 것에 대한 책이니까요. 책의 화자는 콜카타에서 자라는 소년이지만 상상력은 그를 전 세계로 데리고 갑니다.

고시 저에게는 정말 그랬습니다. 머릿속에 든 것으로 세상을 채

우면서 여러 가지로 상상을 하는 거죠. 하지만 또한 여러 가지 유형의 상상으로, 세상을 생각하는 여러 가지 방식으로 폭력에 맞서는 방법에 대한 책이기도 합니다.

와크텔 화자인 어린 소년이 배워야 하는 것은, 스스로 상상력을 발휘하지 않으면 다른 사람들이 그의 상상을 구성해 버린다는 사실입니다. 소년은 어떤 장소가 그냥 존재하는 것이 아니라고, 마음속에서 그곳을 만들어 내야 한다고 말합니다. 자기 상상력을 이용하지 않으면 다른 사람들이 만들어 낸 것에 의존하게 된다고요.

고시 저는 정말로 그렇게 생각합니다. 이 책은 또한 글쓰기에 관한 이야기이기도 합니다. 저는 이 소설을 쓰면서 이상하게도 인도가 아니라 영국에 대해서 쓸 때가 어려웠습니다. 물론 제가 런던을 아주 잘 아는 것은 아니에요. 하지만 영국에서 몇 년 동안 공부를 했기 때문에 런던에 자주 갔습니다. 그런데 펜을 들고 런던에 대해서 쓰기 시작하자 도시 전체가 영문학이라는 어마어마한 무게로 다가왔습니다. 런던에 대해서 —— 런던이 어떻게 보이고 어떤 정취를 가지고 있는지 ——쓰는 전통이 저를 짓눌렀던 것입니다. 그런 상황에서는 자신이 본 런던을 정확히 묘사하기가 힘듭니다. 저는 이 소설을 쓰면서 그 부분이 흥미로웠습니다. 좋든 싫든 내 어깨를 짓누르는 런던에 대한 거대한 상상의 무게를 떨치려고 애쓰는 것 말입니다.

와크텔 『새도우 라인스』에서 소년이 상상력의 중요성을, 전 세계를 아주 잘 아는 것이 얼마나 중요한지 생생하게 깨닫는 장면이 있습니다. 저는 그 소년이 글쓰기를 연습하는 소설가, 글을 쓸 때 무엇을 이용할 수 있는지 상기하는 소설가라는 느낌을 받았습니다. 당신이 반드시 그 화자라는 뜻은 아니지만, 성장 환경의 어떤 면 때문에 이러한 접근법, 세세한 부분에 대한 관심, 넉넉한 상상력에 예민해지게 되었습니까?

고시 그냥 제가 책벌레였기 때문인 것 같아요. 저는 이런저런 것들을 읽으면서 많은 시간을 보냈습니다. 이사를 자주 다니는 아이들은 그렇게 되는 것 같아요. 환경이 바뀌면 아이들은 점점 더 자기 속에 틀어박혀 지내는 경향이 있습니다. 제가 그런 경우였지요.

와크텔 『새도우 라인스』는 내셔널리즘 문제도 제기하는데, 일부는 소년의 인생에 중요한 영향을 미친 할머니의 목소리를 통해서 전달됩니다. 할머니는 전쟁을 통해 벼려진 영국의 정체성에 대해 이야기하지요. 할머니는 영국이 스스로 한 나라로 인식하는 것은 "피로 국경을 그렸기 때문에, 전쟁이 그들의 종교이기 때문이야, 나라를 세우려면 그런 것이 필요해"라고 말합니다. 소년의 할머니 입장에 대해 어떻게 생각하십니까?

고시 저는 처음 영국에 갔을 때 어떤 의미에서 영국이 무척 군사적인 사회라는 사실을 깨닫고 큰 충격을 받았습니다. 처음 성공회 교회에 가 연대 깃발을 보았을 때 얼마나 놀랐는지 기억납니다. 아마 영국인에게는 아주 정상적이겠지요. 저에게는 전쟁 기념품이 종교적 장소에 걸려 있다는 것이 충격으로 다가왔습니다. 그래서 영국 사회에 대해서 다르게 생각하기 시작했습니다. 저는 전쟁이 영국에서, 영국 사회에서, 하나의 제도로서의 대영제국뿐 아니라 영국인이라는 의미 형성에 기초가 되었다고 생각합니다. 우리가 제인 오스틴이나 조지 엘리엇의 작품에서 전쟁을 읽는 것은 아니기에 그 사실은 충격으로 다가오지요. 하지만 전쟁은 19세기 영국 역사에 항상 존재합니다. 영국은 전사의 사회였습니다. 영국인들은 전 세계에서 전쟁을 하고 있었습니다. 어디에서나 전쟁이었지요! 영국이 어딘가에서 전쟁을 일으키지 않고 단 5년도 그냥 흘러간 적이 없습니다.

와크텔 하지만 소설 속의 할머니는 그것을 모범으로 삼는 것 같습니다. 좋은 것이라고, 전쟁에는 국가 정체성이 반드시 심어져 있다고요.

고시 소설 속 할머니는 분명히 그렇게 생각하지요. 전 세계의 수많은 사람들이 그렇게 생각하는 것 같습니다. 미국에서도 전쟁이 일어나면 국가가 한 가족처럼 느껴진다는 말을 분명히 들어 보셨을 겁니다. 바로 그렇기 때문에 내셔널리즘이 그토록 군국주의적이고 폭력적이겠지요.

와크텔 『새도우 라인스』의 "귀향"은 집으로 돌아온다는 의미에서 반어적입니다. 책의 절정을 이루는 폭력 사태가 콜카타가 아닌 다카에서 일어나기 때문이죠. 당신은 1964년에 어린 나이로 폭동을 직접 목격했습니다.

고시 네, 하지만 이 소설을 쓰게 된 것은 다른 폭동 때문이었습니다. 1984년 폭동 말입니다. 저는 당시 첫 소설을 마무리 중이었는데, 기억하실지 모르겠지만 1984년에 인디라 간디가 시크교 경호원에게 암살되자 끔찍한 폭동이 일어나서 델리와 칸푸르 등의 도시를 삼켰고, 사람들이 시크교도를 공격하여 수많은 시크교도가 죽었습니다. 그때 저는 우연히 델리에 있었는데, 대학가의 많은 사람들과 함께 구조대를 조직해서 행진도 하고 그랬지요. 저는 1984년 폭동이 제 세대의 모든 인도인에게 파국적인 사건이었다고 생각합니다. 저는 무척 충격을 받았습니다. 정말 잊을 수 없는 시기였습니다. 그 사건으로 인해서 모든 것이 갑자기 공중으로 와해되었습니다. 그곳에, 그토록 견고해 보이던 도시에서 살고 있었는데, 어느 날 갑자기 주변 집들에서 연기가 치솟는 겁니다. 시크교도였던 집주인들은 머리카락을 자르고 이름을 바꾸었습니다. 또 너무나 익숙한 거리에 갑자기 바리케이드가 생기고 칼과 몽둥이를 든 사람들이 가득했습니다. 세상이 뒤집히는 모습을, 모든 정상 상태가 유예되는 모습을 지켜보는 건 정말 놀라운 느낌이었습니다. 폭동 후 저는 폭력의 의미에 대해서 많이 생각해 보았습니다. 저는 사실 평생 그런 것들을 평생 보아 왔음을, 제가 폭동 속에 살고 있었음을——저는 어렸을 때 폭동을 겪었습니다——평생 폭동 속에서 살아왔음을 깨달았습니다. 하지만 그때 그 폭동이 갑자기 저를 사로잡아서 제 상상을 괴롭혔지요. 그러자 정말로 그것에 대해 쓰고 싶다는 느낌이 들었습니다. 이 소설에서 자전적인 요소는 1964년 폭동에 대한 부분밖에 없습니다. 제가 가진 가장 강한 기억들 중 하나인데, 온 가족이 집안에 있었지만 폭도들에게 둘러싸여서 집에 갇혀 있었습니다. 뚜렷하게 기억이 나요. 1964년 이후 저는 가족들과 그 일에 대해서 단 한 번도 이야기를 나누지 않았습니다, 제가 『섀도우 라인스』를 쓰기 시작하면서 아버지에게 무슨 일이 있었는지 물어볼 때까지 말입니다. 아버지는 1964년 다카 폭동에 대해서 말씀해 주셨습니다.

저는 옛날 신문들을 찾아보면서 제 기억이 사실은 인도 아대륙 전역을 분열시킨 거대한 빙산 같은 폭력의 일부에 불과했음을 깨달았습니다. 그때부터 이 책을 쓰기 시작했지요. 전 1984년뿐 아니라 1964년 폭동도 겪었기 때문에 종교적 폭력에 대해 쓰는 것이 어떤 의미인지 정말 진지하게 따져 봐야겠다고 굳게 결심했습니다. 저는 간디를 읽으면서 비폭력에 대해서 이야기할 때 제일 큰 문제는 정치뿐만 아니라 과학과 문학 등에서도 비폭력을 이용할 방법을 찾아야 한다는 것이라고 배웠습니다. 그러므로 제가 이 책을 쓰기 시작했을 때의 문제는 어떻게 비폭력적인 방법으로 폭력에 대해 쓸 것인가, 였습니다. 저는 그것이 무척 중요하다고 느꼈습니다. 인도의 일상적인 삶에서 볼 수 있는 폭력에 대해서 쓴다면, 종이에 그러한 폭력을 단순히 재생산할 뿐이라면, 그것은 실패입니다. 그저 대재앙을 불러올 폭력을 더할 뿐이지요. 그래서 저는 제가 목격한 폭력을 비폭력적인 방식으로, 본질적으로 평화주의적인 목소리로 쓰고 싶었습니다. 그것이 이 책에서 기술적으로 흥미로운 부분이었습니다.

와크텔 『새도우 라인스』는 기억을 통해 조각난 정보를 바탕으로 진실과 역사를 탐구하는 소설입니다. 그것이 사회인류학자인 당신이 쓰는 방법인 것 같습니다. 『고대의 땅에서』는 정보의 파편에서 시작해서 무척 풍성한 이야기를 만들어 냅니다. 이 경우 정보의 파편은 당신이 "필사본 H. 6의 노예"라고 부르는 12세기 인도인에 대한 언급입니다. 이 인물이 당신의 관심을 사로잡은 것은, 거의 집착하게 만든 것은 왜일까요?

고시 정말 집착이었습니다. 제가 책에서 설명한 그대로였습니다. 저는 옥스퍼드 도서관에 서서 박사 논문을 어떻게 할까, 생각하다가 인도에서 이집트로 간 중세 시대의 노예에 대한 문서를 발견했습니다. 그가 인도와 이집트를 연결하는 것 같았고, 그래서 더 알아내고 싶었습니다. 그것으로 어떤 글을 쓸 수 있는지 보고 싶었습니다.

와크텔 당신이 이집트에 갈 때 그 인도인 노예에 대해서 아는 것은 "그가 나에게 그곳에 있을 권리를, 어떤 자격 같은 것을 주었다"것밖에 없었다고 말했습니다. 왜 그런 느낌을 받았죠?

고시 제가 옥스퍼드에서 공부하면서 가장 놀란 점은, 저를 비롯한 인류학과 학생들이 연구지를 즉흥적으로 정한다는 것이었습니다. 누가 폴리네시아에 대해서 생각해 보고 이렇게 말하는 거죠. "아, 폴리네시아로 가자." 그러면 다른 사람은 아프리카를 생각하면서 이렇게 말합니다. "아프리카에 가서 연구하자." 왠지 저는 그런 식으로 정할 수가 없었습니다. 저는 가야 할 이유가 있어야 한다고, 조사하고 싶은 연결고리가 있어야 한다고 느꼈습니다. 그런데 그 연결고리가 나타난 겁니다. 그래서 저는 이집트로 가야 한다는 사실을 깨달았습니다.

와크텔 12세기 이집트에 무역 상인의 노예로 살던 인도인이 있었다는 사실로 충분했습니까?

고시 정말 이상하게 들리겠지만, 인도 학생들은 인도 역사를 지역화된 역사로 배운다는 사실을, 인도와 주변 세계를 연결하는 고리에 대해서 잊는다는 사실을 알아야 합니다. 역사를 배우는 학생들도 마찬가지입니다. 사실 인도와 이집트 사이에 어떤 관계가 있었는지 남아 있는 글은 없습니다. 인도와 동아프리카의 관계도 마찬가지이고요. 하지만 아주 오래된 연결고리, 몇천 년을 거슬러 올라가는 연결고리가 존재합니다. 인도와 남동아시아 사이에도 예술사와 관련된 것 외에는 없습니다. 그래서 저는 정말 새로운 발견을 하는 느낌으로 연구를 시작했고, 제 개인적인 발견만은 아니라고 생각합니다. 아시아와 아프리카의 이러한 연결고리는 아직 별로 탐구되지 않은 영역입니다.

와크텔 당신이 유럽 식민지 이전 시대의 교역에 끌리는 것은 무척 유동적이고 국경을 쉽게 넘을 수 있었기 때문이 아닐까요?

고시 맞습니다. 아마도 우리 마음속에는 누구나 자신이 속한 곳에서 살고 있고, 깊은 뿌리를 내리고 있다는 낭만적인 생각이 있을 겁니다. 뿌리라는 은유를 생각해 보세요. 나무를, 땅에 얽매이는 것을, 땅 속 깊이 닻을 내리고 있는 것을 연상시킵니다. 하지만 그런 생각이 얼마나 오도되기 쉬운지 생각해 보세요. 이집트에서 저는 『고대의 땅에서』에서 설명한 마을에 살고 있었습니다. 사람들은 이집트가 정말 오래된 문명이기 때문에 어딘가에 인간의 뿌리가 있다면 분명 이집트일 것이라고, 이 오래된 땅일 것이라고 항상 생각합니다. 하지만 제가 살던 마을 사람들은 모두 이집트 바깥에, 사우디아라비아와 다마스커스와 수단 등 어딘가에 조상이 있다고 말했습니다. 전 세계가 다 똑같은 거죠.

와크텔 12세기 인도인에 대해서 찾아낸 것에 만족했습니까?

고시 하루가 끝날 때면 저는 부스러기들밖에 발견 못했어도 늘 만족했습니다. 그건 좀 다르게 생각해야 하는 문제입니다. 8세기를 거슬러 올라서 어떤 개인을, 개인적인 목소리를 정말로 발견할 가능성은 너무나 작고, 너무나 예외적입니다. 중세 유럽에 대한 역사책도 제가 필사본 H.의 노예라고 부르는 사람이 살던 시대로부터 거의 3세기 이후부터 시작됩니다, 주로 15세기와 16세기 자료죠. 12세기에는 평범한 유럽인의 전기 같은 것을 쓰기가 무척 어려웠을 겁니다. 그런 의미에서 상대적인 시각으로 보면 제가 그만큼이라도 찾을 수 있었던 것이 정말 놀라운 일이라고 생각합니다. 제가 흥분한 것은 자그마치 8세기 전에도 사람들이 스페인과 인도 서부를 정기적으로 오갔다는 사실을 발견했기 때문이었습니다. 매년 오갔지요. 인도에는 스페인, 페르시아, 이집트, 인도네시아 사람들이 섞여 사는 커다란 정착지가 있었습니다. 우리는 세계 시민이라는 것이 현대의 발명품이라고 생각하지만 사실 역사적으로 사람들은 항상 이동하고 이주하며 살았습니다.

와크텔 『고대의 땅에서』는 역사적인 주제와 당신의 인류학 연구에 대한 책이기도 하지만 이집트 나일 강 삼각지 마을에서 살았던 경험에 대한 책이기도 합니다. 다른 세계에서 온 타자로 그곳에서 사는 것이 어떤 것일지 예상했습니까?

고시 아닙니다. 저는 정말 전혀 생각하지 못했습니다. 주변을 둘러보고 보이는 것을 기록하면서 그곳에 산다는 것은 무척 인공적인 상황입니다. 마을 사람들은 전부 저를 보고 웃으며 말했죠. "휴가는 언제 끝나요?" 그들이 보기에는 제가 아무 일도 하지 않는 것 같으니까 휴가를 보내고 있다고 생각했던 거죠. 제가 현장을 발굴하는 것도 아니고 시장에 가는 것도 아니었으니까요. 어떤 의미에서 그것은 이 작은 마을에서, 벽지에서, 처음에는 언어도 잘 모르는 곳에서 완전히 고립된 상황이 얼마나 비현실적인지 보여 주었습니다. 주변 사람이 하는 말을 하나도 알아듣지 못하는 외로움과 씨름하는 드문 경험이었습니다. 기나긴 밤들이 기억나요. 저는 작은 라디오를 계속 돌리면서 영어든 힌두어든 제가 이해할 수 있는 언어가 나오는 방송을 찾으려고 애를 썼습니다. 그런 외로움에 대처하는 것만 해도 나름대로의 교육이었습니다.

와크텔 소설에서 당신은 무척 매력적이고, 종종 약간 웃기거나 순진한 인물로 등장합니다. 책 속에 등장하는 당신의 페르소나는 순진한 외국인이죠.

고시 네, 그렇다고 생각합니다. 저는 그런 페르소나를 가지고 그 책을 썼습니다.

와크텔 책 전체에 문화를 넘나드는 유머도 있습니다. 사람들이 항상 묻지요, "당신 나라에서는 죽은 사람을 태우고 소를 숭배한다는 게 정말이에요?" 보통 당신은 그들의 반감을 재미있는 유머로 받아들이지요.

고시 그 책을 쓸 때 저는 분명히 그렇게 받아들이려고 노력했습니다. 항상 쉬운 일은 아니었지요. 그 두 가지 질문을 한두 번이 아니라 하루에도 네다섯 번씩 들어야 했으니까요. 제가 뭐라고 대답할지 정확히 아는 사람들이 적어도 하루에 한 번은 똑같은 질문을 했는데, 사람을 묻지 않고 화장을 하는 곳이 진짜 있다는 놀라움을 새롭게 확인하려는 것뿐이었지요.

와크텔 한 번은 인도가 이집트만큼, 혹은 그보다 더 좋은 총과 탱크와 폭탄을 가지고 있다고 자랑하다가 불편한 상황에 휘말립니다. 어떻게 된 일인지 설명해 주시겠습니까?

고시 저를 별로 좋아하지 않는 이맘이 있었는데, 둘이서 어쩌다 말싸움을 하게 되었고, 싸움이 끝나고 방으로 돌아간 저는 온몸이 덜덜 떨릴 정도였습니다. 이맘이 저에게 말했습니다. "아, 당신네 동포들한테 죽은 사람 좀 태우지 말라고 해." 그래서 제가 말했죠. "음, 말이야 하겠지만 그렇게 할지 모르겠네요." 그러자 그가 말했죠. "시체를 태우는 건 원시적이야. 선진국에서는 그런 짓을 안 하지." 그래서 제가 말했습니다. "발전과는 상관없는 문제예요. 우리나라도 이집트만큼 발전했다고요." 그러다가 갑자기 이상한 말싸움이 이어졌고, 결국 화장에 대한 이야기로 시작해서 개발에 대한 이야기로 끝났죠.

와크텔 당신은 이렇게 묘사했습니다. "두 문명의 두 대표자가 현대의 폭력적인 기술에서 자기들이 더 앞서 있다며 싸웠다."

고시 결국엔 그렇게 되었습니다. 화장과 매장에 대한 이야기로 시작했지만 결국 누구에게 탱크와 총과 폭탄이 더 많은지에 대한 이야기로 끝났습니다. 저에게는 문화간 관계의 본질을 보여주는 슬픈 일화로 느껴졌습니다.

와크텔 당신의 작품은 경계에 걸쳐지는 것에 대해 이야기합니다. 『고대의 땅에서』의 마지막 부분에는 이집트 관리가 이슬람교도도, 유대인도, 기독교도도 아닌 당신을 어떻게 해야 할지 몰라서 쩔쩔 매는 이야기가 나옵니다. 당신은 "역사가 나눈 범주"에 들어가지 않았지요. 당신은 "역사의 세력자들"에 대해서 이야기합니다.

고시 제가 『고대의 땅에서』를 쓸 때 굉장히 흥미로웠던 점은, 그것이 현대 세계로의 진입점을 예상하지 못했던 관점에서 보여준다는 점이었습니다. 여기 유대인과 아랍인을 구분하기 힘든 세상이 있습니다. 아랍어를 말하고, 일종의 아랍어를 쓰고, 종교는 다를지라도 문화적으로 아랍인이라고 할 수 있는 유대인들이 존재하는 겁니다.

와크텔 저는 유대인들이 "인샬라"라고 말할 때 놀랐습니다. 저는 이렇게 생각했습니다. 가만 있어 봐, 유대인인 줄 알았는데 이런 말을 하다니!

고시 맞아요! 그때 한 번만이 아니었어요. 아주 독실한 유대인들이었는데, 기록을 하거나 신에게 기원을 할 때 거의 예외 없이 "인샬라" 또는 "비스밀라"라고 말합니다. 원래는 아랍어죠. 오늘날 우리가 아는 세상은 중동에서 아랍인과 유대인이 반목하고 인도 아대륙에서 힌두교와 이슬람교와 여러 종교 단체들 사이에서 종교적 폭력이 발생하는 세상입니다. 그런데 갑자기 모든 것이 뒤집히고, 온갖 공동체가 자기와 다른 사람들을 받아들이는 방법을 찾은 것입니다. 저는 무척 신났습니다. 중세에는 어떤 종교를 믿는 사람이 다른 종교 사원에 가도 아무도 놀라지 않았을 것입니다. 이집트에서 제가 갔던 유대교 사원은 역사적으로 이슬람교도들도 다녔던 곳입니다. 하지만 지난 3, 40년의 역사 때문에 오늘날에는 우리가 그곳에 가면 이상한 반응을 하게 되었습니다. 그런 시각을 갖게 만든 것은 경찰이나 군인처럼 권력을 가진 사람들, 그런 것들에 대해서 깊이 생각하지 않고 자기 할 일만 하는 사람들입니다. 그게 놀라운 점이었습니다. 제가 이집트의 어느 사원에, 예전에 전全기독교적 사원이었던 곳에 갔는데, 경찰이 갑자기 "당신이 여기 왜 왔습니까?"라고 묻는 겁니다.

와크텔 전기독교적이라는 말이 재미있네요. 당신 작품을 설명한다면 평화주의에서, 전기독교주의적인 영혼에서 힘을 얻는다고 해야겠다는 생각을 하고 있었거든요.

고시 그러길 바랍니다. 저는 정말 그러길 바랍니다.

와크텔 당신은 인도의 모든 운동과 봉기는 단 한 가지 문제, 정체성 문제에 대한 것이라고, 전 세계가 인도의 다양성과 인도가 해결해야 할 여러 가지 문제를 보고 배울 수 있다고 말했습니다. 거기서 어떤 대답을 찾을 수 있을지 짐작이 갑니까?

고시 저는 인도가 무척 중요한 곳이라고 생각합니다. 중요한 정치적 실험이 진행 중이니까요. 유고슬라비아가 붕괴되고 소련이 붕괴된 상황에서 인도는 현재 세계에 남아 있는 몇 안 되는 다인종, 다종교 국가에 속합니다. 인도는, 그리고 인도네시아를 비롯한 나라들은, 서로 다른 다양한 문화들을 지키면서 함께 살아가려고 애를 쓰는 마지막 나라들일지도 모릅니다. 북아메리카의 상황과도 다릅니다. 문화의 도가니인 북아메리카는 여러 나라에서 이민자들이 들어오고 있습니다. 하지만 인도에서는 그 지역에 깊이 뿌리 내린 지역 문명과 문화가 정치적으로 조정할 방안을 찾아서 애쓰고 있습니다. 저는 서로 다른 문화가 같은 정치적 틀 안에서 서로를 수용하는 방안을 찾을 수 있느냐에 많은 것들이 달려 있다고 생각합니다.

1995년 1월
샌드라 라비노비치와 인터뷰 공동 준비

작가라는 사람, 문학이라는 것

이 책은 1990년에 방송을 시작하여 지금까지 매주 방송되고 있는 캐나다의 라디오 프로그램 〈Writers & Company〉 중 일부 인터뷰를 엮은 것이다. 여기에 실린 스물두 명의 작가는 출신 지역도, 제각기 글을 쓰는 방식과 주제도 다르지만 책을 읽다 보면 몇 가지 공통점을 느끼게 된다. 인터뷰어 엘리너 와크텔이 서문에서 말하는 "이방인이라는 위치" 역시 그 중 하나다. 물리적인 환경 때문이든 타고난 성정 때문이든 어느 한곳에 머물지 못하거나 자신이 살고 있는 사회를 외부인으로서 바라보는 작가들이 많이 눈에 띈다. 그 이유는 사실 작가가 하는 일과 관련이 있다. 결국 작가는 무리에 휩쓸리지 않고 날카로운 눈으로 현재나 과거의 인간 사회를 진단하는 사람인 것이다. 이를 위해서는 사회의 안쪽이 아니라 그 바깥에서 안을 들여다보는 한 쌍의 날카로운 시선이 되어야 한다.

작가들의 인터뷰를 읽으며 작가라는 사람에 대해서 생각하다 보면 자연스럽게 문학이라는 것에 대한 생각으로 이어진다. 대부분의 인터뷰는 인터뷰 즈음에 나온 책에 대한 이야기로 시작해 그 작가의 작품 전반에 대한 이야기로 이어지는데, 작가들이 어떤 책을 무슨 생각으로, 무슨 의도로 썼는지, 혹은 작가가 여러 작품에 걸쳐서 천착하는 문제는 무엇인지 설명을 듣다 보면 결국 문학이 하는 일을 이해하게 된다. 물론 문학에 어떤 뚜렷한 목적이 있다거나 반드시 어떤 교훈을 담고 있어야 하는 것은 아니다. 문학이 하는 일은 여러 가지가 있지만, 세상에 파묻혀 있는 우리가 한 걸음 떨어져 비판적인 시선으로 바라보고 이해할 수 있게 만드는 도구의 역할도 그 중 하나일 것이다. 결국 어떤 이야기를 만들어 내든, 어떤 세상을 꾸며내든, 우리가 사는 이 세상에 대한 고찰 없이는 불가능하기 때문이다.

이 책을 읽으면서 한 가지 흥미로웠던 점은 여성 작가들은 출신 배경이나 성향, 나이가 다 다르지만 거의 어떤 형태로든 페미니즘을 언급하고 있다는 것이었다. 비교적 나이가 많고 온화한 캐럴 실즈부터 젊고 과격한 자메이카 킨케이드까지 거의 예외가 없었다. 이 역시 같은 맥락에서 이해할 수 있을 것이다. 작가는 세상의 모순을 알아보고 불편하게 여기는 사람이기 때문이다. 그래서 작가들은 페미니즘뿐만 아니라 식민주의에 대해서, 내셔널리즘에 대해서, 팔레스타인 문제에 대해서, 그밖의 크고 작은 사회적 문제들에 대해서 목소리를 높인다.

그런 작가들의 목소리를 자연스럽게 끌어내는 엘리너 와크텔의 힘 역시 눈에 띈다. 가즈오 이시구로가 "내가 전 세계에서 만나 본 사람들 중에서 작가들과의 인터뷰를 가장 잘 하는" 사람이라고 평한 바 있는 와크텔은 책을 무척 사랑하는 사람답게 능숙한 솜씨와 거짓 없는 애정으로 가장 핵심적인 이야기를 향해 작가와 독자를 안내하며, 가끔 요리조리 빠져나가는 작가들에게서도 풍성하고 진실한 이야기를 매끄럽게 끌어낸다. 아마도 25년이 넘도록 이 프로그램을 유지하는 힘이 거기에 있을 것이다.

이 책을 번역하는 동안 유난히 부고가 많이 들려왔다. 올리버 색스와 윌리엄 트레버, 존 버거까지 작가들이 세상을 떠났다는 소식이 차례차례 들려올 때마다 지인의 부고를 듣는 듯한 안타까움과 그 사람을 조금 더 잘 알고 싶었다는 아쉬움이 동시에 차올랐다. 사실 여기에는 그 세 사람뿐 아니라 지금은 세상을 떠난 작가들의 목소리가 많이 담겨 있다. 이 책은 뒤늦게나마 그들의 목소리를 들을 수 있는 고마운 기회가 되리라 생각한다.

2017년 허진

참고문헌

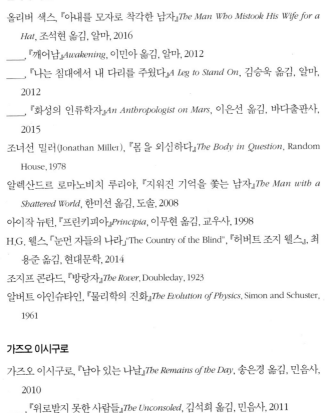

올리버 색스

올리버 색스, 『아내를 모자로 착각한 남자』*The Man Who Mistook His Wife for a Hat*, 조석현 옮김, 알마, 2016

____, 『깨어남』*Awakening*, 이민아 옮김, 알마, 2012

____, 『나는 침대에서 내 다리를 주웠다』*A Leg to Stand On*, 김승욱 옮김, 알마, 2012

____, 『화성의 인류학자』*An Anthropologist on Mars*, 이은선 옮김, 바다출판사, 2015

조너선 밀러(Jonathan Miller), 『몸을 외심하다』*The Body in Question*, Random House, 1978

알렉산드르 로마노비치 루리야, 『지워진 기억을 쫓는 남자』*The Man with a Shattered World*, 한미선 옮김, 도솔, 2008

아이작 뉴턴, 『프린키피아』*Principia*, 이무현 옮김, 교우사, 1998

H.G. 웰스, 「눈먼 자들의 나라」"The Country of the Blind", 『허버트 조지 웰스』, 최용준 옮김, 현대문학, 2014

조지프 콘라드, 『방랑자』*The Rover*, Doubleday, 1923

알버트 아인슈타인, 『물리학의 진화』*The Evolution of Physics*, Simon and Schuster, 1961

가즈오 이시구로

가즈오 이시구로, 『남아 있는 나날』*The Remains of the Day*, 송은경 옮김, 민음사, 2010

____, 『위로받지 못한 사람들』*The Unconsoled*, 김석희 옮김, 민음사, 2011

____, 『창백한 언덕 풍경』*A Pale View of Hills*, 김남주 옮김, 민음사, 2012

___,『부유하는 세상의 화가』*An Artist of the Floating World*, 김남주 옮김, 민음사, 2015

찰스 디킨스,『데이비드 코퍼필드』*David Copperfield*, 신상웅 옮김, 동서문화사, 2011

캐럴 실즈

캐럴 실즈,『스톤 다이어리』*Stone Diaries*, 한기찬 옮김, 비채, 2015

___,『작은 의식들』*Small Ceremonies*, Penguin Books, 1996

___,『상자 정원』*The Box Garden*, Penguin Books, 1996

___,『우연한 사건』*Happenstance*, Penguin Books, 1994

___,『극히 평범한 여자』*A Fairly Conventional Woman*, Macmillan of Canada, 1982

___,『여러 가지 기적들』*Various Miracles*, Penguin Books, 1989

___,『스완』*Swann*, Viking, 1989

___,『오렌지 빛 열대어』*The Orange Fish*, Viking, 1990

___,『사랑의 공화국』*The Republic of Love*, Viking, 1992

베티 스미스(Betty Smith),『브루클린에는 나무가 자란다』*A Tree Grows in Brooklyn*, Harper, 1947

제임스 T. 페럴(James T. Farrell),『스터즈 로니건』*Studs Lonigan*, Avon, 1977

베티 프리던,『여성의 신비』*The Feminine Mystique*, 김현우 옮김, 이매진, 2005

윌리엄 트레버

윌리엄 트레버,『두 삶』*Two Lives*, Viking, 1991

___,『동창생들』*The Old Boys*, Bodley Head, 1964

___,『펠리샤의 여행』*Felicia's Journey*, Viking, 1994

___,『진짜 세상으로의 소풍』*Excursions in the Real World: Memoirs*, Knopf, 1994

___,「우정」"A Friendship",『비온 뒤』, 정영목 옮김, 한겨레출판, 2016

___,「오랜 불꽃」"Old Flame", *Cheating at Canasta*, Viking, 2007

___,「그 시절의 연인들」"Lovers of Their Time",『윌리엄 트레버』, 이선혜 옮김, 현대문학, 2015

에드워드 사이드

에드워드 사이드, 『오리엔탈리즘』*Orientalism*, 박홍규 옮김, 교보문고, 2015

____, 『문화와 제국주의』*Culture and Imperialism*, 정정호·김성곤 옮김, 창, 2011

____, 『지식인의 표상』*Representations of Intellectual*, 최유준 옮김, 마티, 2012

____, 『평화와 그에 대한 불만』*Peace and Its Discontents: Essays on Palestine in the Middle East Peace Process*, Vintage, 1995

____, 『이슬람 보도』*Covering Islam*, Pantheon Books, 1981

러드야드 키플링, 『킴』*Kim*, 하창수 옮김, 북하우스, 2007

찰스 디킨스, 『위대한 유산』*Great Expectations*, 이인규 옮김, 민음사, 2009

제인 오스틴, 『맨스필드 파크』*Mansfield Park*, 류경희 옮김, 시공사, 2016

C.L.R 제임스, 『블랙 자코뱅』*The Black Jacobins*, 우태정 옮김, 필맥, 2007

조지프 콘래드, 『어둠의 심연』*Heart of Darkness*, 이석구 옮김, 2008

이사벨 아옌데

이사벨 아옌데, 『영혼의 집』*The House of Spirits*, 권미선 옮김, 민음사, 2003

____, 『사랑과 그림자에 대하여』*Of Love and Shadows*, Knopf, 1987

____, 『에바 루나』*Eva Luna*, 황병하 옮김, 한길사, 1991

____, 『에바 루나 이야기』*The Stories of Eva Luna*, Atheneum, 1991

____, 『무한의 계획』*Infinite Plan*, Harper Collins, 1993

____, 『파울라』*Paula*, 권미선 옮김, 민음사, 2000

치누아 아체베

치누아 아체베, 『모든 것이 산산이 부서진다』*Things Fall Apart*, 조규형 옮김, 민음사, 2008

____, 『더 이상 평안은 없다』*No Longer at Ease*, 이소영 옮김, 민음사, 2009

____, 『신의 화살』*Arrow of God*, 이소영 옮김, 민음사, 2011

____, 『민중의 사람』*A Man of the People*, Anchor Books, 1989

____, 『사바나의 개미 언덕』*Anthills of the Savannah*, 이소영 옮김, 민음사, 2015

조이스 캐리(Joyce Cary), 『미스터 존슨』*Mister Johnson*, Harper & Bros., 1951

레이놀즈 프라이스

레이놀즈 프라이스, 『오래오래 행복하게』*A Long and Happy Life*, Atheneum, 1962

＿＿, 『케이트 바이덴』*Kate Vaiden*, Atheneum, 1986

＿＿, 『아주 새로운 삶』*A Whole New Life*, Atheneum, 1994

＿＿, 『지구의 표면』*The Surface of Earth*, Atheneum, 1975

＿＿, 『광원』*The Source of Light*, Atheneum, 1981

＿＿, 『휴식의 약속』*The Promise of Rest*, Scribner, 1995

＿＿, 「그의 마지막 어머니」"His Final Mother", *The Collected Stories*, Atheneum, 1993

＿＿, 「골든 차일드」"Golden Child", *The Collected Stories*, Atheneum, 1993

＿＿, 『사랑과 일』*Love and Work*, Atheneum, 1968

지넷 윈터슨

지넷 윈터슨, 『오렌지만이 과일은 아니다』*Oranges Are Not the Only Fruit*, 김은정 옮김, 민음사, 2009

＿＿, 『열정』*Passion*, 송인갑 옮김, 한국문화사, 2004

＿＿, 『처녀딱지 떼기』*Sexing the Cherry*, Atlantic Monthly Press, 1990

＿＿, 『육체에 새겨지다』*Written on the Body*, 이혜남 옮김, 웅진지식하우스, 1996

＿＿, 『예술과 거짓말』*Art & Lies*, Alfred A. Knopf, 1995

＿＿, 『예술 작품』*Art Objects : Essays On Ecstasy And Effrontery*, Alfred A. Knopf, 1996

모니크 위티그(Monique Wittig), 『레즈비언의 육체』*Le Corps lesbiene*, Editions de Minuit, 1973

앨리스 워커

앨리스 워커, 『그레인지 코플랜드의 세 번째 인생』*The Third Life of Grange Copeland*, 김시현 옮김, 민음사, 2009

＿＿, 『머리디언』*Meridian*, Harcourt Brace Jovanovich, 1976

＿＿, 『사랑과 고통』*In Love & Trouble : Stories of Black Women*, Harcourt Brace Jovanovich, 1973

___,『착한 여자는 억누를 수 없다』*You Can't Keep A Good Woman Down : Stories*, Harcourt Brace Jovanovich, 1981

___,『컬러 퍼플』*The Color Purple*, 안정효 옮김, 청년정신, 2007

___,『내 친지의 예배당』*The Temple of My Familiar*, Harcourt Brace Jovanovich, 1989

___,『은밀한 기쁨을 간직하며』*Possessing the Secret of Joy*, 최수민 옮김, 문학세계사, 1992

___,『죽음을 이겨낸 사랑』*To Hell With Dying*, Harcourt Brace Jovanovich, 1988

아미타브 고시

아미타브 고시,『고대의 땅에서』*In an Antique Land*, Vintage Books, 1994

___,『이성의 동그라미』*The Circle of Reason*, Viking, 1986

___,『섀도우 라인스』*The Shadow Lines*, Viking, 1989

___,『콜카타 염색체』*The Calcutta Chromosome : A Novel of Fevers*, Delirium & Discovery, Avon Books, 1995

작가라는 사람 1 : 현재 세계에서 가장 뛰어난 작가 22인의 목소리 그리고 이야기

지은이 엘리너 와크텔 | 옮긴이 허진 | 펴낸이 유재건 | 펴낸곳 엑스플렉스(X-PLEX)
등록번호 105-91-96264호 | 주소 서울시 마포구 와우산로 180 (4층 402호)
대표전화 02-334-1412 | 팩스 02-334-1413
초판 1쇄 인쇄 2017년 3월 20일 | 초판 1쇄 발행 2017년 3월 27일

xbooks는 엑스플렉스의 출판브랜드입니다. 이 도서의 국립중앙도서관 출판예정도서목
록(CIP)은 서지정보유통지원시스템 홈페이지(http://seoji.nl.go.kr)와 국가자료공
동목록시스템(http://www.nl.go.kr/kolisnet)에서 이용하실 수 있습니다. (CIP제
어번호: CIP2017006064)
ISBN 979-11-86846-15-5 04800
ISBN 979-11-86846-14-8 (세트)

※ 이 책은 한국출판문화산업진흥원의 출판콘텐츠 창작지금을 지원받아 제작되었습니다.